JN086611

佐藤勝明　著

元禄名家句集略注

青木春澄篇

新典社

はじめに

田中善信氏の提唱により、昭和二十九年（一九五四）刊行の荻野清編『元禄名家句集』（創元社）に略注を施したものが新典社から『元禄名家句集略注』として刊行され、田中善信著「伊藤信徳篇（しんとくへん）」（平成26〈二〇一四〉・12）から、同「池西言水篇（ごんすい）」（平成28・3）・同「山口素堂篇（そどう）」（平成29・3）・佐藤勝明著「小西来山篇（らいざん）」（平成29・12）・玉城司・竹下義人・木下優著「上嶋鬼貫篇（おにつら）」（令和2〈二〇二〇〉・5）と続き、佐藤勝明・永田英理・玉城司著「椎本才麿篇（さいまろ）」（令和3・10）で完結となった。一人の俳人の全発句を注解する試みは、芭蕉・西鶴・蕪村ら数名のものを除くとほとんど進んでいないというのが現状で、右の作業に関わる中、たくさんの発見や確認を体験し、全発句を通して読むことの意義を痛感させられた。

荻野氏の選択眼はさすがに当を得ており、この六人が元禄俳壇を代表する人々であることに、異論があるわけではない。それでも、この人々と並んで重要な役割を担った俳人はほかにも多々おり、蕉門俳人を広く扱った安井小洒編『蕉門名家句集』（なつめや書荘　昭和11年〈一九三六〉刊、第一輯のみはなつめや書店から昭和4年〈一九二九〉刊、石川真弘・木村三四吾校注として昭和46〈一九七一〉・47年〈一九七二〉の『古典俳文学大系』8・9〈集英社〉に再録）や、初期俳諧や元禄ころの京都俳人を対象とする雲英末雄編『貞門談林諸家句集』（笠間書院　昭和46年）・同『元禄京都諸家句集』（勉誠社　昭和58年〈一九八三〉）など、注解に取り組む価値は十分にあると言ってよいだろう。そのほか、まとまった書籍にはなっていなくても、研究者が各俳人の発句を集成したものは相応にあり、小生も何人かの元禄前後の俳人に関して句集を作成してきた。中でも本書に取り上げる青木春澄の場合、寛文十一年（一六七一）から正徳三年（一七一三）までの俳書にその名を見せる作句活動は、実に興味深い軌跡を描くもので、その発句群を注解する意味も少なくないはずである。

『元禄名家句集略注』の第二期といった意味合いで、この一冊を上梓する所以であり、徐々に他の俳人も俎上に上げたいと考えている。もちろん、それが個人の力で叶うはずもなく、志を同じくする方々の参画を願う次第であり、その第一歩としての「青木春澄篇」と受けとめていただければ幸いである。

令和四年三月二日

佐藤　勝明

目次

青木春澄略伝

荻野清編『元禄名家句集』（創元社　昭和29年刊）に取り上げられた信徳・素堂・来山・言水・才麿・鬼貫の六人に比べると、春澄の知名度はさほど高くないかもしれない。しかし、大淀三千風に「江戸京に今はやりめとたつ霞／紫藤軒言水青木春澄」の付合（延宝七年〈一六七九〉刊の三千風編『仙台大矢数』所収）があるように、春澄は言水と並ぶ流行俳人に数えられる存在であり、その起伏に富んだ俳諧活動は考察する価値を十分にもっている。以下、拙稿「青木春澄」（拙著『芭蕉と京都俳壇』〈八木書店　平成18年刊〉所収）をもとに、その略伝を記しておきたい。

春澄は没年から逆算して承応二年（一六五三）の出生で、正徳五年（一七一五）七月三十日に六十三歳で没し（墓碑銘および『誹諧家譜』『誹家大系図』等）、京都市上鳥羽の実相寺に葬られている。同寺の過去帳には記載がないとの由で、代々の菩提寺ではなく、貞徳・貞恕らの墓碑がある関係から、春澄の墓碑もここに建てられたと推察される。京の住所は、鶴林著『俳諧行事板』（延宝八年〈一六八〇〉）に「新町御池下ル丁」、『誹諧京羽二重』（元禄四年〈一六九一〉）には「高倉二条上ル」とあり、その間に転居したものと考えられる。青木氏で、通称は勝五郎（『誹諧頼政』『寛文比誹諧宗匠并素人名誉人』）、一説に庄五郎（『猿黐』）あるいは庄右衛門（『誹諧家譜』『誹家大系図』）。団水・千春との三吟歌仙（元禄五年〈一六九二〉の『くやみ草』所収）で立句（第一句）に用いた久吉も通称ないし本名かもしれない。別号には春隅・貞悟・印雪軒（子）・素心子・之平翁・甫羅楼などがあり、春隅の号からして、春澄の発音も基本的にハルズミないしハルスミであったと判断される一方、中国人めかした三字名の「余春澄」として序・跋を寄せることがあり、この場合はヨシュンチョウと音読するのであろう。父は青木正長で、兄に詩文をよくする青木東庵がおり、この一族は朝鮮の馬韓国余璋王の末裔であろうことが指摘されている（辻村尚子「青木春澄の出自について」『上方文藝研究』2

平成17〔二〇〇五〕・5〉）。春澄自身は裕福な商人であったらしく（家業は不明）、俳諧点者とは一線を画する存在として、京都俳壇の一角に地盤を築いていたことになる。

春澄の俳歴は、成之編『塵塚』（寛文十一年〈一六七一〉刊）への入集から始まっている。この年に春澄は十九歳であり、この少し前から俳諧をたしなむようになったものであろう。『塵塚』は堺俳壇を中心とした発句集であり、初期堺俳壇における重頼（後号は維舟）の影響力からして、春澄の入集も重頼を介してのものと推察される。というのも、寛文十三年（一六七三）以降の維舟歳旦帖に春澄の参加が認められ、『大井川集』（延宝二年〈一六七四〉奥）への発句四十四など、維舟編の撰集にも大量の入集が見られるからであり、春澄が重頼門下の俳人として活動を開始したことに疑いの余地はない。ところで、『誹諧家譜』や『誹家大系図』では春澄を貞恕門とし、前者には、

> 初ハ重頼ノ門人、後恕ガ弟子ト為リ、落髪シテ貞悟ト号ス。…曾テ聞ク、重頼ガ徒ニ重栄・重方・重好・重貞等有リ。四重ト称シテ門弟ノ長為リ。春澄其ノ列ニ入ンコトヲ欲ス。重頼許サズ。故ニ破門シテ貞恕ニ属スト。

とある（原文は漢文体）。要するに、もとは重頼門であったものの、門人間の序列をめぐる感情的な行き違いからそのもとを去り、貞恕に従って貞悟と号するようになったのだという。その真偽のほどはともかく、少なくとも寛文末年から延宝期前半にかけて、春澄が重頼の傘下にあり、親しく交流していたことは間違いない。ただし、そのことは、他の宗匠と没交渉にあったことを意味するのではなく、他の俳人たちがそうであったように、春澄も多くの宗匠との交流をもっている。ことにこの時期、重頼・梅盛・季吟の門人たちは、門流の枠を超えて相互に交流し合っていたのであり、春澄も梅盛系・季吟系の撰集に発句を多く採られ、季吟とは直接的な交渉のあったことも知られている。

ところが、延宝四年（一六七六）か五年の秋ころ宗因と一座したのを機に、その新風に大きく傾倒するようになると、春澄は重頼や季吟を「古誹」として切り捨て、自らを「当誹」（宗因流・高政流のいわゆる談林俳諧）の推進者とし

て位置づけるようになる。このあたりの動きは、当時の信徳や芭蕉らとほぼ同一のものであり、実際、信徳も春澄も江戸を訪れては芭蕉と一座し、新風の謳歌を共にしている。春澄の場合は『俳諧江戸十歌仙』（延宝六年〈一六七八〉刊）がそれであり、この東下は、仙台・松島への旅行に関わるものでもあった。新風を信奉して「古誹」を疎んずる姿勢は、「梅翁門弟某」の匿名で出版した『誹諧頼政』（延宝八年刊）によって鮮明になる。謡曲「頼政」を全編にわたってもじりつつ、諸国修行の俳諧者と都方俳諧修行の者（実は重頼の霊）との問答を通して、「当誹」の盛行と維舟（重頼）・西武・季吟・随流ら古流の側の無益な抵抗とを描いた同書では、重頼に「ふるにうだうの年を経て。若い者とあらそふは越度なりとぞ人申、われ重頼がゆうれい」と名乗らせ、「今は何をかつゝむべき…熊坂を作りし重頼入道、執心の浪にうきしづむ。古流のあか恥あらはすなり」と悔悟の言を述べさせている。かつてはその門下にあって俳諧活動を開始したにもかかわらず、今や新風側の先頭に立って重頼らの批判をしているわけであり、そうした変貌は多くの俳人たちに共通するものながら、その中で最も先鋭な動きを見せたのが春澄であったことになる。信徳や芭蕉との密接な交流もさらに続き、延宝九年（一六八一）には、信徳・春澄・如泉らの『俳諧七百五十韻』に芭蕉・其角・才麿らが『俳諧次韻』をもって応じ、合わせて千句を満尾させている。しかし、その蜜月時代も長くは続かず、芭蕉が延宝期の俳諧（春澄が『誹諧頼政』で「当誹」と称したもの）をも古風と認め、その改革に乗り出すと、その関係も自然消滅となってしまう。それればかりか、其角編『雑談集』（元禄五年〈一六九二〉刊）においては、

歳旦を我も〳〵といたしけり　春澄
皆人は蛍を火じやといはれけり　同

と、自暴自棄の見におちて、云べき句も放散し、人の句も心にいらで朽廃れにけるは、いかに松のはのちり、正木のかづらなどたとへ置れし、聖作にそむける俳諧の罪人、これら成べし。今はその春澄ともいはず成けり。

との酷評を受けるのであり、蕉風のありようから遠く離れた春澄の姿が浮かび上がってもくる。

その元禄期、各入集数はさほど多くないものの、種々の撰集に発句が採られ、信徳・言水・如泉・団水・好春・只丸・我黒・幸佐・晩山・鞭石・雲鼓・轍士といった人々としばしば連句興行で一座するなど、京都俳壇での春澄はなお一目おかれる存在であったと言ってよい。それでも、年を追って春澄の俳諧活動は減速し、轍士著『花見車』（元禄十五年〈一七〇二〉刊）では「かりにも今は見ゑず」と記されるに至るものの、「見ゑず」（俳席に現れない）のまま終わるのではなく、元禄末年（一七〇四）ころから再び活発な動きを示すようになる。貞徳嫡伝四世貞悟（その前は春隅）を名乗って歳旦帖を出し、連句興行にも参加するのがそれであり、この「貞徳嫡伝四世」は貞恕死去の翌々年（元禄十七年〈一七〇四〉）から用いるものなので、貞徳―貞室―貞恕という系譜の後に自分が位置することを示したものにほかならない。現存資料で見る限り、春澄と貞恕の交流は順水編『誹諧童子教』（元禄七年〈一六九六〉刊）所収の貞恕・順水・春澄による三物三組のみで、両者がお互いを師弟と認識していたかどうかは疑問ながら、貞佐編『誹諧箱伝授』（宝永三年〈一七〇六〉序）所収の春澄句「なをゆかし朝打三千春の雨」には「三月四日貞恕師正忌」の前書があり、少なくとも宝永期の春澄は貞恕を師と仰いでいたように受け取れる。元禄十五年に五十年忌を迎えたことで、俳壇の一部には貞徳を意識する風潮があり、それが右のような春澄（貞悟）の行動にも反映したということなのであろう。

月尋編『伊丹発句合』（正徳四年〈一七一四〉判）の序文を見ると、月尋が師である春澄の言を引いたとして、

我師貞悟がいへる、此道は賢愚同笑なり。しかはあれど、玉樹蒹葭の境なきにしもあらず。…あはれ世の人に、我がおもふ万がひとつよしと沙汰せられなば、老の悦びなるべし。扨も他人の見聞処こそ恥しけれ。広く学び深く慎み、おのれを高ぶる事なかれ。己こそとおもふは、ひとの能事の見へぬ故也、としめされける。

とある。俳諧の世界は「賢愚同笑」であり、自分がよしとする万分の一でも評価されれば「老の悦び」であるとし、

高慢にならず、勉強して慎み深さをもつことが大切であると説いたものであり、春澄なりの老成の境地を示すものなのかもしれない。右に省略した部分には、「されば尋が誹諧を見るに、情を一句に偸んで詞をあたらしく粧り」などの文言が見え、月尋の俳諧に「情」は他から取り「詞」だけを新しく飾る傾向があることを、厳しく戒めていることが知られる。それが「蒹葭」（欠陥）であるとすれば、借り物ではない「情」を適切な「詞」で表現したものが「玉樹」ということになる。「詞は古きを慕ひ、心は新しきを求め…」（『近代秀歌』）という、定家以来の作歌・作句の基本原理に通じる考え方であり、その意味でも、晩年の春澄には伝統回帰の姿勢が強く認められることになる。

以上の通り、春澄の俳諧遍歴は、実に興味深く変転に富むものであったと言ってよかろう。それが各句にどう反映しているかを、以下の略注を通して考えていくことになる。なお、春澄には少なくとも二人の男子がおり、俳号をそれぞれ乙澄・卓々と称し、卓々は享保十二年（一七二七）二月に春澄号を襲ったとされる（『翁草』）。よって、本書に取り上げた句でも、没後の資料にのみ知られるものは、二世作の可能性もないではないことを断っておく。

注釈

凡例

一、本書で扱う春澄の発句は、拙稿「青木春澄発句集 付・「青木春澄年譜稿」補訂」（『近世文芸研究と評論』38〈平成2〔一九九〇〕・6〉）をその後の調査で増補した私家版「春澄句集」によった。

二、句を配列するに当たっては、出典の刊行（ないし序・跋・成立等）の年月順とし、各出典の中は掲載されている順序の通りとした。それぞれの句には私に通し番号を付した。

三、同一の句が複数の俳書に採られている（表記の違いは問わない）場合は、初出の俳書を出典とし、他の入集書については【備考】で示すにとどめた。句形に多少の異同がある場合も同じ措置をとり、【備考】でその異同について記した。類似してはいても別の句と判断される場合は、それぞれの句を注釈の対象とし、類想と判断されるなどの旨を【備考】に記した。

三、それぞれの句の下に出典と出典の刊行（ないし序・跋・成立等）の年を記した。出典の名称や表記を決めるに当たっては、『俳文学大辞典』（角川書店　平成7年〈一九九五〉刊）や雲英末雄監修『元禄時代俳人大観』（八木書店　平成23〈二〇一一〉～24年〈二〇一二〉刊）などを参照した。推定による書名の場合は、〔 〕に入れてこれを示した。書名の角書（「俳諧」「誹諧」など）は基本的に省略とし、省くと他の書名と紛らわしくなる場合などに限り、普通の字の大きさでこれを加えた。

四、句形については原則として出典の表記に従いつつ、一部に改めたものがある。とくに次のような変更を加えた。

イ、漢字の字体については、旧字体を新字体に改めた。異体字や特殊な文字は、常用漢字で代用できるものは常用漢字に改めた。ただし、「㒵」「泪」など当時の一般的な用字は、これを踏襲したものもある。

ロ、常用漢字以外の漢字や旧仮名遣い（ないしこれに準じるもの）の表記には振り仮名を付けた。また、常用漢字の読みが現行の読みと異なる場合も振り仮名を付けた。振り仮名はすべて現代仮名遣いによった。

ハ、出典に見られる片仮名等の振り仮名もすべて平仮名・現代仮名遣いに改めた。句中の片仮名表記も、基本的に平仮名に直すか、省略して振り仮名を付すかの措置をとった。

ニ、音読や訓読の記号は省略した。

ホ、くり返し記号（ヲドリ字）は原則として「々」以外は使わず、現行の表記に改めた。

五、引用の参考文献に関しては、できるだけ元来の表記を尊重し、和歌や古典文学作品などの仮名遣いも旧仮名遣い（ないしこれに準じるもの）のままとした。漢文は書き下し文に改め、仮名遣いは旧仮名遣いとした。

六、注釈に記す月はすべて旧暦のものとした。

七、【句意】の欄には、句意を記した後、その句の仕掛けや意図について、自分なりの判断に基づいて記した場合がある。また、この欄の末尾に句の季節と季語を記した。特定の季語がない場合は句意によることとし、その旨を断った。前書によって季語を定めた場合も、その旨を断った。句意は、できるだけ句の語順に従って記すようにし、簡略でわかりやすいことを心がけた。ただし、前書の内容を加えないと十分な理解ができない場合は、それも句意に取り入れることにした。また、掛詞・見立や和歌・謡曲等のもじりといった仕掛けを主眼とした句で、それらを加えないと句意が成り立たない場合は、句意に取り入れることにした。

八、その句が歳旦句とわかる場合は、そのことをいずれかの欄で記した。歳旦句とは正月を祝って詠む句のことであり、歳末のことを詠む歳暮句とともに、多くは旧年中に詠み、歳旦帖と呼ばれる摺物にして、新年に配るものであった。その際、俳諧宗匠たちは門下の者と数組の三物（三句からなる連句）を作り、これに引付と称して発句を添えるのが、一般的な形態であった。その出版を引き受けていたのが京の書肆である井筒屋庄兵衛で、井筒屋からは各宗匠の歳旦帖を合綴したものが『俳諧三物揃』『俳諧大三物』などの名で販売されていた。

九、その句が連句興行における立句（第一句）である場合は、【備考】にその旨を記し、立句が連句の第一句であるという注記は基本的に省略した。連句の種類には、百句からなる百韻、五十句からなる五十韻、四十四句からなる世吉、三十六句からなる歌仙、十八句からなる半歌仙、三句からなる三物などがあり、そうした説明は基本的に省略したまま これらの語を用いた。また、その連句に加わった人々を連衆と呼び、たとえば三人の連衆で行う歌仙を三吟歌仙と称するなど、連衆の数を「〇吟」と表すことが多く、本書でもこれを踏襲した。

十、【語釈】の説明は、基本的に『日本国語大辞典』（小学館・第二版　平成12〈二〇〇〇〉～14年〈二〇〇二〉刊）と『角川古語大辞典』（角川書店　昭和57〈一九八二〉～平成7年〈一九九五〉刊）によりつつ、その他の資料も参照して行った。季語の判定は、基本的に『図説俳句大歳時記』（角川書店　昭和39〈一九六四〉～40年〈一九六五〉刊）によった。

十一、本書でしばしば用いた『類船集』（正式には『俳諧類船集』）は、付合語辞書に当たるものであり、江戸時代の俳人たちがどのような詞と詞の連想を手にしていたかが知られ、きわめて有益なものである。これを引くごとに注記するのは繁雑ゆえ、以下におおむねの内容を記しておく。

高瀬梅盛著。俳諧付合語集。延宝四年（一六七六）刊。見出し語二七〇〇余をいろは順に配列し、その語の付合語を挙げて、説明文を付したもの。野間光辰監修『近世文藝叢刊1　俳諧類船集』（般庵野間光辰先生華甲記念会　昭和44年〈一九六九〉刊）に影印があり、同『近世文藝叢刊別巻1　俳諧類船集索引　付合語篇』（同　昭和48年〈一九七三〉刊）と同『近世文藝叢刊別巻2　俳諧類船集索引　事項篇』（同　昭和50年〈一九七五〉刊）が備わる。

十二、作品中には今日的観点から好ましくない表現が散見されるものの、資料的価値を尊重してそのまま活字化した。

＊以上の凡例は注釈に関するもので、「青木春澄略伝」や「青木春澄年譜」では、必ずしもこれに従わないことがある。ことに、句文・和歌・古典文学作品の引用ではヲドリ字を残し、「年譜」内の俳書名では角書も出典の通りにした。

一　持(もち)だめもあらじの枝や児桜(ちござくら)　（『塵塚(ちりづか)』寛文11）

【句意】花を持ち溜めることは許さないとばかり、嵐によって荒らされた枝であるなあ、チゴザクラの。美童の可憐なイメージを投影させているか。春「児桜」。

【語釈】○持だめ　物を使わずに貯えておくこと。○あらじ　あるまい。これに「嵐」や「荒らし」を掛けていよう。「あらし」とも読みうる。○児桜　サクラの一品種。

二　さきわけはひよこ連理(れんり)よ鶏頭花(けいとうか)　（同）

【句意】異なる色の花を咲き分けているのは、「比翼(ひよく)連理」ならぬ「ひよこ連理」とも言うべきものであろう、ケイトウの花であるだけに。秋「鶏頭花」。

【語釈】○さきわけ　咲き分け。一株の草や木に色の異なる花が咲くこと。○ひよこ連理　「比翼連理」のもじり。「比翼」は雌雄のつがいが一体となって飛ぶという想像上の鳥の翼で、「連理」は一本の木の枝が他の木の枝と連なって木目が通じ合っていること。ともに白楽天の漢詩「長恨歌」に見られ、「比翼連理」で男女の深い契りを意味する。ここは「鶏」に合わせて「ひよこ」とした。○鶏頭花　ヒユ科の一年草であるケイトウ。秋、茎頂に赤・紅・黄・白などの小花を密集して付け、上縁部がニワトリの冠の形になる。

【備考】出典の成之(せいし)編『塵塚』は春の巻だけが現存するもので、この句は宗臣(むねしげ)編『詞林金玉集(しりんきんぎょくしゅう)』（延宝7）に再録されたものを取り上げた。

三　こまいぬも非番なりけり神無月（かんなづき）　（『時勢粧（いまようすがた）』寛文12）

【句意】狛犬（こまいぬ）も非番であることだ、守るべき神がいないこの十月には。冬「神無月」。

【語釈】○こまいぬ　狛犬。神社の社頭などに守護や魔除けのために置かれる、獅子に似た一対の獣の像。○非番　当番でないこと。○神無月　十月の異称。この月には諸社の神々が出雲大社に出かけるとの俗説がある。

【備考】諸書からの抜粋よりなる宗臣編『詞林金玉集』（延宝7）にも再録。

四　いそが子規（しき）の声や本尊（ほぞん）とかけ廻（まわり）　（『山下水（やましたみず）』寛文12）

【句意】忙しげなホトトギスの声であるよ、「本尊かけたか」と鳴いては駆け回っている。掛詞を活用。夏「子規」。

【語釈】○いそが子規　「忙しき」に「子規」を掛けたもので、「子規」はホトトギスの別名。○本尊　寺院・仏壇などで中央に祀られ、信仰・祈りの主な対象となる仏像。ホンゾンともホゾンとも読む。ホトトギスの鳴き声を表す語に「ほぞんかけたか」があり、ここは「本尊とかけ」でその鳴き声を示し、「かけ廻」と言い掛けにしている。

五　鶯（うぐいす）も口中（こうちゅう）涼し二度の春　（『〔俳諧三ッ（みつ）物揃（ものぞろえ）〕』寛文13）

【句意】ウグイスの鳴き声も手慣れたもので実に心地よい、二度の元日がある閏年には。二度目の初音なのでぎこちなさがないとの発想。春「鶯・春」。

【語釈】○口中　発音・発声。○涼し　さわやかですがすがしい。この語自体の季は夏。○二度の春　正月の後に閏正月がある閏年で、二度の元日を迎えること。寛文十三年（一六七三）がそうであったわけではない。

【備考】寛文十三年（一六七三）の維舟（重頼）の歳旦帖（『〔俳諧三ッ物揃〕』所収）に載る歳旦句。

六　万歳をお百度ほどぞ神のはる　（『如意宝珠』延宝2）

【句意】万歳というめでたい言葉をお百度参りでもするほど多く発したことだ、この新春に。「万」に「百」と続け、実にめでたい春であることを強調。春「神のはる」。

【語釈】○万歳　国家の繁栄や長寿を祝って唱える言葉。近代以降はバンザイからバンザイに発音が移り定まった。二三七の句を参照。○お百度　「お百度参り」に同じく、社寺の境内の一定の場所から神前・仏前まで百回往復して参拝し、願いがかなうよう祈ること。○神のはる　神の春。神を迎えためでたい正月。新春を祝って使う常套的な言い方。

七　天も花に酔をふき出す霞かな　（同）

【句意】天も花に向かって酔った息を吹き出したのか、一面に霞がたなびいていることよ。花も朧に霞む景色を扱いつつ、「霞」の二意をたくみに活用した。春「花・霞」。

【語釈】○霞　空気中の微細な水滴や塵によって空や景色がぼんやりする現象。また、これは酒の異称でもあり、ここもそのことを利用して「酔をふき出す」としている。

八　月がしらふりたてなけ郭公（ほととぎす）　（『如意宝珠』延宝2）

【句意】月頭（つきがしら）にはお前も頭（かしら）を振り立てて懸命に鳴け、ホトトギスよ。夏「郭公」。

【語釈】○月がしら　月頭。月の初め。上旬。これに「頭」の意を掛ける。「頭を振る」は合点や不同意の意を表すものの、ここは懸命に声を出していることの表現。

九　舟（ふな）ぼこやはやすはんやの鐘の声　（同）

【句意】祭礼の華やかな船鉾（ふなぼこ）であることよ、お囃子（はやし）に合わせてこれも囃（はや）し立てているかのように、夜半の鐘の声が響いてくる。「はやす」に二意を掛ける。夏「舟ぼこ」。

【語釈】○舟ぼこ　船鉾。神社の祭礼に用いる船をかたどった華麗な山車（だし）で、とくに京都の祇園祭りのものが有名。これが夏の季語となる。○はやす　囃す。楽器や歌声による囃子を奏することで、おだてて調子に乗せることもいう。○はんや　半夜。真夜中。これに歌謡などの囃し詞（『好色五人女』巻一ノ五に「やはんはは」とある）を掛けたか。

海辺月（うみべのつき）といふ事（う）を

一〇　色じろや浜べにすめど月の顔　（同）

【句意】色白であることよ、浜辺に住んでいるというのに、月の顔は。海上に出る月を浜辺の住人と見なしたもので、海の近くに住む者は陽光や潮風のために顔が黒くなりがち、という常識を前提にした頓知（とんち）の作。秋「月」。

【語釈】○月の顔　月の表面。また、月の光。ここは月を擬人的に扱っている。

一一　下伏（したぶし）や花盗人（はなぬすびと）のこころあて　（『桜川（さくらがわ）』延宝2）

【句意】木の下に伏していることよ、これぞ花盗人の心がけというもので、心あてに折ろうというのであろう。「こころあて」の二意を利用した作か。春「花」。

【語釈】○下伏　物の下に伏すこと。源実朝「木のもとの花のしたぶし夜ごろへてわが衣手に月ぞ馴れぬる」（『金槐集』）のように、ここも花の下に伏すこと。○花盗人　花の枝を盗み折る人。○こころあて　見当・推量。また、心がけ。凡河内躬恒「心あてに折らばや折らん初霜のおきまどはせる白菊の花」（『古今集』）を踏まえていよう。

【備考】梅盛（ばいせい）編『道づれ草（ぐさ）』（延宝6）にも所収。貼交（はりまぜ）屏風「雪月花」（個人蔵）にこの句の自筆短冊がある（『会報　大阪俳文学研究会』23（平成1・10））。

一二　ほのぼのと春こそ空にいかのぼり　（同）

【句意】ほのぼのと春は空にやって来るというけれど、その空には凧（たこ）が上げられていて、たしかに新春らしい風情である。太上天皇（後鳥羽院）「ほのぼのと春こそ空にきにけらし天のかぐ山霞たなびく」（『新古今集』）を踏まえての作。
春「春・いかのぼり」。

【語釈】○ほのぼの　夜がかすかに明けていくさま。また、物がはっきり見分けられないさま。○いかのぼり　空に揚げる玩具の凧。主として正月に揚げるため、春季に扱う。

一三　鶯を背中にはらよほととぎす　（『桜川』延宝2）

【句意】ウグイスに対し、背に腹は代えられないとばかりに卵を託すことだ、ホトトギスは。成語を利用してホトトギスの習性を詠む。夏「ほととぎす」。

【語釈】○背中にはら　大切なことのために他は犠牲にする意の諺「背に腹は代えられぬ」を踏まえたもので、当時も「せなかにはらをかへぬ」（『毛吹草』）などとして広まっていた。ここはホトトギスがウグイスの巣に卵を産んで育てさせる託卵の習性（「鶯の卵の中の時鳥」も成語として普及）に基づき、子の成育を優先させたことをさす。

一四　五月雨は木履の音を晴間かな　（同）

【句意】いつまでも降り続く五月雨の時分は、ただ下駄の鳴る音を聞いて、わずかな晴れ間が訪れたと知るばかりであることよ。夏「五月雨」。

【語釈】○木履　木製の履き物で、とくに高下駄をさすことが多い。

【備考】維舟編『大井川集』（延宝2）・貞竹編『小川千句集』（延宝2）・児水編『常陸帯』（元禄4）にも所収。『誹諧短冊手鑑』（八木書店　平成27年刊）に真蹟短冊が収められる。

一五　　あがれやは涼風くははるもちあふぎ　（同）

【句意】空に上がることなどあろうか、いやありえない、これは涼しい風を加えてくれる持扇なのだ。天狗が羽団扇を使って浮揚することを前提に、この扇にそうした神通力はないものの、涼風を生み出すだけでありがたいという発想か。あるいは、平清盛が金扇で沈む太陽を招き返した伝承を踏まえるか。夏「涼風・もちあふぎ」。

【語釈】○あがれやは　「あがれ」が「上がる」の已然形か命令形かで意味が変わり、ここは前者で解し、「やは」は反語を表す係助詞と考えた。「やは」が詠嘆の間投助詞「や」と終助詞「は」ならば、上がることであるよなあの意となり、「あがれ」を命令形と考えれば、上がれよと呼びかけるのは持扇に対してだ、といった解にもなりうる。なお、「団扇を上げる」といえば戦陣で軍配団扇を掲げ指図することになり、この語法も意識されているか。○もちあふぎ　持扇。所持している扇。とくに陣中で持つ扇をさすことが多い。

【備考】維舟編『大井川集』（延宝2）にも所収。

一六　　後朝や岩にせかるるあまの川　（同）

【句意】後朝の別れであるよなあ、岩にせかれて二つの流れとなった天の川だ。牽牛星と織女星が一夜の逢瀬を終えて別れることを表している。秋「あまの川」。

【語釈】○後朝　脱いだ衣服を重ねて共寝した男女が、翌朝それぞれの着物を着て別れること。「後朝の別れ」ともいう。○岩にせかるる　崇徳院「瀬をはやみ岩にせかるる滝川のわれても末にあはむとぞ思ふ」（『詞花集』『百人一首』）により、岩にせき止められて川の流れが二つに分かれること、ひいては男女が離れ離れになることを意味する。

一七　はるや紙秋は色々のはな灯籠　（『桜川』延宝2）

【句意】春に紙を貼るのか、秋にはそうしてできた色々の花灯籠を飾る。それは秋の野に咲く花のようだというのであり、詠人しらず「緑なるひとつ草とぞ春は見し秋は色々の花にぞありける」（『古今集』）を踏まえる。秋「秋・色々のはな（草の花）・はな灯籠」。

【語釈】○はるや　「貼る」に「春」を掛けている。「や」は疑問の係助詞。○色々のはな　ここは野や庭に咲く秋の草花をさし、「草の花」は秋季の扱い。「はな」は上下に掛かる。○はな灯籠　花灯籠。造花などで飾った灯籠。ハナドウロウとも発音する。

一八　我は我にあらぬなりふりや馬鹿をどり　（同）

【句意】我を忘れたなりふりであることだ、馬鹿踊りに夢中となって。馬鹿と名の付く踊りだから、踊り手も馬鹿になってしまう、というわけであろう。秋「馬鹿をどり」。

【語釈】○我は我にあらぬ　無我夢中になって、自分が自分ではなくなる。○なりふり　身なりとそぶり。○馬鹿をどり　型にとらわれず、むやみにはね回って踊ること。「をどり」は多く盆踊りの類をさし、秋季に扱う。「馬鹿をどり」に「馬鹿」を言い掛ける。

【備考】維舟編『大井川集』（延宝2）にも所収。

一九　名月もちかくて遠し子もち月　（同）

【句意】明日の名月も近いようでいて遠い、何しろ今日は子持ちの小望月（こもちづき）なのだから。子を持つ女には近づきがたい、ということが前提にあろう。秋「名月・子もち月（小望月）」。

【語釈】○ちかくて遠し　能因本『枕草子』第一七一段に「遠くて近きもの。…男女の中」とあり（同書の前段は「近うて遠きもの」）、「遠くて近きは男女の仲」は成句として知られる。それを反転して用いた。○子もち月　名月の前夜、八月十四日の月をさす「小望月」のもじり。「子もち」は子どもの母や妊娠中の女性。

二〇　誰（たれ）をかも年寄（としより）にせん今朝の春　（『大井川集』延宝2）

【句意】誰であっても年寄りにしてしまうのだろう、新春の今朝は。現在の満年齢とは違い、江戸時代は元日が来ると一歳ずつ年齢を重ねる数え年であった。春「今朝の春」。

【語釈】○誰をかも　どんな人をも、の意の歌語。藤原興風「誰をかもしる人にせむ（ん）高砂の松も昔の友ならなくに」

『古今集』)を踏まえる。○今朝の春　新春を迎えた今朝。

二一　水祝はもじをなすや初三の日　(『大井川集』延宝2)

【句意】水祝いをされて婿は恥ずかしがることだ、正月の三日目に。男の様子を表すのに、「はもじをなす」と女房詞を使ったところが眼目か。春「水祝」。

【語釈】○水祝　婚礼の時や翌年の正月、親戚・友人などが新郎に水を浴びせて祝福する習俗。○はもじ　は文字。恥ずかしいことを意味する女房詞。「はもじをなす」で恥ずかしがるの意となる。○初三の日　月の初めの第三番目の日。ここは一月三日。

【備考】重安編『糸屑』(延宝3)にも所収。

二二　あすからは若菜つみけんすそ野哉　(同)

【句意】明日からは、ここが若菜を摘んだ所だね、などと言われるであろう裾野であることだ。平兼盛「けふよりは荻のやけ原かきわけて若菜つみにと誰を誘はん」(『後撰集』)を踏まえつつ、「けふよりは」を「あすからは」と翻している。春「若菜つみ」。

【語釈】○若菜　春に萌え出る野の草で、平安時代以来、初子の日(後には一月七日)にこれを摘み、汁物や粥に入れて食べる習慣がある。○けん　「けむ」に同じく、過去推量の助動詞。○すそ野　裾野。山麓がゆるやかな傾斜で遠く延び、野原となった所。

二三　汲鮎（くみあゆ）や我（わが）得し事は水ごころ　（同）

【句意】アユを網から汲むことだ、私が得意なのは水心（みずごころ）（水練）であるゆえ、「水心あれば魚心」でアユがどんどん汲み上がっていく。春「汲鮎」。

【語釈】○汲鮎　川上へ遡上するアユを網の中に追い入れ、柄杓（ひしゃく）などですくい上げること。また、そのアユ。○我得し事　最も得意とすること。○水ごころ　水心。水泳のたしなみ。ここはそれに、相手の態度によってこちらの態度も決まることを意味する諺「水心あれば魚心」（「魚心あれば水心」とも）の「水心」を掛けている。

二四　つばなぬく野をなつかしみやせ子哉　（同）

【句意】ツバナを抜いては食べて野を懐かしむ、痩せた子であることだ。春「つばな」。

【語釈】○つばな　茅花。イネ科の多年草であるチガヤの花。花穂にはかすかな甘みがあり、子どものおやつなどとして食べられた。○野をなつかしみ　野に親愛感を覚えて。山部赤人「春の野にすみれ摘みにと来し我ぞ野をなつかしみ一夜寝にける」（『万葉集』『古今集』仮名序）による。○やせ子　痩せこけている子。

二五　浦の男近付（ちかづい）て取（とる）や藤戸苔（ふじとのり）　（同）

【句意】浦に住む男が近づいて採ることだ、フジトノリを。謡曲「藤戸」では浦の男が近づいて武士に命を取られたが、この男は近づいてノリを採るとの発想。春「藤戸苔」。

【語釈】○藤戸苔　藤戸海苔。海藻であるアサクサノリの一種で、備前国藤戸（現在の岡山県倉敷市の地名）に産したもの。謡曲「藤戸」は、佐々木盛綱に浅瀬を教えたこの地の漁師が殺されるという悲劇を扱っており、その中に「浦の男を一人近づけ」の文言が見える。「苔（海苔）」は春の季語。二〇五の句を参照。

二六　駕籠の者まで事問む山の花　（『大井川集』延宝2）

【句意】駕籠舁たちまでもが口にするであろう、山の花が咲いたかどうかを。「駕籠の者」（俗）と「事問む山の花」（雅）の組み合わせが眼目か。春「花」。

【語釈】○駕籠の者　駕籠をかつぐ人。○まで　極端な例を挙げて一般の場合は当然そうであることを示す副助詞。動作の相手を示す用法が現れるのは、近代以降であるらしい。○事問む　歌語。物を言うだろうと質問をしようの二意があり、「まで」が相手を示すものでない以上、ここは前者が適当と判断される。「駕籠」を詠み合わせた後年の句に「網代守宇治の駕籠かき事とはん　許六」（『五老文集』）があり、これは藤原清輔「年へたる宇治の橋守こととはん幾世に成りぬ水のみなかみ」（『新古今集』）による。

二七　のり物は姿の花の霞哉　（同）

【句意】乗物(のりもの)は中に乗る美女の姿をぼんやり御簾(みす)越しに眺めるだけなので、花の霞といった趣であることだ。掛詞と見立による作。春「花・霞」。

【語釈】○のり物　乗物。人を乗せて運ぶ物。江戸時代は、とくに公卿・上級武士や儒者・医者・婦女子ら限られた町人が乗るのを許された、引き戸のある特製の駕籠をさすことが多い。○姿の花　花のように美しい女性の姿。○花の霞　満開のサクラの花が遠目には一面に霞がかかっているように白く見えること。「花」は上下に掛かる。

【備考】諸書からの抜粋よりなる宗臣編『詞林金玉集』(延宝7)に再録。

二八　ざ(ぞ)うりこそ雪踏(せった)はほだし花の山　(同)

【句意】草履(ぞうり)こそがよい、雪駄(せった)では足かせになってしまう、花の山を見歩くには。雪駄では重いということか。あるいは、高級な雪駄では足元が気になるのか。春「花の山」。

【語釈】○ざうり　草履。ワラ・イやタケの皮などで足に当たる部分を編み、鼻緒をすげた履き物。○こそ　「こそよけれ」などの省略形。○雪踏　雪駄。裏に革(かわ)を張ったタケの皮の草履。○ほだし　人の手足にかけて自由を拘束する鎖や枠。手かせ・足かせ。花を詠んだ和歌に散見される語で、和泉式部「あぢ(じ)きなく春は命のを(お)しきかな花ぞこの世のほだしなりける」(『風雅集』)は花自体をほだしとし、伊勢「山風の花のかかどふ(う)ふもとには春の霞ぞほだしなりける」(『古今和歌六帖』)は花の山の霞をほだしとする。

【備考】梅盛(ばいせい)編『道づれ草(ぐさ)』(延宝6)所収の一九六「花の山にいらんほだしや京せきだ」と発想が類似。

二九　瓢簞からこころの駒や花見酒　（『大井川集』延宝2）

【句意】「瓢簞から駒」と言うけれど、ヒョウタンから出る酒に自制心を失ってしまい、「心の駒」がヒョウタンから出た恰好だ、今日の花見酒は。春「花見酒」。

【語釈】○瓢簞から　意外な所から意外な物が出る意の諺「瓢簞から駒が出る」を踏まえる。○こころの駒　勇み立つウマのように、感情が激しくなって自制しがたいこと。

三〇　花の瀧茶の湯もたぎる木陰哉　（同）

【句意】花が瀧のように落ちてくるので、水流がたぎるように、茶を点てるための湯もたぎる、そんなサクラの木陰であることよ。「たぎる」の二意を利用。春「花の瀧」。

【語釈】○花の瀧　落花を浮かべて落ちる滝や、花の間を縫って落ちる滝。また、激しく花が散るさまを滝に見立てても使い、ここもそれであろう。○たぎる　川の水などが勢いも激しく流れる意と、湯などが煮えたつ意があり、ここはその二つをうまく用いる。「たき」と「たぎる」の類似した音の反復も意識されているか。

三一　餅はもちや花は都の花見哉　（同）

【句意】「餅は餅屋」と言われるけれど、それと同様、「花の都」という言葉もあるくらいだから、花ならば都での花見に限ることだ。「花」と「餅」の詠み合わせには、諺「花より団子」も意識されているか。春「花見」。

【語釈】○餅はもちや　その道のことは専門の者が一番であることをいう諺。○都の花見　京の都で行う花見。都の美称である「花の都」を意識した措辞であろう。

【備考】季吟編『続連珠』（延宝4）にも所収。

三二　　根やこころ人の言葉の花尽し　　　　（同）

【句意】根っこに当たるのは心であり、その心から生まれる人の言葉というものは、まさに「言葉の花尽し」とも言うべきものだ。「根」「葉」「花」の縁語を利用。春「花」。
【語釈】○言葉の花　美しい表現の言葉。とくに詩歌の類をさすことが多い。○花尽し　種々の花の名を挙げること。また、華やかな物を並べること。「花」は上下に掛かる。

三三　　宗匠は懐紙の花の主哉　　　　（同）

【句意】連歌や俳諧の宗匠は、懐紙ごとに一句と決まった花の詠み手を定めるのだから、「花の主」ならぬ「懐紙の花の主」といったところであるよ。春「花の主」。
【語釈】○宗匠　文芸や技芸にすぐれて、人の指導をする人。ここは連歌・俳諧の師匠。○懐紙の花　連歌・俳諧の作品は数枚の懐紙（百句からなる百韻では四枚、三十六句からなる歌仙では二枚を用いる）に書き付けるのが習いで、各懐紙の裏に必ず花の句を一つ詠むという約束がある。花の句は重要なので、指導役の宗匠が人を選んで詠ませることが多い。「懐紙」は懐中にたたんで携帯する紙。○花の主　花の咲いている木の持ち主。

三四　耳に入(いり)て口に出来句(できく)や子規(ほととぎす)　（『大井川集』延宝2）

【句意】耳にその鳴き声が入ったら、「耳から口に出る」とばかりに、たちまちよい句ができたことだ、ホトトギスの鳴き声によって。夏「子規」。

【語釈】○耳に入て口に出来　聞いたことをすぐに受け売りする意の諺「耳から口に出る」を踏まえた表現。○出来句　「出来発句(ほっく)」に同じく、よくできた句の意。これに句ができるという意を掛けている。

三五　竹の子は昨日(きのう)にも似ぬ間哉(あわいかな)　（同）

【句意】ぐんぐん成長するタケノコは、昨日までの姿とは似つかない姿のタケとなり、節と節の間を伸ばしていることだ。夏「竹の子」。

【語釈】○昨日にも似ぬ　昨日までとはすっかり変わることを表す成語の「昨日に変わる」と同意であろう。○間　時間的・空間的な間隔。昨日から今日への間の意と、タケの節と節の間の意の、二つを掛けていよう。アイダと読むこともできる。

三六　蛍火（ほたるび）や石山（いしやま）ばかり五月闇（さつきやみ）　（同）

【句意】川辺ではホタルの光がまばゆいことだ、その一方、石山寺（いしやまでら）のあるあたりだけは暗く、五月闇を見せている。ホタルの名所を取り上げつつ、敢えてそこを「闇」とした点が眼目。法灯を絶やさぬ地なのに、ということも含意されているか。夏「蛍火・五月闇」。

【語釈】○蛍火　ホタルの発する光。○石山　現在の滋賀県大津市にある地名で、真言宗の石山寺がある。東に瀬田川が流れ、一帯はホタルの名所として知られる（付合語辞書の『類船集』に「蛍」と「石山」は付合語として登載される）。ここは寺のある山をさしていよう。○五月闇　五月雨が降るころの夜の暗さをいい、昼がやはり暗いことをもいう。

三七　天雲（あまぐも）やのぼる道づれ富士詣（ふじもうで）　（同）

【句意】天の雲よ、お前は登っていく者の道連れとも言うべきものだ、富士詣でをする際の。富士の山頂が雲の上に出ていることからの発想。夏「富士詣」。

【語釈】○天雲　空の雲。○富士詣　六月一日から二十一日までに富士山に登り、山頂の富士権現社に参詣すること。江戸時代は講を作っての登山・参拝が盛んであった。

三八　行（ゆき）かふ（う）も笠とり山やぎを（お）んの会（え）　（同）

【句意】行き交う者は笠を取って山鉾(やまぼこ)を鑑賞するので、これぞ「笠取山」と言うべきものだ、祇園祭(ぎおんまつり)は。掛詞を利用した理屈の句。夏「ぎをんの会」。
【語釈】○笠とり山　笠取山。現在の京都府宇治市の北東部、醍醐山の南東方にある山で、歌枕。笠を取る意と掛けて詠まれることが多い。ここでの「山」は山鉾（祭礼の際に引く山車(だし)の一種）の意でもある。○ぎをんの会　祇園会。祇園祭。京都の祇園社（現在の八坂神社）の祭礼で、三十二基の山鉾巡行があり、六月七日から十四日まで行われた。

三九　舳(へ)の松に育つるの子や瓜作(うりつくり)　（『大井川集』延宝2）

【句意】舳松(へのまつ)で育った子であるよ、だから蔓(つる)のあるウリ作りに励んでいる。夏「瓜作」。
【語釈】○舳の松　現在の大阪市堺区にあった舳松村。地名の由来は、住吉神の着岸の地であったとも、神功皇后(じんぐう)がこの地の松に船の舳を結んで上陸したともいう。当村から産出される瓜は舳松瓜(へのまつうり)として有名であった。○育つるの子　育った子。「つる」は完了の助動詞「つ」の連体形で、これに「蔓」の意を掛ける。○瓜作　ウリの栽培。

四〇　ひらきては暑さをたたむ(ん)扇哉(かな)　（同）

【句意】開いてはその風で暑さを断ち切ってくれる、扇であることよ。畳んだ状態から開いたのに、それで暑さを断つことになる（たたむ）、という洒落。夏「暑さ・扇」。

【語釈】○たたむ　断たん。遮断するであろうの意で、これに「畳む」の意を掛ける。

四一　あれ鼠風をはみける扇哉　（同）

【句意】荒れネズミよろしく、乱暴な人は激しい勢いで手を動かし、生ずる風を食べてしまった恰好の、扇であることよ。ネズミが扇をかじるさまを重ねているか。夏「扇」。

【語釈】○あれ鼠　暴れ回るネズミで、乱暴者のたとえにも用いる。○はみける　食みける。口に入れて飲み込んでしまった。ここはわが物とするの意であろう。

四二　夕涼み橋に我身は成にけり　（同）

【句意】夕涼みに人は橋へ集うけれど、たとえて言うならば、その橋にわが身はなってしまったような按配だ。それほど涼しいということであろう。夏「夕涼み」。

【語釈】○夕涼み橋に　「夕涼み橋よりこぞる月見哉　政倫」（『時勢粧』）のように、橋は夕涼みには格好の場所であり、『類船集』に「橋」と「涼しき水」が付合語として登載される。○橋に我身は成にけり　和歌や謡曲の語調であり、伊勢「難波なる長柄の橋もつくるなり今はわが身を何にたとへん」（『古今集』）などを踏まえつつ、たとえるどころか橋そのものになってしまった、としたものであろう。

四三　売(うる)や団子御手洗川(みたらしがわ)にせし身すぎ　（『大井川集』延宝2）

【句意】団子を売っていることよ、これは御手洗川で行う禊(みそぎ)ならぬ身過ぎというものである。夏「団子（御手洗団子）・御手洗川（禊）」。

【語釈】○団子　ここは御手洗団子のことで、現在の京都市左京区にある下鴨神社で葵祭や御手洗会(え)（六月二十日から月末まで下鴨神社の御手洗川に足をつけて無病息災を祈る神事）などの折に氏子が家々で作り、後には社頭の茶店で売った団子。小粒の団子を串にさし、醤油で付け焼きにしたもの。○御手洗川　神社の近くを流れて、参拝者が口をすすぎ手を洗い清める川で、京都の下鴨神社のものが有名。「御手洗川の禊」は和歌以来の題材。○身すぎ　身過ぎ。生活の手段。ここは川で身を清める「禊」のもじり。

四四　雨ふらす竜女(りゅうにょ)や悋気(りんき)星の中(なか)　（同）

【句意】雨を降らせる竜女は悋気を起こしているのだろうか、二星の仲をうらやんで。七夕に雨が降ることを、竜女のやきもちであるとした。秋「星の中（星合(ほしあい)）」。

【語釈】○竜女　竜宮にいる竜王の娘。「竜王」は蛇形の鬼類である竜の王で、主として水中に住み、雲や雨を起こす神通力を持つとされる。○悋気　男女の情事などに関しての嫉妬。○星の中「中」は「仲」に通用。ここは牽牛(けんぎゅう)星と織女(しょくじょ)星の仲をさし、年に一度の二星の逢瀬である「星合」を含意させ、これが秋の季語になる。

四五　送火の舟や彼岸山のきし　（同）

【句意】送り火に際して流す舟は彼岸に向かうのであるから、舟でありながら、それは山の岸をめざすことになる。秋「送火の舟・彼岸」。

【語釈】○送火　盂蘭盆の最終日、迎えた霊を送るために門前などで焚く火。○舟　ここは「精霊船」のことで、盂蘭盆が終わる精霊送りの日に、供物などを乗せて海や川に流す、ワラや木で作った舟。火をともした灯籠を流すこともある。○彼岸　仏教にいう「彼岸」のことで、絶対的な悟りの境地、転じて死後の世界をさす。○山のきし　山の岸。山の切りたった絶壁。また、山の端が水に臨んで岸となっている箇所。死者の霊魂は山に行くと考えられたことから、ここでは彼岸を山の岸だと言いなしたものであろう。

四六　躍歌の聖なりけり音頭取　（同）

【句意】「歌の聖」ならぬ踊り歌の聖とも言うべき存在であることだ、盆踊りの音頭を取る人は。秋「躍歌・音頭取」。

【語釈】○躍歌　踊り歌。盆踊りなど集団で踊る際に歌う歌。○歌の聖　和歌に優れた人を尊んで呼ぶ語で、柿本人麻呂・山部赤人をさすことが多い。○音頭取　歌（とくに盆踊りの歌）を大勢で歌う際、最初に歌い出して皆を導き、調子を取る主唱者。オンドウトリとも発音する。

四七　をどる夜は音頭とりを限り哉　（同）

【句意】 皆で盆踊りをする夜は、音頭取りがこれ以上はもう歌えないとなったのをもってお開きとすることだ。それほど踊りまくるというのである。秋「をどる・音頭とり」。

【語釈】 ○音頭とり　音頭取り。歌の主唱者。四六の句を参照。オンドトリとも発音する。○限り　区切ることで、ここは時間的な終わりの意と、歌が続く限界の意を掛ける。

【備考】 諸書からの抜粋よりなる宗臣編『詞林金玉集』（延宝7）に再録。

四八　武蔵野は織(おり)どめしらぬ錦哉(にしきかな)　（『大井川集』延宝2）

【句意】 武蔵野は限りなく紅葉(こうよう)が続き、どこが織りじまいともわからない錦の織物のようであることだ。広い武蔵野の紅葉を際限のない錦織(にしきおり)と見立てる。秋「錦（紅葉）」。

【語釈】 ○武蔵野　広くは関東平野をさし、一般には入間川・荒川・多摩川に囲まれ、現在の東京都と埼玉県にまたがる洪積台地をいう。○織どめ　織留・織止。布を織り終えること。また、織物の最後の部分。物事の最後についてもいう。○錦　本来は数種の色糸で文様を織り出した織物で、美しいもののたとえにも用いる。秋の紅葉をさすこともあり、ここもそれに当たる。

【備考】 幽山(ゆうざん)編『誹枕(はいまくら)』（延宝8）には「武蔵野や織留しらぬ唐錦(からにしき)」の句形で所収。「唐錦」は舶来品である唐織(からおり)の錦で、紅葉のたとえにも用いる。句意に大きな異同はない。

四九　いづくとか岩根松が根木子駈　（同）

【句意】どこぞにはあるとかいうことで、岩の根元やマツの根元などを遠くまで探して回る、茸狩である。「松が根」を二意で用いたと考えられる。秋「木子駈」。

【語釈】○とか　格助詞の「と」と係助詞の「か」で、不確実な想像・伝聞などを表す。○岩根　岩の根本。「言はね」を掛けるか。○松が根　マツの木の根。根が長いことから、枕詞「松が根や」は「遠く」に掛かる。○木子駈　茸狩・菌狩。山林に入ってキノコを探し採ること。

【備考】梅盛編『道づれ草』（延宝6）所収の二三二「松がねの岩間やつたふ木の子狩」と類想。あるいは、二三二は四九の改作か。

五〇　松茸の木葉がくれや闇の梅　（同）

【句意】マツタケが木の葉の下に隠れていることだ、それはまるで闇夜に香るウメの花のようである。姿は見えなくてもよい香を漂わせている、ということ。秋「松茸」。

【語釈】○木葉がくれ　木の葉（ここは落葉）の陰に隠れて見えないこと。

【備考】風虎主催『六百番誹諧発句合』（延宝5）にも所収。

五一　むかしたれ茶湯に雪に水仙花　（同）

【句意】古き世にだれが見つけてくれたのだろうか、茶の湯を楽しみ、外には雪景色があり、スイセンの花が咲いているという、冬のすばらしい味わいを。冬「雪・水仙花」。

【語釈】〇むかしたれ　昔にだれがの意で、九条良経「むかしたれかかる桜の花をうゑて吉野を春の山となしけむ」（『新勅撰集』）など、和歌にも用いられる。

五二　山復山頭巾もひだのたくみ哉　（『大井川集』延宝2）

【句意】山のまた向こうに山が続く山国の飛騨、杣人のかぶる山頭巾も、「飛騨の工」ではないけれども、たくみに襞が付けられていることだ。漢詩句を利用しつつ、掛詞に興じる。冬「頭巾」。

【語釈】〇山復山　山の向こうにまた山があるの意。大江朝綱の詩句「山復山何れの工か青巌の形を削り成せる」（『和漢朗詠集』）を踏まえる。〇頭巾　頭や顔を包む布などによるかぶりもの。ここは杣人（山仕事をする猟師・木樵ら）がかぶる山頭巾（山岡頭巾とも）をさしていよう。〇ひだのたくみ　古代、飛騨国（現在の岐阜県飛騨市）からは毎年交替で工匠（大工）が京都に上って木工寮での公役に従事し、これを「飛騨の工」と称した。飛騨はすぐれた工匠の出身地とされ、『今昔物語集』にも伝説的な飛騨の工匠が登場する。ここでは、これに頭巾の襞がたくみに付けられていることを掛ける。

五三　山の姿皮のながめや旅頭巾　（同）

【句意】旅は山の姿や川の眺めを楽しむもので、その旅人自身も山型の形状に皮の眺めと言ったところだ、旅頭巾をしているありようは。冬「旅頭巾」。

【語釈】○山　山岳の意であると同時に、ここは頭巾の突起した部分をさす。○皮　頭巾が皮革でできた皮頭巾であることをさし、これに「川」の意を掛ける。○旅頭巾　旅の最中にかぶる頭巾で、「頭巾」は五二の【語釈】を参照。

五四　いつのまに寝巻ぬぐらんふくと汁　（同）

【句意】いつの間にか寝巻を脱いでしまうのだろう、フグの汁を食べて寝る夜には。フグを食べると身体が温まると考えられていた。冬「ふくと汁」。

【語釈】○いつのまに　詠人しらず「いつのまに霞立つらん春日野の雪だにとけぬ冬とみしまに」（『後撰集』）など、この語で詠み始めて歌中の「らん（らむ）」で結ぶ例は和歌に多い。○ふくと汁　フグの身を具材とした味噌汁。当時はフクと清音で多く読んだ。

五五　すすけたる芦屋や雪に門たがへ　（同）

【句意】すすけて汚い釜のような小家であることよ、雪に覆われていたのでその家を間違えてしまった。すすけた状態を目印として覚えていた、というのであろう。冬「雪」。

【語釈】○すすけたる　煤がしみ込んで黒ずんでいる。○芦屋　「芦の屋」に同じく、アシで屋根を葺いたような粗末な小屋。これに、「芦屋釜」（室町時代に現在の福岡県芦屋市で作られた茶の湯の釜）の意を掛け、「すすけたる芦屋」としたのでもあろう。○門たがへ　「門違」に同じく、訪ねる家を間違えること。

五六　島台のはくや洲崎の松の雪　（『大井川集』延宝2）

【句意】島台の尉・姥も掃くことであろうか、洲崎のマツから落ちた雪を。冬「雪」。
【語釈】○島台　婚礼や供応などに飾る縁起物。州浜台（入り込んだ浜辺を模した台）の上に模型のマツ・タケ・ウメやツル・カメを飾り、尉（老翁）・姥（老女）の模型を立たせるなどする。○はく　掃く。謡曲「高砂」の尉・姥は熊手と箒でマツの落葉を掃く。○洲崎　川や海の水底に土砂が積もってできた洲が陸地とつながり、水中に長く突き出た所。「州崎」とも書く。ここは模型である州浜台を実際の浜辺の景に見立てている。スザキとも発音する。

五七　貧学や寒さをこふる夜の雪　（同）

【句意】貧しい中で苦学する者は、寒くなるのを待ち望んでいる、夜の雪明かりで書物が読めるようになるのだから。灯火の油が買えず、窓の雪明かりで本を読んだという、中国晋代の孫康の故事（『晋書』）を踏まえる。冬「寒さ・雪」。
【語釈】○貧学　「苦学」に同じく、貧乏の身で学問に励むこと。また、そのような人。○こふる　請ふる・乞ふる。願い求める。

【備考】季吟編『続連珠』（延宝4）所収の一五四「貧学の命なりけりさよの雪」と類想。

五八　ふる雪は上かたびらか煤払　（同）

【句意】土の上に降る雪は、その身の上に着る帷子なのであろうか、煤払いをして汚れた身の。見立の作であり、白と黒の対比をねらっている。冬「雪・煤払」。

【語釈】○上かたびら　上に着る帷子の意か。あるいは、「上方」に「帷子」を掛けたか。「帷子」は主としてアサで作った単の着物で、これ自体は夏の季語。薄く積もった春の雪を「帷子雪」といい、「帷子」と「雪」は『類船集』にも付合語として登載される。「かたびら」と「煤」の組み合わせは、「白き物こそ黒くなりけれ」の前句題に付けた徳元の付句「ゆかたびら上にきながらすすはきて」（『犬子集』）を踏まえるか。○煤払　年末に煤や埃を払って家の中をきれいにする大掃除。十二月十三日かそれ以降の適当な日に行った。

五九　餅花の使は来たり節季候　（同）

【句意】「花の使」ならぬ「餅花の使」とも言うべき者がやって来た、それが節季候である。これが来るともうすぐ餅花を飾る新年だ、というのである。冬「節季候」。

【語釈】○餅花　ヤナギなどの枝に小さな餅や団子を花のように付けたもので、正月・節分などに豊作を予祝して飾る。○使は来たり　謡曲「鞍馬天狗」の「花咲かば、…使は来たり馬に鞍」の文句を取ったもの。これを開花を知らせる使者の意に読み取った上で、さらに「餅花の使」ともじったのであろう。○節季候　歳末に家々を回った物乞いの一種。シダの葉を挿した笠をかぶり、赤い布で顔を覆って目だけを出し、割り竹をたたきながら町家に入り、めでたい詞を唱え囃して、米銭（べいせん）をもらって歩いた。一般にはセキゾロと発音する。四三八の句を参照。

六〇　心もや一際浮立（ひときわうきたつ）あすの春　（『大井川集』延宝2）

【句意】世の中ばかりかわが心もそうなのか、一段と浮かれ立ってならない、明日の新春を前に。歳末の忙しさと新年への期待を同時に「一際浮立」と表したか。冬「あすの春」。

【語釈】○心もや　和歌や連歌に散見される措辞で、それらの影響を受けているか。「もや」は係助詞の「も」と「や」で、疑問や反語を含んだ詠嘆を表す。○浮立　雲などや世間の状態、人の心などが動いて定まらない状態になること。楽しく陽気になる意にも、不安で落ち着かなくなる意にも用い、ここは両意を込めていよう。○あすの春　春の気配が感じられるようになった冬の終わり。また、明日に新春を迎える大晦日。

六一　先候（まずそろ）や句帳になのるほととぎす　（『後撰犬筑波（いぬつくば）集』延宝2）

【句意】まずは最初にいますことだ、句帳にその名が載り、自らもその名を告げるホトトギスが。実際、句集では夏の巻頭にホトトギスを配したものもある。夏「ほととぎす」。

【語釈】○候　「候（そうろう）」の音変化したもので、「あり」の丁寧語。○句帳　連歌や俳諧の発句などを書き留めた手帳。

また、句集。○なのる「名告(の)る」に「名載る」を掛ける。

六二　千代の春や鶴の毛衣(けごろも)きそ始(はじめ)　（『小川千句集』延宝2）

【句意】千代もと祝う新春よ、千年の齢(よわい)を保つツルも毛衣を新たなものに替えて、人間と同様、着衣(きそ)始めといったところである。春「千代の春・きそ始」。

【語釈】○千代の春　永遠の繁栄を祝う新春の意で、正月の歳旦句に常套的な表現。○鶴の毛衣　ツルの羽毛を衣にたとえた表現。多くのツル類では一年に一度、正月ではなく、夏から秋のころに換羽がある。○きそ始　着衣始め。江戸時代、正月の三が日から吉日を選び、新しい着物を着始めること。また、その儀式。

【備考】季吟編『続連珠(ぞくれんじゅ)』（延宝4）にも所収。

六三　およぎつく星の心や天川(あまのがわ)　（同）

【句意】泳いでも対岸に渡り着いて会おうという、星の思いであんなに輝いているのか、七夕の日の天の川は。秋「星（星合(ほしあい)）・天川」。

【語釈】○星　ここは七夕伝説の牽牛(けんぎゅう)星・織女(しょくじょ)星をさし、二星の逢瀬である「星合」を含意する。○天川　天の川・天の河。銀河を天空の川に見立てた表現。

【備考】維舟編『武蔵野(むさしの)』（延宝4）には「およぎつく心や星の銀河(あまのがわ)」の句形で載り、風虎(ふうこ)主催『六百番誹諧発句合』

（延宝5）も同様。句意に大きな異同はない。

六四　あすの春やこぬ夕暮の松飾（まつかざり）

（『小川千句集』延宝2）

【句意】明日の新春よ、それがまだやって来ない大晦日の夕暮れから、明日を待ってマツが飾られている。元日ではなく、その前夜の門松をとらえたもの。冬「あすの春」。

【語釈】〇あすの春　「春近し」に同じく、春の気配が感じられるようになったころをいい、とくに新春を明日に控えた大晦日の感慨を表す。〇や　切字の役割を担うと同時に、「こぬ」と係り結びになって下につながる用法でもあろう。〇松飾　正月に門前や軒先などに飾り立てるマツ。これに正月が来るのを「待つ」という意を掛ける。

六五　霞にて目を引（ひく）浅黄桜（あさぎざくら）かな

（『海士釣舟（あまのつりぶね）』延宝2）

【句意】霞によって地色を染め直した恰好のアサギザクラであることよ。アサギザクラに霞のかかる景を、浅黄色の衣服に見立てる。春「霞・浅黄桜」。

【語釈】〇目を引　模様をそのままにして、地色を染め直す。人の注意を喚起するという意は、近代になってから発生したものらしい。〇浅黄桜　サトザクラの園芸品種で、萼（がく）が鮮緑色であるため、全体に淡い黄緑色に見える。また、この花を模様化したものも「浅黄桜」といい、「目を引」とは縁語の関係になる。

【備考】出典である貞之（ていし）編『海士釣舟（あまのつりぶね）』は散逸書であり、ここには宗臣（むねしげ）編『詞林金玉集（しりんきんぎょくしゅう）』（延宝7）に再録された六句を取り上げる。

六六　おらぶかと思ふ(う)中にはがきつばた　（同）

【句意】誰が叫んでいるのかと思って見ると、その中には餓鬼(がき)ならぬカキツバタの花が咲いていた。夏「がきつばた（杜若(かきつばた)）」。

【語釈】○おらぶ　大声で叫ぶ。○がきつばた　アヤメ科の多年草「杜若」に「餓鬼」（生前の罪で餓鬼道に落ち、飢えと渇きに苦しむ亡者）を掛けた表現。称遥院の発句「宗鑑が姿を見ればがきつばた」（『犬子集』等）などの例があり、ここも濁音で読んでおく。

六七　村雨(むらさめ)や昼寝もさせる郭公(ほととぎす)　（同）

【句意】村雨であるよ、これが昼寝もさせてくれるのか、ホトトギスの初音を待つ身に。夜も寝ずに一声を待つ伝統を踏まえ、村雨の間はそれも休みだという発想。夏「郭公」。

【語釈】○村雨　急に激しく降ってはやみ、また降ってくる、断続的なにわか雨。

六八　ぬきんでて秋たち風の手なみ哉(かな)　（同）

【句意】ひときわ目立った働きをする、立秋の日の風の、太刀風のような手並みであることだ。「抜き」「太刀」「手並み」と刀にちなむ縁語で仕立てた一句。秋「秋たち」。

【語釈】○ぬきんでて　とりわけ秀でて。これに刀を「抜き」の意を掛ける。○秋たち風　秋が来る意の「秋立ち」に「太刀風」（太刀を振った時に起こる風）を掛ける。藤原敏行「秋きぬと目にはさやかに見えねども風の音にぞおどろかれぬる」（『古今集』）など、秋の到来を風で知るのは和歌以来の伝統。○手なみ　手並み。腕前。技量。

六九　落雁や平砂に羽をやすめ文字　（『海士釣舟』延宝2）

【句意】落ガンよ、平沙に羽を休めているその姿は、まさに「休め文字」といったありようだ。カリが列をなして飛ぶ姿を字に見なし、「雁字」と呼ぶ習慣を踏まえる。秋「落雁」。

【語釈】○落雁　池や沼などに降り立つカリ。○平砂　「平沙」に同じく、平らな砂原のこと。「平沙の落雁」は中国の瀟湘八景の一つ。○やすめ文字　「休め字」「休め言葉」に同じく、詩歌などで調子を整えるために加える詞。これに「羽を休め」を掛ける。

七〇　ひえて身も氷のごとし霜の剣　（同）

【句意】冷えてその身も氷のようである、霜の剣の刀身は。冬「ひえて・氷・霜」。

【語釈】○霜の剣　霜が降りて草木を枯らすことを、剣にたとえていう語。一般にはシモノツルギと発音するも、ここは五音に合わせてシモノケンと読んでおく。

七一　古札(ふるふだ)は目出たく申(もうし)納め候(そろ)　　　（同）

【句意】社寺に返す古札は、新春の祝詞に倣って言うならば、「目出たく申納め候」という具合にお納めした。「申納め」に「納め」を掛ける。冬「古札…納め（古札納め）」。

【語釈】○古札　古くなった社寺の守護札。新年に授かった札を歳末に返納するのが「古札納め」で、これが冬の季語。○目出たく申納め候　新年の書状に「新春の慶賀めでたく申し納め候」などと使う、典型的な祝賀の表現。

七二　穂俵(ほだわら)や君になびき藻千々(ちぢ)の春　　　（『俳諧三ッ物揃(みつものぞろえ)』延宝3）

【句意】蓬萊(ほうらい)飾りのホンダワラよ、それがもともと水の流れになびいたように、人々もご主君に従い慕う、めでたい新春である。「穂俵」と「藻」の縁語関係を利用。春「穂俵」。

【語釈】○穂俵　「馬尾藻(ほんだわら)」に同じく、褐藻類ホンダワラ科の海藻で、これを干して米俵(こめだわら)の形に折りたばね、正月の蓬萊飾り（新年の祝儀の飾り物）に用いる。○君になびき　主君（天皇・将軍など）の意向に従っての意で、これに「なびき藻」を掛ける。○なびき藻　水の流れや波などになびく藻。○千々の春　永遠の繁栄を祝う新春の意で、「千代の春」「君が春」などと同様、歳旦句に常套的な表現。

【備考】延宝三年（一六七五）の維舟（重頼）の歳旦帖（『俳諧三ッ物揃』所収）に載る歳旦句。

七三　経よむや衣を墨にそめも蟬　（『犬桜』延宝3か）

【句意】経でも読んでいるのか、衣を墨色に染め、セミが懸命に鳴いている。夏「蟬」。

【語釈】○衣を墨にそめ　衣を黒や灰色に染めることで、墨染衣は僧侶の着る衣。○そめも蟬　「染めもせむ」（「せむ」は動詞「す」の未然形に推量の助動詞「む」）に「蟬」を言い掛けた表現で、セミの羽を僧衣に見立てている。薄く透けて見える着物を「蟬衣」といい、「蟬」と「衣」は『類船集』にも付合語として登載される。

【備考】出典である『犬桜』（益翁編か、刊年未詳、仮に延宝3としておく）は散逸書であり、ここには宗臣編『詞林金玉集』（延宝7）に再録された三句を取り上げる。

七四　山のごとく見えたる所や雲の峰　（同）

【句意】山のようだと見えたところは、実は動く雲の峰であった。夏「雲の峰」。

【語釈】○山のごとく　武田信玄の軍旗で知られる「動かざること山のごとし」（『孫子』）を踏まえるか。○雲の峰　山の峰のようにそそりたつ夏の入道雲。

七五　夏をむねとたてぬ座敷の障子哉　（同）

【句意】兼好法師の言に反し、夏を旨として建てなかった家の座敷の、広い障子であることだ。西日が厳しく過ごしにくいということか。夏「夏」。

【語釈】○夏をむねとたてぬ　『徒然草』第五五段の「家の作りやうは、夏をむねとすべし。冬はいかなる所にもすまる。暑き頃、わろき住居は堪へがたきことなり」を踏まえる。「むね」は「旨」で、中心とする物事。「ぬ」は完了の助動詞「ぬ」の終止形とも、打消の助動詞「ず」の連体形ともとれ、ここは後者と判断した。前者ならば、障子を開け放つと涼しいの意になるものの、「たてぬ」と「座敷」の間に切れが生じる。○障子　部屋の内と外を仕切る建具の一種で、ここは格子状の骨組みに紙を張った明かり障子であろう。

七六　懸想文売行は恋のやつこ哉　（『糸屑』延宝3）

【句意】懸想文を売り歩く商人は、恋の仲立ちをする使者なのであるから、まさに「恋の奴」とも言うべき存在であるなあ。「懸想文」に二意のあることを利用。春「懸想文」。

【語釈】○懸想文　恋の気持ちを伝える手紙。また、江戸時代の正月、京都などで売り歩かれたお札。ここは後者で、恋文に似せて縁起を祝う文が書いてあり、良縁や商売繁盛などが得られるとされた。これを売り歩く者を懸想文売と呼んだ。○恋のやつこ　恋の奴。恋に夢中になって他を省みられなくなることで、謡曲などに用例がある。ただし、ここの「やつこ」は人の用をする下僕の意で、懸想文売を恋の使者と見なしてこう言った。

七七　波の鼓打こそ磯なれ松拍子　（同）

【句意】波の鼓を打つのはほかでもない磯馴（そなれ）マツである、今日の松囃子（まつばやし）に。松囃子の日なので、磯辺のマツも波の鼓を打つと発想し、掛詞を駆使した一句。春「松拍子」。

【語釈】○波の鼓　波の音を鼓を打つ音にたとえていう語。○磯なれ松　強い潮風のために枝や幹が低くなびき傾いて生えているマツ。これに「こそ」を受けて係り結びとなる「なれ」（断定の助動詞「なり」の已然形）を掛け、「松」は「松拍子」と言い掛けになる。「磯馴松」はイソナレマツとも発音する。○松拍子　松囃子。江戸時代、正月二日（後には三日）の夜、諸侯を殿中に召して行った謡い初めの儀式で、町家もこれに倣った。

七八　貫（かん）の木か天（あま）の戸口の横霞（よこがすみ）　（『糸屑』延宝3）

【句意】あれは閂（かんぬき）なのだろうか、大空の戸口にたなびく横霞は。見立の句。閂のせいで岩戸は容易に開かないのかという、うがった見方をしたものでもあろう。春「横霞」。

【語釈】○貫の木　「閂」に同じく、門などの左右の扉が開かないように差し込んだ横木。○天の戸口　「天の戸」は大空を海にたとえて言った語（「戸」は水流の出入りする所）で、これに「戸口」を掛ける。また、天照大神（あまてらすおおみかみ）の神話で名高い「天の岩戸」を「天の戸」ともいい、この神話を踏まえた可能性が高い。○横霞　横にたなびいている霞。

七九　出替（でがわり）もうしと見し世ぞ今参（いままいり）　（同）

【句意】出替もしてみれば、「つらいと感じていたところが今は恋しい」と和歌に詠まれた通り、かつての奉公先がなつかしく、今はまた新参者のつらい身である。春「出替」。

【語釈】○出替　江戸時代、一年または半年契約の奉公人が雇用期限を終えて入れ替わること。また、その日。古くは二月二日と八月二日であったのが、寛文九年（一六六九）の幕令で三月五日と九月五日に改められた。普通は二月（後に三月）のものをさし、八月（後に九月）のものは「後（のち）の出替」という。○うしと見し世ぞ　藤原清輔「ながらへ（え）ば又このごろや忍ばれんうしとみしよぞ今は恋しき」（『新古今集』『百人一首』）の文句を取ったもの。「うし」は「憂し」でつらいの意。○今参　新しく仕えた者。新参者。

八〇　たきぎ能いつならしてかなら役者　（同）

【句意】薪能では、いつこれだけ慣れさせるようにしたのか、奈良の役者たちに。和歌の表現を踏まえ、「なら」を重ねたところが眼目。春「たきぎ能」。

【語釈】○たきぎ能　薪能。奈良興福寺の修二会（しゅにえ）の期間（二月六日から十二日まで）中、晴天七日間に南大門前の芝生などで大和猿楽四座（金春・観世・宝生・金剛）の大夫により、薪をたいて演じられた神事能。現在は主に夏の行事として各地で開催される。○いつならしてか　俊子「わが宿をいつならしてかならの葉をならし顔には折りにおこする」（『後撰集』）の文句を取ったもの。和歌と同様、「ならして」は慣れさせる意の「慣（馴）らして」であろう。評判をとる意の「鳴らして」を掛けた可能性もある。○なら役者　ここは大和国（やまとのくに）（現在の奈良県）に本拠を置いた猿楽（能楽の古称）四座の役者。

【備考】幽山編『誹枕』（延宝8）所収の二八七「奈良役者我えし事や薪能」と類似。

八一　みちらすか花や懐紙のつらよごし　（『糸屑』延宝3）

【句意】花を見散らしにするのか、そうしていいかげんに詠んだ花の句は、懐紙の面汚しと言うべきものだ。連歌・俳諧用語を用いての作句。春「花」。

【語釈】〇みちらす　見散らす。やたらと見る。いろいろ見る。ここはいいかげんにあちこちの花を見ることであろう。〇懐紙　たたんで懐に携帯する紙。連歌・俳諧の興行では懐紙ごとに定座の花を詠む約束があり、花の句は大切にすべきものであった。三三の句を参照。〇つらよごし　面目を汚すこと。恥さらし。なお、「つら」は「面」であり、連歌・俳諧の百韻（百句からなる連句）では横長に折った四枚の懐紙（三十六句の歌仙では二枚）に句を記し、その八つ（歌仙では四つ）の記載する箇所を「面」ともいう。

八二　　初瀬に参りて

生花やかくて御堂にまいり筒　（同）

【句意】花が生けられていることだ、「かくて御堂にまいりつつ」とは謡曲の文句だが、これでは「まいりつつ」ならぬ「まいり筒」といったところだ。春「花」。

【語釈】〇初瀬　現在の奈良県桜井市東部の地名で、古くはハツセと発音し、「泊瀬」「長谷」とも書く。ここは初瀬山の山腹にある真言宗寺院の長谷寺をさす。○生花　木の枝や草花などを切り、形を整えて花器に挿したもの。本来は無季の語ながら、出典の重安編『糸屑』では「花」の題下にあり、仏に供えた花を春季に扱ったのであろう。○かくて　このようにして。○御堂　仏像を安置した堂で、後には寺院のこともさす。長谷寺の本尊は十一面観世音菩薩で、本堂に安置される。○まいり筒　初瀬寺（長谷寺）を舞台にした謡曲「玉鬘」に「かくて御堂にまいりつつ」とあるのを踏まえ、「生花」との縁で助詞の「つつ」を「筒」（花を生ける竹筒）に代えたもの。

八三　花の上にたたん人丸桜かな　（同）

【句意】「人丸（人麻呂）」の名をもつくらいであるから、あらゆる花の頂点に立つはずの、人丸ザクラであることよ。『古今集』「仮名序」を利用しての作。春「花・人丸桜」。

【語釈】○上にたたん　『古今集』「仮名序」の「人麻呂は赤人の上にたたむことかたく、赤人は人麻呂が下にたたむことかたくなむありける」を踏まえる。○人丸　奈良朝以前に活躍した歌人で、歌聖と言われる柿本人麻呂。「人丸」とも表記する。○人丸桜　兵庫県明石市人丸町にある柿本神社（人麿を祭神とする神社）の境内のサクラ。

八四　よはい物を春の部に取小鮎哉　（同）

【句意】齢を延ばす縁起物は春の部に収める習慣の通り、これも春の部に入れて、春になると捕って食べる小さなアユであることだ。春「春・小鮎」。

【語釈】○よはい物　未詳。仮に「齢物」の字を当て、寿命を延ばす物の意としておく。○春の部に取　和歌・俳諧などの撰集で春の部立に収めること。春には小さなアユを捕獲して賞味するの意を、これに重ねている。○小鮎「若鮎」に同じく、アユの幼魚で、春に川を遡上する時期の称。その勢いのよさが賞翫の対象となった。

八五　鬼が城もほど遠しとや壬生念仏　（『糸屑』延宝3）

【句意】鬼の居所もよほど遠くになってしまうということだ、壬生念仏の効験によって。念仏のありがたさで地獄へいかなくてすむ、というのであろう。春「壬生念仏」。

【語釈】○鬼が城　鬼の住む城。謡曲「大江山」に「丹後・丹波の境なる鬼が城も程近し」とあり、その「鬼が城」は現在の京都府福知山市大江町南山にある山（酒呑童子伝説にちなむ）。その文句を用いつつ、ここは鬼のいる地獄をさしている。○壬生念仏　三月十四日からの十日間、京都市中京区にある壬生寺で行われる念仏法会。ミブネンブツとも発音する。境内では無言劇の壬生狂言が演じられ、閻魔王庁にちなむ演目もある。

八六　なかば田も畔もやらふぞ早苗鳥　（同）

【句意】初音を聞かせたならば、その褒美に田でも畦でもくれてやることだぞ、早苗鳥の異名をもつホトトギスよ。「田」「畔」「早苗」は縁語。夏「早苗鳥」。

【語釈】○なかば　鳴かば。鳴いたならば。○畔　畦。田と田の間の堤。○早苗鳥　ホトトギスの別名。五月を早苗取月(なえとりづき)ともいうことに関連する呼称で、「時鳥」の表記も田植えの時期を知らせるからだとされる。

追善に

八七　芥子(けし)の花の跡とふ坊主(うぼうず)集哉(あつめかな)　(同)

【句意】ケシの花のようにはかなく逝った人を弔うため、坊主をたくさん集めることだ。「芥子」と「坊主」の関係(【語釈】を参照)を利用しての作。夏「芥子の花」。

【語釈】〇追善　死者の冥福を祈って仏事供養をすること。ここは故人を偲んで行う連歌・俳諧などの「追善興行」のこと。〇芥子　ケシ科の一・二年草で、「罌粟」とも書く。その花はもろくはかないもののたとえに用いられる。〇跡とふ　死者の霊を弔う。これに花が散った後を尋ねるの意を掛ける。〇坊主集　複数の僧侶を呼ぶことであろう。なお、ケシの果実(転じてそれに類似した子どもの頭髪)を「芥子坊主」といい、「芥子」と「坊主」は『類船集』にも付合語として登載される。

八八　所望(しよもう)する樗(おうち)の花や雲(くも)無心　(同)

【句意】手に入れたいと願うオウチの花よ、この花を雲にたとえる伝統に倣えば、これをねだる今の心境こそ、まさに「雲無心」ということになろう。夏「樗の花」。

【語釈】〇所望　願い望むこと。〇樗　センダン科の落葉高木であるセンダンの古名。その別名を「雲見草」といい、

「あふち（樗）」と「雲」の組み合わせは、和歌・連歌・俳諧に少なからず見られる。初夏に薄紫色の花を咲かせ、それを「紫雲」（念仏行者の臨終時に阿弥陀仏が乗って迎えに来るとされる雲）に見なす例も多い。○雲無心　陶淵明「帰去来辞」に「雲無心にして岫を出ず」の詩句があり、この「無心」は心が何物にもとらわれないこと。また、「無心」には何かをねだる意があり、句はその意で用いる。

【備考】顕成編『続境海草』（寛文10）には同形で成之の作として所収。出典である『糸屑』は五年後のものであり、同書がこれを春澄作とすることには疑問の余地がある。

八九　淋しからぬ六条河原の印地哉　（『糸屑』延宝3）

【句意】和歌や謡曲でうら淋しいとされたのは「六条河原の院」であるが、こちらはにぎやかで少しも淋しくない、六条河原の印地打ちであることだ。夏「印地」。

【語釈】○六条河原　京都を流れる鴨川の、六条と五条の間の川原。平安時代末期から室町時代にかけては、罪人の処刑場やさらし場となっていた。また、六条坊門の南には源融の造営した豪壮な邸宅があり、「河原の院」と呼ばれていた。その没後は火災によって荒廃し、紀貫之に「君まさで煙絶えにし塩釜のうらさびしくも見え渡るかな」（『古今集』）と詠まれている。謡曲「融」にも「六条河原の院」として見え、この句の「六条河原の印地」はそのもじり。○印地「印地打ち」に同じく、川原などで二手に分かれた人々が小石を投げ合い勝負を争う石合戦の一種。中世には死傷者が出るほどであったが、近世には行事化し、端午の節句に子どもらが行う遊戯となった。

九〇　五月雨（さみだれ）やあがらであがる下踏（げた）のはね　（同）

【句意】降り続く五月雨よ、雨は上がらず下駄のはねばかりが上がる。夏「五月雨」。

【語釈】〇下踏　下駄。木製の履き物。〇はね　水・泥などが飛び散ること。また、その水や泥。雨の日などに歩くと、どうしてもこれが起こって着物を汚しがちになる。

【備考】諸書からの抜粋よりなる宗臣（むねしげ）編『詞林金玉集（しりんきんぎょくしゅう）』（延宝7）に再録。

九一　青蓼（あおたで）や藪におとらぬ雀鮨（すずめずし）　（同）

【句意】アオタデであることよ、それはスズメが好むタケの藪にも劣らずに、雀鮨のよい添え物になっている。夏「青蓼・雀鮨」。

【語釈】〇青蓼　タデ科の一年草であるアイタデの別名。辛味料を取るために栽培もされ、鮨や魚料理などに添えられる。とくに、タデを使ったタデ酢はアユ料理に欠かせないものとして知られる。〇雀鮨　イナ・小ダイ・フナなどを背開きにし、中に鮨飯を詰めた食べ物。形がスズメに似ていることからの名称で、大坂の名物であった。「藪」と「雀」は『類船集』にも付合語として登載される。

九二　嘸（さぞ）なうれん必（かならず）あきなふ（う）ならざらし　（同）

【句意】さぞかし売れるのであろう、その地に通う商人が必ず商う奈良晒(ざらし)である。「なうれん（な売れん）」に「暖簾(のうれん)」（商家で屋号を染め抜いて掛けた）が隠されているとすれば、それが「あきなふ」「ならざらし」と縁語関係を結ぶことになる。夏「ならざらし」。

【語釈】○嘸な「嘸」に同じく、さだめし・きっとの意。「な」は詠嘆を添える間投助詞。○ならざらし　奈良晒。奈良地方で産出する晒(さら)し布で、麻織物の最上品とされた。

九三　川骨(こうほね)や皮肉のはれた花の色　（『糸屑』延宝3）

【句意】コウホネよ、その名に「骨」の字はあっても、骨ではなく皮や肉が腫れたような、花の色である。「骨」と「皮肉」の縁語関係を利用。夏「川骨」。

【語釈】○川骨　スイレン科の多年生水草。夏に水中から花茎を伸ばして五センチメートルほどの一輪の黄色い花を咲かせる。○皮肉　皮と肉。転じて身体をさし、表面の意にもなる。

九四　春秋(しゅんじゅう)やしらぬ述懐(じゅっかい)蟬の分(わけ)　（同）

【句意】どれだけの年月を土中で過ごしたか知らないと、こちらにはわからない愚痴(ぐち)の数々である、蟬の言い分(ぶん)を聞くに。セミの鳴き声を述懐と見なしたもので、何か踏まえたものがあるか。夏「蟬」。

【語釈】○春秋　春と秋。また、一年や歳月の意ともなり、ここは幾(いく)歳月の意。○述懐　思いを述べること。また、愚痴や不平・不満を洩らすこと。古くはシュッカイと発音。○分　「訳」に同じく、事柄や言葉の意味・内容、道理・事情・理由などの意。

九五　風を待船(まつ)は納涼鷁首哉(どうりようげきしゆかな)　（同）

【句意】出航の順風を待っている船は納涼のためのもので、船首には鷁の首があるのだから、かつての「竜頭鷁首」ならぬ「納涼鷁首」といったところだ。夏「納涼」。

【語釈】○納涼　暑さを避けて涼しさを味わうこと。ノウリョウとも発音する。○鷁首　「鷁首船」に同じく、水難を防ぐ目的で、船首に鷁の頭部の飾りを付けた船。「鷁」は想像上の鳥。船首に竜の頭の形の飾りを付けた竜頭船(りようとう)と二隻一対で「竜頭鷁首」といい、もとは平安時代の貴族が管絃の遊びなどをするのに用いた。この句の「納涼鷁首」はそのもじりであろう。あるいは、待ち望む意の「鶴首」をひねったか。

九六　川狩(かわがり)や左手人間(ゆんでひとま)に遊ぶ事　（同）

【句意】川狩であるよ、「狩」とは言っても弓を使う山のそれではないから、「弓手(ゆんで)」とも書く左手は人目のない折に休ませることだ。言葉の用字に興じた理屈の作。夏「川狩」。

【語釈】○川狩　川で網を打つなどして魚を捕ること。○左手　左の手は弓を持つことから、「弓手」と同様、ユンデと発音する。○人間　人のいない間。人の見ていない時。

【備考】編者未詳『点滴集』（延宝8）にも入集。

九七　諸共に月の宮抛やお峰入　（『糸屑』延宝3）

【句意】一緒に月の都を目ざそうというのか、お峰入の修験者は。月にも到達しようかというほど、修験者は高所を巡るということであろう。秋「月の宮抛・お峰入」。

【語釈】○諸共に　一緒に。僧正行尊が大峰山で詠んだ「諸共にあはれと思へ山桜花よりほかに知る人もなし」（『金葉集』『百人一首』）を踏まえていよう。○月の宮抛　月の都。月の中にあるとされる宮殿。「宮抛」は「宮処」の宛字（ないし誤字）とおぼしく、皇居がある地の「都」のこと。○お峰入　「峰入」「大峰入」に同じく、修験者が大和国（現在の奈良県）吉野郡の大峰山に入って修行すること。四月の「順の峰入」（熊野から大峰山を経て吉野に抜ける）と七月の「逆の峰入」（吉野から大峰山を経て熊野に抜ける）があり、普通は夏の季語として扱うものの、出典の『糸屑』は「嶺入」の表記でこの題を秋の部に配し、この句もそこに収められる。

九八　弁当や月見る片荷と山めぐり　（同）

【句意】弁当よ、これを月見をする際の片荷として山を歩き回る。謡曲「山姥」の「月見る方にと山めぐり」を用いつつ、その「方に」を「片荷」に置き換えたもの。秋「月」。

【語釈】○片荷　天秤棒で前後に荷をかつぐ際の片方の荷物。

九九　跡をのみみよし野の奥や木子狩　（同）

【句意】後ろばかりを気にして見ながら吉野の奥に入ることだ、茸狩のために。謡曲「二人静」の「跡をのみみよし野の奥深く山路を急ぐ哉」を用いる。秋「木子狩」。

【語釈】○跡「後」に同じく、後方の意。採り残しを気にして後ろを見るのであろう。○みよし野　吉野（現在の奈良県吉野郡にある吉野山）の美称である「み吉野」に「見」の意を掛ける（謡曲でも同様）。○木子狩　茸狩。山で食用のキノコを採取すること。四九の句を参照。

一〇〇　ことぶくや武運重九菊の酒　（同）

【句意】祝うことである、武運長久ならぬ重九の節句を、キクの酒を飲んで。秋「菊の酒」。

【語釈】○ことぶく　寿く。祝う。○武運重九　戦でのよい運が続くことを意味する「武運長久」のもじり。「重九」は九月九日の重陽の節句。○菊の酒　キクの花びらを浸した酒。重陽にこれを飲むと、長寿が得られるとされる。

一〇一　いらへする詞の花やかへり咲　（同）

【句意】返答する際の花のように美しい言葉は、これぞ返り咲きである。冬「かへり咲」。

【語釈】○いらへ　返事・返答。○詞の花　美しく表現した言葉。美辞麗句。○かへり咲　定まった開花期以外に草木の花が咲くこと。多くは春の花が初冬などに咲くこと。ここは言葉を返すことをこれに掛けている。

一〇二　庖丁やたたく納豆の糸状菌　（『糸屑』延宝3）

【句意】庖丁よ、これでたたいた納豆はよく糸を引き、糸状菌でできている。冬「納豆」。

【語釈】○たたく納豆　庖丁で細かく刻んだ納豆で、納豆汁の具にすることが多い。「納豆」の本来の読みはナットウ。○糸状菌　真菌類の内で糸状の菌糸からなるもので、一般にはカビと呼ばれる。文字面の上では「納豆の糸」と言い掛けになる。

一〇三　奏するや月よみ日よみ花暦　（同）

【句意】奏上することだ、月・日を数えて作った暦と花暦を。「月よみ日よみ」と「よみ」をくり返し、さらに「花暦」の「よみ」と音を合わせる。冬「奏する…暦（暦奏）」。

【語釈】○奏する　天皇・上皇らに申し上げる。陰陽寮の暦博士が翌年の新暦を作り、十一月一日に中務省がこれを奏進したことを「暦奏」といい、冬の季語として扱う。この句もその行事を扱っている。○月よみ　月読。一般には月の神をさすものの、ここは月を数えること。○日よみ　日読。日を数えることで、「暦」の意に用いられる。○花暦　花の名を四季の順に並べ、咲く時節と名所を書き入れた暦。

一〇四　鉄砲にうたれなたねが島千鳥（しまちどり）　（同）

【句意】鉄砲に撃たれるな、種子島（たねがしま）の島チドリよ。「種子島」の二意を利用。冬「千鳥」。

【語釈】〇うたれな　撃たれな。「な」は禁止の終助詞。〇たねが島　種子島。現在の鹿児島県に属する大隅諸島の中の島。ここに漂着したポルトガル人がもたらしたことから、鉄砲の火縄銃の俗称となる。〇島千鳥　島に生息するチドリ。「島」は上下に掛かる。

一〇五　蛎（かき）をとる船や桑名（くわな）の七里（しちり）こぎ　（同）

【句意】カキを捕る船よなあ、桑名の七里の海で、七里もの長い距離を漕いでいる。「七里」の二意（固有名詞と一般名詞）を利用。冬「蛎」。

【語釈】〇桑名　現在の三重県北東部にある伊勢湾に面した地名。ハマグリの産地として著名。〇七里　長い道のりや広い地域を表す語。また、東海道の桑名宿と宮（みや）宿（現在の愛知県熱田区）を結ぶ海路を「七里の渡（わたし）」と呼び、そのあたりの海をもさして言った。

一〇六　撰（えらび）しや是（これ）も五人の神楽歌（かぐらうた）　（同）

【句意】 よくぞこの人数に選んだものだなあ、天孫降臨には五神が従ったわけだが、これも五人の奏者による神楽歌がその内容を伝えている。「五人の神」に「神楽歌」と言い掛けにする。冬「神楽歌」。

【語釈】 ○五人　日本神話で瓊瓊杵尊（ににぎのみこと）の降臨に五神が従ったことを踏まえ、これを「五人の神」と表現しつつ、神楽歌の演者も五人だとしたのであろう。○神楽歌　神を祀るための舞楽を奏する際に歌われる歌。神楽では神話も多く扱われる。宮廷の御（み）神楽が十二月に行われたことから、民間の里（さと）神楽も含めて、神楽全般を冬の季語とする。

一〇七　右の手に年は暮行暦（くれゆくこよみ）かな　（『糸屑』延宝3）

【句意】 右の手の中で年は暮れていく、それもそのはずで、手には残りもわずかな今年の暦があることだ。だから手の中で年が暮れていくという理屈。冬「暮行暦（古暦（ふるごよみ））」。

【語釈】 ○年は暮行　一年が過ぎ去ろうとしている。○暦　時の流れを一日を単位に年・月・週などで区切り、数えるようにした体系。また、それを記載したもの。

【備考】 「年は暮行」で「歳暮」の句と見ることも可能ながら、出典である『糸屑』は「暦末（こよみのすえ）」の題下にこの句を収める。「暦末」は暦を使い終える（あるいは終わりに近くなる）ことで、「古暦」に同じ。諸書からの抜粋よりなる宗臣編『詞林金玉集』（延宝7）に再録。

一〇八　多く共（とも）四十八手（て）や曲（きよく）ずまふ（もう）　（『武蔵野（むさしの）』延宝4）

【句意】多くても四十八手と限りがあることよ、曲相撲(きょくずもう)の決まり手は。秋「曲ずまふ」。

【語釈】○四十八手　相撲の技における決まり手の総称。四十八あるとされる。『太平記』巻一七の狂歌「多くとも四十八にはよも過ぎじ阿弥陀が峰にともすかがり火」を踏まえており、この狂歌の「四十八」は阿弥陀の誓願の数。○曲ずまふ　曲相撲。普通は使わない技を使う相撲で、見世物的なものとして行われた。平安時代の宮廷行事、相撲(すまいの)節会(せちえ)が七月に行われたことから、「相撲」は秋の季語として扱われる。

一〇九　寐巻(ねまき)には夜の錦(にしき)や鹿鳴草(しかなぐさ)　（同）

【句意】シカが寝巻とするからには、これぞまさに「夜の錦」と言うべきものであろう、鹿鳴草の別名をもち錦にもたとえられるハギの花は。秋「鹿鳴草」。

【語釈】○夜の錦　夜に美しい錦の織物を着ても目立たないことから、甲斐がないことのたとえとして用いる。ここは鹿がその上で寝るハギを「寝巻」に見立て、それを「夜の錦」と言いなした。○鹿鳴草　ハギの異名。ハギは「鹿の妻」とも言われ、『類船集』に「萩」と「鹿」は付合語として登載される。「萩」と「錦」も同様に付合語。

一一〇　目遣(めづか)ひや下は盃(さかずき)上は月　（同）

【句意】あわただしい目の動かし方であることだ、下には月見の酒を飲む盃、上には月がある。上にも下にも丸い「つき」（【語釈】参照）があり、目移りするということ。秋「月」。

【語釈】○目遣ひ　物を見るときの目の動かし方。目つき。○盃　酒を飲むための小さな器。ともに形状が丸く、歴史的仮名遣いでは「さかづき」と「つき」が入ることから、月に見立てて詠まれる。

【備考】風虎主催『六百番誹諧発句合』（延宝5）にも所収。

一一一　色見えて柏はかくるる柚べし哉　（『武蔵野』延宝4）

【句意】色はよく見えていて、カヤの実は中に隠れている、柚餅子であることよ。凡河内躬恒「春の夜のやみはあやなし梅の花色こそ見えね香やはかくるる」（『古今集』）を利用しての作。秋「柏（榧の実）・柚べし」。

【語釈】○色見えて　和歌の「色こそ見えね」（「ね」は打消の助動詞「ず」の已然形）を踏まえる。○柏はかくるる　和歌の「香や」を「柏」に置き換えたもの。「柏」は「榧」と書くのが一般的なイチイ科の常緑高木で、その実は食用となる。○柚べし　柚餅子。中身をくり抜いたユズの実に、ゴマ・ショウガや木の実などを混ぜ入れた味噌を詰め、蒸して干した食べ物。

一一二　稲荷山絵具の土や下紅葉　（同）

【句意】稲荷山は絵の具の土が採れることで知られるが、今もその絵の具のように山が色づいていることよ、木々の下方の紅葉によって。秋「下紅葉」。

【語釈】○稲荷山　現在の京都市伏見区にある東山三十六峰の南端の山。西麓に伏見稲荷大社があり、全山が信仰の対象。○絵具の土　絵を彩る材料に使われる土。稲荷山の周辺からは朱の顔料や黄土が採掘され、『類船集』にも「稲荷山城」の付合語として「絵具山」が登載される。○下紅葉　木々の下の方の葉が紅葉すること。稲荷山は紅葉の名所としても知られ、『類船集』には「稲荷山城」の付合語として「紅葉」が登載される。

一一三　寒声のあやはも年の呉羽哉　（同）

【句意】寒声の調子を試している内に、年が暮れていくことであるなあ。「呉服あやは」（「呉織漢織」などとも）の成句を利用した掛詞の作で、「あやは」「呉服（羽）」の語だけをうまく用いて、意味上は「声の文」「年の暮」を表す。冬「寒声・年の呉（年の暮）」。

【語釈】○寒声　歌を習う者や僧などがのどを鍛えるため、寒中に行う発声練習。また、その声。○あやは　古代に中国から渡来した綾織の技術者である「漢織」の略。これに声の調子をいう「声の文」の「文」を掛ける。○呉羽　「呉服」に同じく、漢織とともに中国から渡来した綾織の技術者である「呉織」の略。これに「年の暮」の「暮」を掛ける。謡曲「呉服」に「呉服あやはのとりどりに」などとある。

一一四　掛乞や寝もせで夜を明の春　（『続連珠』延宝4）

【句意】掛乞であるよ、大晦日の一夜を代金回収で駆け回り、寝ることもしないで夜を明かし、夜が明けたら新玉の春である。和歌を利用しての作。春「明の春」。

【語釈】○掛乞　掛売の代金を回収すること。また、その人。「掛売」は商品を先に渡す信用取引の一種。江戸時代の売買は基本的にこれで、大晦日は一年で最も重要な代金回収日であった。○寝もせで夜を明　在原業平「起きもせず寝もせで夜をあかしては春のものとてながめ暮らしつ」（『古今集』『伊勢物語』）の表現を大幅に用いる。○明の春　年の初めを祝っていう語で、夜が明けて迎えた新春の意。「明」は上下に掛かる。

【備考】諸書からの抜粋よりなる宗臣編『詞林金玉集』（延宝7）に再録。

一一五　権なりやむべもこころむるわかさ筆　（『続連珠』延宝4）

【句意】第二位といったことであるなあ、たしかに新年の書き初めに際して書き心地を試みる若狭筆は。春「こころむる…筆（試筆）」。

【語釈】○権　仮のもの。最上位の次の位。「権なり」は論書・随筆などの文章によく見られる表現。○むべ　なるほど・まことに。○こころむる　ここは新年最初に毛筆で字を書くことで、「試筆」が春の季語になる。これに筆の書き味を試す意も込めていよう。○わかさ筆　若狭国（現在の福井県の南西部）で作られた名産の筆。『類船集』にも「筆」の付合語として「若狭」が登載される。奈良などの筆に対して「権」としたか。あるいは、「若さ」を掛けるか。

一一六　山や子日都のつとにいざり松　（同）

【句意】山は子の日の遊びの真っ盛り、都への土産物として、さあイザリマツを引いて持ち帰ろう。「をぐろ崎みつの小島の人ならば都のつとにいざといはましを」（『古今集』東歌）を利用しての作で、その「いざ」を「いざり松」に置き換える。春「子日」。

【語釈】○子日　新年になって最初の子の日。野で小さなマツを引き若菜を摘み、遊宴して千代の繁栄を祝う。○つと　土産。○いざり松　マツ科の常緑低木であるハイマツの異名。幹が屈曲して地上を這うような形をしている。これに呼びかけ語の「いざ」を掛ける。

一一七　春は猶あれにてしりぬ御忌参　（同）

【句意】春だとはやはりあれによって知ったことだ、すなわち御忌参である。春「春・御忌参」。

【語釈】○春は猶あれにてしりぬ　壬生忠岑「春は猶我にてしりぬ花ざかり心のどけき人はあらじな」（『拾遺集』）を踏まえる。○御忌参　法然上人の忌日の法会に参詣すること。正月十九日から二十五日まで、京都市東山区にある浄土宗の総本山、知恩院で行われるものが著名で、人々は遊覧の初めとして美しい着物に弁当を持って詣でた。

一一八　曲水もながれてはやき詩作哉　（同）

【句意】曲水の水も流れて速いけれど、これまた速い詩作であることよ。春「曲水」。

【語釈】○曲水　うねり曲がって流れる川。ここは「曲水の宴」の略で、これが春の季語となる。かつて宮中や公卿の邸で三月三日の節句に行われた遊宴で、参会者は庭園の流れに沿ってすわり、流される杯が通り過ぎる前に詩歌を詠じて杯の酒を飲み、また次へ流す。○ながれてはやき　春道列樹「昨日といひ今日とくらしてあすか川流れてはやき月日なりけり」（『古今集』）などに見られる表現。「はやき」は上下に掛かる。

一一九　色上戸（いろじょうご）火よりも赤き霞かな　（『続連珠』延宝4）

【句意】霞の異名をもつ酒を飲んで真っ赤になった人は、火よりも赤い霞のようであることだ。「霞」の二意を利用した見立の作。なお、『書経』に基づく諺「火を見るより明らか」は、近代以後の用例しか確認できない。春「霞」。

【語釈】○色上戸　飲んで顔が赤くなる酒好きの人。○赤き霞　霞が朝日か夕日に照らされた状態であろう。「霞」は酒の別名としても用いられ、「上戸」と縁語になる。

一二〇　柳陰（やなぎかげ）湯水ながるる出茶屋（でぢやや）哉（かな）　（同）

【句意】ヤナギの木陰に湯水が流れる、出茶屋であることだ。西行「道の辺（べ）に清水ながるる柳陰しばしとてこそ立ちどまりつれ」（『新古今集』）を踏まえての作。春「柳」。

【語釈】○柳陰　ヤナギの木の陰。○湯水　湯と水。ここは茶屋で洗い物をした水などであろう。和歌の「清水」の言い換え。○出茶屋　街道などの路傍に出した簡素な茶屋。

【備考】諸書からの抜粋よりなる宗臣編『詞林金玉集』（延宝7）に再録。自悦（じえつ）編『洛陽集（らくようしゅう）』（延宝8）所収の二四四「腰かけや湯水ながるる柳陰」と類似する。

一二一　かくす老もたで花おる若げ哉　（同）

【句意】それをかざして隠す老いももたず、花を折るとは若気の至りであることだ。春「花」。

【語釈】○かくす老　自分の老いを隠すこと。謡曲「小塩」の「心若木の花の枝、老隠るやとかざさん」を踏まえている。○若げ　若気。若者の未熟で無分別な気持ち。

一二二　孕句やころ待えたる桜がり　（同）

【句意】これは孕句とも言うべきものであるな、その時期を待ちに待ってようやく実行する桜狩は。謡曲「桜川」等の「頃待ち得たる桜狩」をそのまま用いる。春「桜がり」。

【語釈】○孕句　連歌・俳諧などで、当座の会より前に考え作っておいた句。ここぞという前句を得た際に付句として出すことが多い。○ころ待えたる　機が熟してその時に至ったの意。○桜がり　桜狩。サクラの花を尋ねて山野などを遊び歩くこと。

一二三　桜がりや右近の馬場の日和の日　（同）

【句意】桜狩をすることだ、右近の馬場の「引折の日」ならぬ「日和の日」、つまり上天気の日に。謡曲詞章をもじっての作。春「桜がり」。

【語釈】○桜がり　サクラの花を尋ねて遊び歩くこと。　○右近の馬場　右近衛府(えふ)に属した馬場で、平安京一条大宮の北にあった（現在は京都市上京区にある北野天満宮の境内の一部）。謡曲「右近」に「今日は右近の馬場の花を眺めばや」などとある。　○日和の日　天気のよい日。在原業平の「見ずもあらず」歌（『古今集』）の詞書に「右近の馬場のひをり(お)の日」とあり、謡曲「右近」に「右近の馬場のひをり(お)の日にはあらねども」とある。「ひをり」は「引折」で、公的で晴れがましいの意。これを「日和」に置き換えた。

一二四　かへ(え)るさや手ごとにおるる山桜　　　　（『続連珠』延宝4）

【句意】帰る途中であることよ、皆が手ごとに折ってヤマザクラを家への土産物(みやげもの)とする。素性法師の和歌（**【語釈】**参照）をよいことにして、ということ。春「山桜」。

【語釈】○かへるさ　帰る時。帰りがけ。『方丈記』に「帰るさには、折につけつつ、桜を狩り、紅葉を求め、蕨を折り、木の実を拾ひ(い)て」とある。○手ごとにおるる　素性法師「見てのみや人にかたらむ(ん)桜花手ごとに折りて家づとにせむ(ん)」（『古今集』）を踏まえる。○山桜　山に咲くサクラ。また、バラ科の落葉高木であるサクラの一品種。

一二五　富士山の雪やすそわけ江戸桜　　　　（同）

【句意】富士山に積もる雪とはお裾分(すそわけ)なのである、江戸で舞い散るエドザクラの。落花を雪に見立てる伝統と、富士は江戸人のものという通念を踏まえる。春「江戸桜」。

【語釈】○すそわけ　裾分。人からもらった品物や利益の一部を他人に分け与えること。○江戸桜　サトザクラの園芸品種で、観賞用に植えられる。地名の「江戸」を掛ける。

一二六　花の雪や富士までつづく江戸桜　（同）

【句意】雪のように花が散ることよ、これが富士まで続く江戸のエドザクラなのである。一二五の句と同様、エドザクラの落花が富士の雪になるという発想。春「花の雪・江戸桜」。

【語釈】○花の雪　白く咲いている花。また、雪のように降り散る花。ここは後者。

一二七　滝壺（たきつぼ）の薬の景やさがり藤　（同）

【句意】滝が壺に落ちるさまは目薬の代わりにもなる絶景だけれど、それと同じであるなあ、フジの花の垂れ下がって咲くありようは。花房を滝に見立てる。春「さがり藤」。

【語釈】○滝壺　滝が流れ落ちる淵。「滝」を夏の季語として扱うのは近代以降。○薬の景　未詳。目の薬になる景観をさすか。「壺」と「薬」は『類船集』にも付合語として登載される。○さがり藤　垂れ下がったフジの花房。

一二八　藤浪も床中（とこなか）にをる（お）花瓶（かびんかな）哉　（同）

【句意】「せんかたなみぞ床中にをる」とは和歌の一節ながら、波にたとえられるフジの花もそこに生けられて床の間の中に納まっている、花瓶であることだ。春「藤浪」。

【語釈】○藤浪　フジの花房。その揺れるさまが波の動きのように見えることによる。○床中にをる　詠人しらず「枕よりあとより恋の責めくればせんかたなみぞ床中にをる」（『古今集』）を踏まえる。「せんかたなみ」は形容詞「せんかたなし」の語幹に接尾辞「み」が付いたもので、どうしようもないのでの意となり、多くは「波・浪」と掛けて用いる。「床中」の「床」は一般的には寝床をさすものの、ここは床の間をさす。「をる」は「居る」で、あるいは「折る」を掛けるか。○花瓶　花を生ける器。カヘイとも発音する。

一二九　弥生山や口かずへりてほととぎす　（『続連珠』延宝4）

【句意】三月の山であるなあ、口数が少なくなってホトトギスはめったに鳴かない。春のホトトギスを「口かずへりて」と擬人化する。春「弥生山…ほととぎす（春の時鳥）」。

【語釈】○弥生山　三月ころの山。○口かずへりて　物を言う回数が減って。無口になって。ここは春のホトトギスが鳴かないことをこう言った。○ほととぎす　これ自体の季は夏ながら、ここは「弥生」と結んで春のホトトギスを表し、出典の『続連珠』でも「春郭公」の題下に収められる。源実朝「聞かざりき弥生の山の郭公春くははれる年はありしかど」（『金塊集』）など、和歌でもなかなか聞かれないものとして取り上げられる。

一三〇　長歌かとまり定めぬあま蛙　（同）

【句意】それは長歌でもあるのか、とどまることなく歌い続けている、「海士の子」ならぬアマガエルの歌は。「水にすむ蛙の…いづれか歌を詠まざりける」（『古今集』仮名序）を踏まえ、カエルの合唱を長歌と見なす。春「あま蛙」。

【語釈】○長歌　和歌の一形式で、五七をくり返し、七音で止める。一般的な発音はチョウカ。○とまり定めぬ　とどまることがない。また、宿泊場所も定まらない。詠人しらず「白浪の寄する渚に世を過ぐす海士の子なれば宿も定めず」（『新古今集』『和漢朗詠集』）の「宿も定めず」を踏まえつつ、止まらないの意で用いている。○あま蛙　アマガエル科のカエル。「雨蛙」や「尼蛙」と表記する。ここは右の和歌の「海士」と掛詞になる。

【備考】諸書からの抜粋よりなる宗臣編『詞林金玉集』（延宝7）に再録。梅盛編『道づれ草』（延宝6）にも下五「尼蛙」の表記で収められる。

一三一　灌仏や水は法会のうつはもの　（同）

【句意】灌仏会であることだ、「水は方円の器に従う」と言うけれど、釈迦仏に水をかける今日ばかりは、「方円の器」ならぬ「法会の器」とした方がよい。夏「灌仏」。

【語釈】○灌仏　「灌仏会」に同じく、釈迦が誕生した四月八日に行う法会で、釈迦の誕生仏に甘茶（正しくは五種類の香水）を注ぎかけて供養する。○法会　経典を講説・読誦すること。また、その集まり。○うつはもの　器。入れ物。「法会のうつはもの」は諺「水は方円の器に従う」（水は容器によってどんな形にもなることから、人は交友や環境に支配されやすいの意に用いる）をもじり、「方円」を「法会」としたもの。

一三二　祭仕立鍋の数見る筑摩哉　（『続連珠』延宝4）

【句意】祭礼の支度に鍋で煮炊きするのではなく、祭礼の粧いとして女がかぶる鍋の数ばかりを見る、筑摩祭であることだ。夏「祭…筑摩（筑摩祭）」。

【語釈】○祭仕立　祭礼における準備・装飾・扮装など。○鍋の数見る筑摩　「筑摩祭」のことで、滋賀県米原市にある筑摩神社で四月一日に行われ、村の女性が関係を結んだ男の数だけ鍋をかぶって参る風習があった。

一三三　来迎や雲のたえまの練供養　（同）

【句意】ご来迎であることよ、菩薩は雲の絶え間から迎えに来られ、当麻寺ではそれを模した練供養が行われる。「たえま（たいま）」の掛詞による作。夏「練供養」。

【語釈】○来迎　仏・菩薩が衆生を迎えに来ること。とくに念仏行者の臨終に、阿弥陀仏や諸菩薩が迎えに来て浄土に連れて行くこと。○たえま　「絶え間」に「当麻」を掛ける。○練供養　来迎会の俗称で、来迎する諸菩薩に仮装して練り歩く仏事。奈良県葛城市にある当麻寺のものが著名で、四月十四日、中将姫の臨終時に二十五菩薩が来迎したという寺伝により、これに扮した僧が極楽から娑婆に赴くさまの仮装行列を行う。

一三四　印地(いんじ)する寺子(てらこ)や袖に小米石(こごめいし)　（同）

【句意】印地打ちに興じる寺子たちは、袖に小米(こごめ)ならぬ小米石を蓄えている。僧ならば「袖に米」であるべきところ、寺子だから小米の石だという発想か。夏「印地」。

【語釈】○印地　「印地打ち」に同じく、川原などで二手に分かれた人々が小石を投げ合い勝負を争う石合戦の一種。中世には死傷者が出るほどであったが、近世には行事化し、端午の節句に主として子どもが行う遊戯となった。八九の句を参照。　○寺子　民衆教育機関である寺子屋に通って学ぶ子ども。　○小米石　「小米」（くだけて粉のようになったコメ）のような石か。あるいは、小さな「米石」（敷石に用いる花崗岩）のことか。また、結晶石灰岩を「小米石」と称することもある。托鉢僧が袖を広げて布施米を受けたことなどから、「袖」と「米」の間には連想関係がある。

一三五　梅の雨にしるくぞ有(あり)けるくらぶ山　（同）

【句意】降り続く梅雨(つゆ)ですっかりぬかるんだ暗部山(くらぶやま)だ。和歌の文言を利用。夏「梅の雨」。

【語釈】○梅の雨　梅雨。五月の長雨。　○しるくぞ有ける　紀貫之「梅の花にほ(お)ふ春べはくらぶ山やみに越ゆれどしるくぞ有りける」（『古今集』）を踏まえる。この和歌でははっきりしている意の「しるし」であるのを、水っぽい意の「しるし」に取りなしている。　○くらぶ山　暗部山。現在の京都市左京区にある鞍馬山の古名。

一三六　雨(あま)ばれや山がへんげて雲の峰　（同）

【句意】雨が上がったことよ、山が変化したものか、今は雲の峰が空を覆っている。山が入道雲に隠れたのを、「山」と「峰」の縁で、雲の峰は山の変化だとした。夏「雲の峰」。

【語釈】○雨ばれ　雨がやんで空が晴れわたること。○へんげて　変化て。姿を変えて。○雲の峰　山の峰のようにそびえ立つ夏の入道雲。

【備考】風虎主催『六百番誹諧発句合』（延宝5）にも所収。

一三七　風の手や山もつんざく雲の峰　（『続連珠』延宝4）

【句意】風の手のしわざであるよ、山をもつんざいて雲の峰を現したのは。夏「雲の峰」。

【語釈】○風の手　物を吹き動かす風を擬人化して、風には手があるとした言い方。○つんざく　手や爪で裂く。強く突き破る。「手」と「つんざく」は縁語。○雲の峰　山の峰のようにそびえ立つ夏の入道雲。一三六の句と発想も類似し、季題を念頭に想をめぐらして句作したものと推察される。

一三八　風の口に戸は立られじ夏座敷　（同）

【句意】風の通り口に戸は立てられまい、夏座敷なのだから。諺（【語釈】を参照）を利用。夏「夏座敷」。

【語釈】○風の口　風が吹き込んでくる入口。○戸は立られじ　諺「人の口に戸は立てられぬ」（人のする噂話は防ぎようがないの意）を用いて、その「人の口」を「風の口」に置き代えた。〇夏座敷　襖（ふすま）・障子（しょうじ）などをはずして風通しをよくした夏の座敷。

一三九　卯木（うつぎ）いけて見れば月こそ桶（おけ）にあれ　（同）

【句意】ウツギを生けて見たところ、まさに「見れば月こそ桶にあれ」ということになった。白いウノハナを月光にたとえる伝統を襲い、これぞ謡曲の詞章（【語釈】を参照）そのものの景観ではないかと興じたもの。「見れば」は上下に掛かっていよう。夏「卯木」。

【語釈】〇卯木　ユキノシタ科の落葉低木。ウノハナともいう。〇見れば月こそ桶にあれ　謡曲「松風」の「さしくる汐を汲み分けて、見れば月こそ桶にあれ」を用い、桶の水に月が映っているというのを、月に見立てられるウツギが桶にあると言いなしている。

一四〇　秋またで出がらかさなり早松茸（さまつだけ）　（同）

【句意】秋を待たずに出る出傘（でがらかさ）である、サマツダケは。掛詞と見立の作。夏「早松茸」。

【語釈】〇出がらかさ　大きく張り出した傘。これに「出る」の意を掛ける。〇早松茸　早生のマツタケ。また、マツタケに似て香りがないシメジ科のキノコ。「松茸」の季は秋。

一四一　麦笛にしらべあはすや舌鼓　（『続連珠』延宝4）

【句意】麦笛を吹く音に調べを合わせることだ、舌鼓で。縁語による作。夏「麦笛」。

【語釈】○麦笛　ムギの茎で作り、笛のように吹き鳴らすもの。○しらべあはす　音楽の調子や節回しなどを合わせる。○舌鼓　舌を鳴らして出す鼓のような音。多くは美味なものを飲食した際に鳴らす舌の音をさす。「笛」「しらべ（調べ）」「鼓」は縁語。

一四二　まさにながきよなり八九の今年竹　（同）

【句意】まさに「永き世」ならぬ「長き節」と言うべきものである、おおよそ今年に生えて破竹の勢いを示すタケは。掛詞の作。夏「今年竹」。

【語釈】○よ　「世（代）」に「節」を掛ける。「節」はタケなどの節と節の間の部分。「永き世」は永久的に続く世をさす。○八九　「十中八九」の略で、ほとんど・大部分の意であろう。これに「破竹」の意を掛けている。○今年竹　今年になって生え出た若いタケ。

一四三　蛍見や飛にあはれむしんの闇　（同）

【句意】蛍見物であることよ、その飛ぶさまに感嘆する、真っ暗闇の中なのに。何も見えないはずの闇夜なのに、ホタルだけは見て楽しめるということであろう。夏「蛍見」。

【語釈】○蛍見　ホタルを舟に乗るなどして観賞すること。○あはれむ　ここは感嘆・賞美するの意。藤原為家「飛ぶほたる光みるこそあはれなれ何の思ひにもえはじめけん」(『新撰和歌六帖』)などを踏まえるか。○しんの闇　真の闇。まったく光のない闇。

一四四　つかひてぞ扇も夏の一季をり　(同)

【句意】使ってこそ、扇も夏という一季の奉公を果たす。秋には扇を捨てる習慣を、奉公人の出替(交代)になぞらえて表現した。「扇」と「をり(折)」は縁語。夏「扇・夏」。

【語釈】○つかひて　使って。あるいは、「使ひ手」でそれを使う人の意か。○一季をり　一季居。「一季奉公」に同じく、奉公人が一年間の雇用を受けること。ここは「一季」に夏という一つの季節の意をもたせ、「をり」に「折」(扇を作ることを「扇折」という)の意を掛ける。

一四五　はなさぬや其執心のしゆら扇　(同)

【句意】暑くて扇を手から離さないことだ、その執着心の深さから言えば、これぞ「その執心の修羅の道」ならぬ「その執心の修羅扇」と言うべきだろう。謡曲詞章を利用。夏「しゆら扇」。

【語釈】○其執心のしゆら　謡曲「実盛」の「その執心の修羅の道」を用いる。「修羅の道」は六道輪廻の一つ「修羅道」で、戦いや怒りの絶えない世界をさす。○しゆら扇　修羅扇。地紙に日の丸や半月を描いた軍扇のことで、阿修羅王が手で日輪を覆った故事による。

【備考】風虎主催『六百番誹諧発句合』（延宝5）にも所収。

一四六　親の子や巣に交はれば赤頭　（『続連珠』延宝4）

【句意】さすがにその親の子だからそっくりであることだ、巣の中で一緒にいる内にアカガシラの子は赤い頭になった。諺をもじって利用した作。夏「巣…赤頭（水鳥の巣）」。

【語釈】○親の子　親と子であるだけによく似ているということ。○巣に交はれば赤　諺「朱に交われば赤くなる」（人は環境や交友に感化されるの意）のもじり。水鳥の巣はすべて夏の季語となり、ここもアカガシラの巣がこれに該当する。○赤頭　ガンカモ科の水鳥であるヒドリガモの異名。雄の頭部が赤茶色であることによる。

【備考】風虎主催『六百番誹諧発句合』（延宝5）にも所収。

一四七　灯炉もやあげおとりせぬ紙細工　（同）

【句意】人ばかりか灯籠もそうであることよ、上げて見劣りがしないよう成人男子が髪に工夫するのと同様、揚げて見劣りしない紙の細工だ。秋「灯炉」。

【語釈】○灯炉　灯籠。主として戸外で用いる照明具で、火炎部を囲って風から守る。盂蘭盆の供養につるすことから、秋の季語として用いる。一般的な読みはトウロウ。○あげおとり　元服して髪を上げて結った際、容貌が以前よりも見劣りすること。また、盂蘭盆に高く掲げる灯籠を「揚灯籠」といい、ここでは「あげ」にその「揚」の意を込める。○紙細工　紙で細工をすること。ここは灯籠で火炎を覆う紙の部分の意匠や模様に工夫すること。「紙」に「髪」を掛けている。

一四八　売菊は市の中なる隠者哉　　（同）

六百番俳諧合に

【句意】隠逸の花とは言っても商売物のキクは、市の中の隠者であることだ。秋「菊」。

【語釈】○六百番俳諧合　風虎主催『六百番誹諧発句合』（延宝5）のこと。同書にこの句は入集せず、出句して不採用になったと見られる。○市の中なる隠者　市隠。官職につかず市井に隠れ住む人。王康琚「反招隠詩」の詩句「小隠は陵藪に隠れ、大隠は朝市に隠る」（『文選』）により、市隠こそが本物の隠者であるとされた。詩中の「市」は市井の意で、それを市場の「市」に取りなしている。また、周敦頤「愛蓮説」の「菊は花の隠逸なる者なり」（『古文真宝後集』）により、キクの異名を「隠逸花」という。

【備考】梅盛編『道づれ草』（延宝6）にも所収。

一四九　秋の虫や袋になくも歌の声　　（同）

【句意】秋の虫よ、袋の中で鳴いても同じ歌の声を聞かせる。作意未考。秋「秋の虫」。
【語釈】○袋になく　未詳。採集されて袋に入れられた場合か。秋の虫は売り歩かれるものでもあった。○歌の声　歌を歌う声。虫の鳴く音は常套的に歌声になぞらえられる。

一五〇　杉ざしやあらそひかねて紅葉鮒（もみじぶな）　（『続連珠』延宝4）

【句意】杉刺し（すぎざ）になったことだ、抵抗もできずにモミジブナが。秋「紅葉鮒」。
【語釈】○杉ざし　未詳。スギの枝で魚を刺すことか。○あらそひかねて　柿本人麻呂「しぐれの雨まなくし降ればまきの葉もあらそひかねて色づきにけり」（『新古今集』）を踏まえ、モミジならぬモミジブナも色づいているとしつつ、「あらそひ」を抵抗するの意に取りなした。○紅葉鮒　琵琶湖に産するフナで、秋・冬にひれが紅色になったもの。

一五一　狼もさぞはげ山の神送（かみおくり）　（同）

【句意】オオカミもさぞかし禿（は）げ山で、お仕えする山の神の神送りをすることであろう。縁語（「狼」と「はげ山」）と掛詞（「はげ山」「山の神」「神送」）を駆使。冬「神送」。
【語釈】○狼　イヌ科の哺乳類で、山神（やまがみ）の使いとされる。○はげ山　草木の生えていない山。「狼」と「はげ山」は『類船集』に付合語として登載される。○山の神　山を守り支配する神。○神送　十月一日（または九月晦日）に神々が出雲に出かけるのを送る行事。

一五二　草履木履そくりばくりや村時雨　（同）

【句意】草履や木履をはいた足が数多く駆けていくことだ、急に襲ってきた村時雨の中を。同音（「り」）のくり返しに興じた作。冬「村時雨」。

【語釈】○草履　ワラやタケの皮などで作り鼻緒をすげたはき物。○木履　木製のはき物で、とくに高下駄をさすことが多い。○そくりばくり　多く・たいそう。「そこばく（若干・幾許）」に同じく、数量や程度が多くはなはだしいことをいう。○村時雨　群時雨。ひとしきり激しく降って過ぎる時雨。「時雨」は初冬のにわか雨。

一五三　初雪はふつてわいたる茶の湯哉　（同）

【句意】初雪は降ってきて、そう言えば「ふってわいたる」という言葉があるけれど、ちょうど沸き上がった湯で茶の湯をすることだ。「茶」と「初雪」の関連（『類船集』にも付合語として登載）を踏まえ、成語をもじる。冬「初雪」。

【語釈】○ふってわいたる　「天から降る」と「地から湧く」を合わせた言い方で、思いがけない物事が起こるの意。ここでは「湧いたる」を「沸いたる」の意に取りなす。

一五四　貧学の命なりけりさよの雪　（同）

【句意】貧しい学問好きにとっては命とも言うべきものであるなあ、夜の雪は。窓の雪明かりで本を読んだという、中国晋代の孫康の故事（『晋書』）を踏まえる。冬「雪」。

【語釈】○貧学　貧しい身で学問に励むこと。また、そのような人。○命なりけり　生きる頼りである。西行「年たけてまた越ゆべしと思ひきや命なりけり小夜の中山」（『新古今集』）を踏まえる。○さよの雪　夜に降る雪。「さよ」は「小夜」で、「夜」に同じ（「小」は接頭語）。和歌の「小夜（佐夜）の中山」は東海道の難所でもある地名。

【備考】維舟編『大井川集』（延宝2）所収の五七「貧学や寒さをこふる夜の雪」と類想。諸書からの抜粋よりなる宗臣編『詞林金玉集』（延宝7）に再録。

唐崎の松に

一五五　声ばかりかれてかれぬや雪の松　（『続連珠』延宝4）

【句意】その景観に感嘆して出す声ばかりが嗄れて、それ自体は枯れないことだ、雪の積もった唐崎のマツは。「嗄れ」と「枯れ」の同音異義に興じた作。冬「雪」。

【語釈】○唐崎　現在の滋賀県大津市にある琵琶湖西岸の地名。歌枕で、「唐崎の夜雨」は近江八景の一つ。「唐崎の松」と呼ばれる一本のマツがあって、和歌にも詠まれる。

一五六　冬籠居間を春辺の火燵哉　（同）

【句意】冬籠もりに、居間を春の暖かさにしてくれる炬燵であることよ。冬「冬籠・火燵」。
【語釈】○冬籠　冬の寒い間、人や動植物が家・巣・土中などにこもって過ごすこと。○居間　家の中で家族が普段いる部屋。○春辺　春方。春のころ。○火燵　炬燵。熱源を櫓で覆い布団を掛けて暖をとるもの。

一五七　かけたがる蜘さへあるに郭公　（『下主知恵』延宝4）

【句意】巣をかけたがるクモだっているものを、待っているホトトギスはなかなか「ほぞんかけたか」と鳴いてくれない。夏「郭公」。
【語釈】○かけたがる　ここはクモがすぐに糸で巣を作ろうとすること。ホトトギスの鳴き声を「ほぞん（本尊）かけたか」と聞きなす習慣があり、その「かけ」をクモの動作に取りなした。四の句を参照。

一五八　山寺や数さへみゆる揚灯籠　（同）

【句意】山の寺であることよ、ぼんやりとではなくその数までしっかり見て取れる、揚灯籠だ。盂蘭盆の際の光景を、和歌の一節を取り入れて表現した。秋「揚灯籠」。
【語釈】○数さへみゆる　数までがはっきりと見える。詠人しらず「白雲に羽うちかはしとぶ雁の数さへ見ゆる秋の夜の月」（『古今集』）など、和歌に用いられる表現。○揚灯籠　盂蘭盆の時、軒や竿の先につるして高く揚げる灯籠。本来の読みはアゲドウロウ。

一五九　あたらしきひとつばなしやけさの春　　　　『六百番誹諧発句合』延宝5

【句意】新しい一つ話とも言うべきものだ、元旦を迎えて「明けましておめでとう」と皆で言い合うのは。その挨拶を「ひとつばなし」と言いなしたのが作意。春「けさの春」。

【語釈】○ひとつばなし　得意になっていつもする同じ話。また、いつまでも人が口にする珍しい話。ここは、皆が新年のめでたさばかりを口にすることをこう言った。○けさの春　新年を迎えためでたい朝。元日を祝って用いる、歳旦吟に常套的な表現。

一六〇　きのふこそ寒垢離みしか水あみせ　　　　（同）

【句意】ほんの昨日に寒垢離を見たと思っていたのに、今日はもう新年の水浴びせを見ることになった。和歌の文言を使い、水にちなむ二つの行事を取り上げる。春「水あみせ」。

【語釈】○きのふこそ　詠人しらず「きのふこそ早苗とりしかいつの間に稲葉そよぎて秋風の吹く」（『古今集』）を踏まえる。○寒ごり　寒垢離。寒中に水を浴びて心身を清め、神仏に祈願することで、これ自体は冬の季語。○水あみせ　水浴びせ。水祝い。旧年中に結婚した新郎に水を掛けて祝う正月の行事。

一六一　あみだは銭その方引や御手の糸　　　　（同）

【句意】「阿弥陀は銭」とも言うのだから、その銭を争う宝引の縄は、阿弥陀様が御手に持っている糸にも等しい。諺を利用した見立の作。春「方引」。

【語釈】○あみだは銭　諺「阿弥陀は銭ほど光る」による。阿弥陀如来のご利益さえ賽銭の多少に影響されるの意で、金銭の威力が大きいことをいう。○方引　宝引。福引の一種で、数本の縄をたばね、ダイダイの実や金銭を付けた一本を引いた者を勝ちとする。正月の遊戯である一方、賭博的にも行われた。○御手の糸　阿弥陀如来が手に掛けて持つ五色の糸で、衆生を浄土に導く慈悲の象徴とされる。ここは宝引の縄をそれに見立てる。

一六二　はなはよし野都に歌人富士に雪　（同）

【句意】花といったら吉野、都には歌人がいて富士には雪があるのと同様、それは決まり切った組み合わせなのである。全体が三つに切れる三段切れの句。春「はな」。

【語釈】○はなはよし野　花が最も美しいのは吉野山であるの意。「花はみ吉野」は江戸時代中期に成句ともなる。「よし野」は現在の奈良県吉野郡にある吉野山をさす。

一六三　浦島が箱や杉やきさくら鯛　（同）

【句意】これは浦島の玉手箱なのか、杉焼にしてサクラダイを調理する箱は。白い煙とともにみごとな料理が現れるのを、玉手箱の秘法のようだとした。春「さくら鯛」。

【語釈】○浦島が箱　浦島太郎が竜宮城から持ち帰った玉手箱。○杉やき　杉焼。魚肉・貝・野菜などを杉板(すぎいた)の箱に詰めて焼き、スギの香りを移した料理。これ自体の季は冬。○さくら鯛　サクラの花の咲くころ、産卵のため内湾の浅瀬に群集するタイ。

一六四　さびたれども長刀鉾(なぎなたぼこ)や先(まず)一番　（『六百番誹諧発句合』延宝5）

【句意】古びているとはいえ、その名も長刀鉾であることよ、「まずは一番」と長刀の勝負をするように、いつも先頭を切って進んでいく。夏「長刀鉾」。

【語釈】○さびたれども　「さび」は動詞「さぶ」の連用形で、古びた状態である意の「寂び」と、金属に錆(さび)が生じる意の「錆び」を掛ける。「錆び」と「長刀」は縁語。用例はやや下るものの、「腐りても鯛」とほぼ同意で、多少の欠陥があってもよいものはよいことを意味する諺に、「錆びても刀」がある。○長刀鉾　京都で六月開催の祇園祭に巡行する鉾(ほこ)（山車(だし)）の一つで、長刀鉾町から出ることによる名称。籤(くじ)によらず、常に巡行の先頭を進む。○一番　先頭を行く意に、一つの勝負の意を掛ける。

一六五　移りゆく雲にわらぢ(じ)や富士詣(もうで)　（同）

【句意】移っていく雲の中に草鞋(わらじ)を踏み入れることだ、富士詣でにあっては。夏「富士詣」。

【語釈】○富士詣　六月一日から二十一日までに富士山に登り、山頂の富士権現社に参詣すること。富士の頂部は雲の上にあり、登山者は雲を越える恰好になる。三七の句を参照。
【備考】幽山(ゆうざん)編『誹枕(はいまくら)』（延宝8）にも所収。

一六六　なき人のかたみの雲やせがきばた　（同）

【句意】亡くなった人を火葬にした煙が雲のようにたなびいていることだなあ、施餓鬼会(せがきえ)の棚に立てる幡(はた)とともに。和歌の表現を大幅に利用。秋「せがきばた」。
【語釈】○かたみの雲　空にたなびく火葬の煙を雲に見立てた表現。後鳥羽院「なき人のかたみの雲やしをる(お)らん夕べの雨に色はみえねど」（『新古今集』）を踏まえる。「形見」は故人を思い出すよすがとなる物。○せがきばた　施餓鬼幡。施餓鬼会の際に祭壇に立てる五如来の名を記した五色の幡。「施餓鬼会」は有縁・無縁の霊を弔うために読経・供養をする法会で、多くは盂蘭盆(うらぼん)に行うことから、秋季として扱う。

一六七　車なげに片輪(かたわ)となすな相撲(すもう)とり　（同）

【句意】車投げで相手を障害者とするな、相撲取りよ。縁語による作。秋「相撲とり」。
【語釈】○車なげ　相撲の手の一つで、相手の体を回転させるようにして投げる技。○片輪　身体などに障害があること。また、その人。対になった車輪の一方をもさすことから、「車」と「片輪」は縁語になる。○相撲とり　力士。

相撲を取ることを職業にする者。秋の宮中行事であったことから、「相撲」は秋の季語として扱う。一〇八の句を参照。

一六八　旅させよ宜祢がいとし子神をくり　（『六百番誹諧発句合』延宝5）

【句意】旅をさせなさい、祢宜が大事な子のように思っている神に、今日は神をお送りする日なのだから。諺を利用した作。冬「神をくり」。

【語釈】○旅させよ　諺「かわゆき子には旅させよ」を踏まえる。○宜祢　「祢宜」に同じく、神社に奉仕する神職の一つで、その総称としても用いる。○いとし子　かわいがっている大切な子。○神をくり　出雲に出かける神を見送る十月一日（ないしその前日）の行事。

一六九　胸は富士袖は料紙やゆきの歌　（同）

【句意】胸には富士山の姿を思い浮かべ、袖には料紙を携えていることだ、雪の歌を詠むに当たって。冬「ゆき」。

【語釈】○胸は富士　平祐挙「胸は富士袖は清見が関なれや煙も波も立たぬ日ぞなき」（『詞花集』）を踏まえ、その初句を使いつつ、和歌では恋の思いが富士のように燃えている意であるのを、雪の富士を思い描く意に変えている。
○料紙　ものを書くための紙。

一七〇　伊勢のうみや舟ながしたる鯨突　（同）

【句意】伊勢の海であることよ、伊勢が詠んだ長歌の文句さながら、舟を流してしまったクジラの漁師だ。和歌の文言を利用した作で、「鯨突」には意外性がある。冬「鯨突」。

【語釈】○伊勢のうみや　歌語。これを上句に置く和歌は多い。歌人の「伊勢」を掛ける。○舟ながしたる　伊勢の長歌の中に「いせのあまも舟ながしたる心地して」（『古今集』）とあるのを踏まえる。○鯨突　クジラを銛で突き刺して捕えること。また、その人。

一七一　玉の緒よ絶なばたえねふくと汁　（同）

【句意】わが生命よ、絶えるならば絶えてしまえ、それでもよいからフグ汁を味わいたい。式子内親王「玉の緒よ絶えなば絶えねながらへば忍ぶることの弱りもぞする」（『新古今集』『百人一首』）から二句をそのまま用いつつ、フグへの嗜好を詠む。冬「ふくと汁」。

【語釈】○玉の緒　首飾りの美しい宝玉を貫き通す紐。また、その宝玉の首飾り。転じて、生命の意になる。○絶なばたえね　絶えてしまってもかまわないことを強調的に表現。○ふくと汁　フグの肉を具にした味噌汁。フクと清音で読む。五四の句を参照。

一七二　湯気やのすかすみの衣に皺もなし　（『有馬名所鑑』延宝6）

【句意】これも湯気が伸ばしたのか、衣にたとえられる霞には皺もない。春「かすみの衣」。

【語釈】○湯気　ここは温泉の湯気をさし、それを衣類の皺を取るために当てる水蒸気に見立てる。○のす　伸(の)す。皺や縮(ちぢみ)などを伸ばして平らにする。ここは温泉の効能で皺がなくなることを前提に、衣類の皺を取ることをこれに重ねた上で、霞の衣でさえ皺が取れているとした。○かすみの衣　霞を衣装に見立てていう表現。「衣」と「皺」は縁語で、『類船集』にも「皺」と「衣装」が付合語として登載される。

【備考】出典の行風(こうふう)編『有馬名所鑑』は有馬温泉（兵庫県神戸市北区有馬町）に関する地誌で、狂歌・発句を多く収め、春澄は発句四と狂歌一首を採られている。

一七三　夏をむねとつくれおんなも奥の坊　（『有馬名所鑑』延宝6）

【句意】夏の快適さを主として考え造るがよい、女であっても、ここは奥の坊なのだから。「奥」の名をもつ宿坊ゆえ、妻女にも関係があるという理屈。夏「夏」。

【語釈】○夏をむねと　『徒然草』第五五段の「家の作りやう(よ)は、夏をむねとすべし」を踏まえる。「むね」は「旨」で、中心となる物事。七五の句を参照。○奥の坊　有馬温泉が誕生した際の十二宿坊の一つ。建久三年（一一九二）の創業で、平成二十五年（二〇一三）まで旅館としての営業が続いた。ここは妻やその生活空間を表す「奥」を掛けており、あるいは、この奥の坊でも奥の間くらいは女が積極的に造れということか。

一七四　色かへ(え)ぬ松や青鬼地(あおおにじ)ごく谷(だに)　（同）

【句意】色を変えることのない常緑のマツは、さながらいつも青い青鬼のようであるな、ここはその名も地獄谷なのであるし。見立の作。秋「色かへぬ松」。

【語釈】○色かへぬ松　紅葉しない常緑樹であるマツ。歌語。他の木が紅葉することを前提に、秋季として扱う。○青鬼　地獄で罪人を責めるという鬼の一種で、全身が青い。○地ごく谷　地獄谷。火山の噴気孔などから噴出するガスによって草木が枯死し、地獄のような景観を見せる所。この名称をもつ土地は多い中、ここは有馬温泉にあったそれ（現在は石の標識があるのみ）で、炭酸ガスの噴出により虫や鳥が死んだための称という。

一七五　極寒（ごっかん）やそこも氷の地ごく谷　（同）

【句意】何ともきびしく寒いことよ、底まで凍って、そこも八寒（はっかん）地獄のようになってしまった地獄谷である。極寒の地獄谷を八寒地獄に見なした作。冬「極寒」。

【語釈】○極寒　きわめて寒いこと。○そこ　「底」との掛詞。幸若「景清」に「八寒八熱の底までも」とある。○氷の地ごく　寒冷の責め苦を受ける「八寒地獄」の別名。「氷」は上下に掛かる。○地ごく谷　地獄のような景観を見せる所。一七四の句を参照。

一七六　いかにせんふれば雷（かみなり）ほととぎす　（『うろこがた』延宝6）

【句意】どうしたものか、降るとなれば雷鳴を伴うほどの大雨で、ホトトギスを待つにも待ちようがない。藤原家隆「いかにせんこぬよあまたの時鳥またじと思へばむら雨の空」（『新古今集』）を踏まえ、その「むら雨」を「雷」に翻したもの。夏「ほととぎす」。

【語釈】○ふれば雷　降り出すと雷雨になるの意。「降れば」を含む諺や俗信の類は多々あり、英語に由来する近代の諺「降れば土砂降り」にも通じる。「雷」は近代以降の俳句では夏に扱うものの、当時は雑（無季）とされていた。

【備考】橋水編『つくしの海』（延宝6）・其角編『末若葉』（元禄10）にも所収。挙堂著『真木柱』（元禄10）では中七「ふれば神なる」として収まり、「神なる（神鳴る）」は雷鳴がとどろくこと。団水編『秋津島』（元禄3）では団水句の後書の中に出る。

一七七　馬糞紙や黄栬たたむ錦の山　（『江戸十歌仙』延宝6）

【句意】これは物を包む馬糞紙と同様であるなあ、黄色のモミジを重ねて錦のようになった山は。黄色く葉の染まった山を馬糞紙かと見なしたところが大胆。藤原範兼「紅葉ちる長柄の山に風ふけば錦をたたむ志賀のうら波」（『新千載集』）を踏まえていよう。秋「黄栬」。

【語釈】○馬糞紙　黄色がかった下等な唐紙で、上包みなどに用いた。○黄栬　黄色いモミジ。「栬」は紅葉を意味する国字。○たたむ　畳む。積み重ねる。○錦の山　紅葉して錦（多彩な色糸を用いた絹織物）のように美しい山。

【備考】出典である『江戸十歌仙』は春澄が江戸で幽山・言水らや桃青（芭蕉）らと興行した歌仙（三十六句からなる連句）十巻を収め、これはその第二歌仙の立句（第一句）。

一七八　むさし野の秋の寝覚や半分道　　（同）

【句意】武蔵野の秋に体験する寝覚めであることよ、これで半分の道程だ。秋「秋」。

【語釈】○むさし野　武蔵野。現在の東京都と埼玉県にまたがる洪積台地。ここでは江戸とほぼ同意。○秋の寝覚　秋の日に眠りから覚めること。歌語。○半分道　行程の半分。ここは仙台から京へ戻る半分の道のりということ。【備考】を参照。一般的にはハンブンミチと発音する。

【備考】『江戸十歌仙』の第五歌仙の立句。延宝六年（一六七八）、春澄は仙台・松島などを観光しての帰途、江戸で十歌仙の興行をしたことが知られている。言水編『江戸蛇之鮓』（延宝7）・幽山編『誹枕』（延宝8）にも所収。柿衞文庫にこの句の自筆短冊がある。

一七九　のまれけり都の大気江戸の秋　　（同）

【句意】圧倒されたことだ、京都の大気者である私も、この繁華な江戸の秋に。秋「秋」。

【語釈】○のまれけり　相手やその場の様子などに圧倒されてしまった。○大気　度量が広くて大らかな性格であること。ここは「大気者」に等しく、そうした性質の人で、春澄自身のことをさしている。○江戸の秋　江戸で味わう秋。江戸の繁栄に飲まれてしまったというのであり、ここでの「秋」は季を入れるための措置に過ぎない。

【備考】『江戸十歌仙』の第八歌仙の立句で、似春・桃青（芭蕉）と一座。

一八〇　扇戎松海老蓬莱どれにしよう　（『つくしの海』延宝6）

【句意】戎扇に松飾り・海老飾り・蓬莱飾りと、どれを飾ったらよいであろうか。新年の祝儀に飾る物を列挙して、めでたさを強調した歳旦吟。春「蓬莱」。

【語釈】○扇戎　正月の祝儀用に売り出された粗製の扇で、注連飾りなどに添える「戎扇」のことであろう。「戎」は七福神の一である恵比須神。○松　正月の門前などに飾るマツ。○海老　ここは門口や蓬莱台などに飾るイセエビ。○蓬莱　「蓬莱飾り」のことで、中国の神仙思想で説かれる仙境の蓬莱山をかたどった、新年の祝儀用の飾り物。

一八一　誰が植てしゆもくになる木花咲木　（同）

【句意】誰が植えてのことか、撞木に使われるようになる木もあれば、花を咲かせる木もある。人も同じで、将来どうなるかは計りがたいというのであろう。春「花」。

【語釈】○誰が植て　藤原忠平「おそくとくつひに咲きぬる梅の花誰がうゑおきし種にか有るらん」（『新古今集』）や藤原良経「むかしたれかかる桜の花をうゑて吉野を春の山となしけむ」（『新勅撰集』）など、誰が植えたかと問う発想は和歌に多い。タレカウエテとも読める。○しゆもく　撞木。仏具の一つで、鐘・鉦などを打ち鳴らす丁字形の棒。

一八二　飯蛸や乙姫おつぼを投しより　（同）

【句意】イイダコだなあ、乙姫がお壺を投じて以来、これを塒としている。春「飯蛸」。

【語釈】○飯蛸　マダコ科のタコ。○乙姫　海底の竜宮に住むとされる伝説上の美しい姫。○おつぼ　壺の敬称「御壺」か。壺を海底に沈めてタコを捕獲することは、漁法としてよく知られる。昔話でタコは乙姫の家来であることから、タコと壺の関係も乙姫に由来するという発想か。乙姫と壺の関連は未考。何か伝承などを踏まえるか。

【備考】幾音編『家土産』（天和2）・清風編『稲莚』（貞享2）にも所収。

一八三　神鳴や我色こぼす加茂つつじ　（同）

【句意】雷がとどろくことだ、その雨の中、自分の色を周囲にこぼしたような風情で加茂のツツジが咲いている。「加茂」と「神鳴」「つつじ」の関連によった作。春「つつじ」。
【語釈】○神鳴　雷。○我色こぼす　正徹「飛びきゆる雲井の鷺の羽風よりわが色こぼす雪の明ぼの」（『集外三十六歌仙』）に用例があり、この言い回しが談林系の西国編『雲喰ひ』（延宝8）に取り上げられることなどから、写本『集外三十六歌仙』は俳人にも読まれていたと考えられる。○加茂つつじ　加茂（賀茂）の地に咲くツツジで、『類船集』に「賀茂」と「だんのつつじ」が付合語として登載される。また、京都市北区上賀茂にある上賀茂神社は、正式名称を賀茂別雷神社ということから、「賀茂（加茂）」と「神鳴」は縁が深く、『類船集』にも「賀茂」と「別雷神」が付合語として登載される。

一八四　竜神（りゅうじん）やあまのぼります苗代水（なわしろみず）　（『つくしの海』延宝6）

【句意】竜神であることよ、それは天に昇っておいでになり、その神力で苗代の水はどんどん増していく。和歌の文言をもじった作。春「苗代水」。

【語釈】○竜神　雨・水力をつかさどる竜を神力があると見なしていう語。農耕生産と結びついて、豊穣をもたらす存在とされる。○あまのぼります　空高く上がっていらっしゃる。能因「天の川苗代水にせきくだせあまくだります神ならば神」（『金葉集』）を踏まえ、「くだり」を「のぼり」に代えた。「ます」は「あり・をり」の尊敬語。これに「増す」の意を掛けていよう。○苗代水　イネの苗を育てる苗代に注ぎ入れる水。

一八五　しはぞよる干梅殿（ほしうめどの）も老松（おいまつ）も　（同）

【句意】皺が寄ることだ、干したウメの実にも老いたマツにも。謡曲「老松」の「殊に天神の御慈愛にて、紅梅殿も老松も皆末社と現じ給へり」を用いた作。夏「干梅」。

【語釈】○干梅殿　謡曲「老松」に出る「紅梅殿」のもじり。「干梅」は梅干（うめぼし）を作るために干したウメの実で、「青梅」などと同様、夏季に扱う。○老松　樹齢を重ねたマツ。

一八六　瓜ずきやすすめ申せばとうぐはんも　（同）

【句意】ウリ好きであることよ、お勧めいたせばトウガンをも食べる。夏「瓜」。

【語釈】○瓜ずき　ウリを好んで食べる人。○すすめ申せば　謡曲「船弁慶」の「勧め申せば判官（ほうがん）も、旅の宿を出で給へば」を用いる。○とうぐはん　ウリ科の蔓性一年草であるトウガン。「冬瓜」と書き、これ自体の季は秋。右の謡曲に出る「判官」のもじり。

【備考】正村（せいそん）編『堺絹（さかいぎぬ）』（延宝9ころ）にも所収。

一八七　はたをりや尺とり虫のあるなへに　（同）

【句意】ハタオリムシの名をもつキリギリスが鳴いていることよ、シャクトリムシがいるのと同時に。紀貫之「秋くればはたおる虫のあるなへに唐錦にも見ゆる野辺かな」（『拾遺集』）を踏まえた作で、「機織（はたおり）」と「尺」が一種の縁語関係になることも使ったのであろう。秋「はたをり」。
【語釈】○はたをり　キリギリスの古名。また、ショウリョウバッタの異名ともいう。○尺とり虫　チョウ目シャクガ科のガの幼虫の俗称で、これ自体は夏季。○なへに　あることに伴って他のことが行われる意を表す、主として上代に用いられた連語。

一八八　刈（かり）とるや鎌（かま）もたははに萩の露　（同）

【句意】刈り取ることよ、鎌もしなったような形状であり、それを使って露の重みでたわわにしなったハギの枝を。

「たははに」が上下に掛かる。秋「萩・露」。

【語釈】○鎌　草・柴などを刈るために用いる道具。三日月形で、内に向いて刃がある。○たはは　木の枝などがしなうさま。ここは、鎌の刃の形状をもさしていよう。

一八九　草かりや牛より落てをみなへし　（『つくしの海』延宝6）

【句意】草刈りよ、ウシから落ちてオミナエシの上に転がったのか。秋「をみなへし」。

【語釈】○草かり　草を刈ること。またそれを業とする人。○落て　僧正遍昭「名にめでて折れるばかりぞ女郎花われ落ちにきと人にかたるな」（『古今集』）を踏まえ、和歌では堕落したの意であるのを実際に落下したの意に取りなしている。○をみなへし　オミナエシ科の多年草。「女郎花」と表記し、女性にたとえられる。『類船集』に「女郎花」と「馬より落る」が付合語として登載される。

【備考】言水編『江戸蛇之鮓』（延宝7）・其角編『句兄弟』（元禄7）にも所収。

一九〇　みんなみや雪なき里にかへる雁　（同）

【句意】みんな見てごらん、雪のない里へと住み替えするカリを。秋「雁」。

【語釈】○みや　見や。見なさい。「や」は助動詞「やる」の命令形「やれ」の省略形で、指図をする際に用いる。○雪なき里に　伊勢「春がすみ立つを見捨てて行く雁は花なき里に住みやならへる」（『古今集』）を踏まえ、「花なき里」をこう言い換えたもの。○かへる雁　本来は春に北の国へ帰るカリのことで、春の季語。ここではそれを翻し、秋のカリがこれから降る雪を嫌い、雪がない所へ移るとした。

一九一　三ケ一(さんがいち)は沢が哀(あわれ)や鴫(しぎ)のくれ　（同）

【句意】三つの中の一つは沢があわれ深いというのだなあ、シギの飛び立つ秋の夕暮れを取り上げて。西行「心なき身にもあはれ(わ)は知られけり鴫立つ沢の秋の夕暮」（『新古今集』）を話題に、和歌を品物のように分別する。「沢か」と読めば、三つの中の一つは沢なのか、あわれ深いことよ、シギの飛び立つ秋の夕暮れは、という意になる。秋「鴫」。

【語釈】○三ヶ一　三つの内の一つ。また、三分の一。「三」は『新古今集』所収の定家・西行・寂蓮による「三夕」の和歌をさし、「一」は右に挙げた西行の和歌。○鴫のくれ　和歌の「鴫立つ沢の秋の夕暮」を凝縮した表現。

一九二　さや豆は月をのせたる小舟哉(かな)　（同）

【句意】月は船にたとえられるけれど、その月に供えられたさや付きのエダマメは、月を乗せた小舟といった恰好であることだ。秋「豆…月（後の月）」。

【語釈】○さや豆　さやが付いたままのマメ。○月をのせたる小舟　「月の舟」は月を大空を渡る船だと見なしていう成語。ここではそれを転じ、供えたマメに月光がさすのをこう言ったとおぼしい。また、謡曲「松風」の「夜の車に月を載せて」が念頭にあるか。

【備考】出典の『つくしの海』では「十三夜」の題下に収められ、九月十三夜の後の月を詠んだ句と知られる。「十三夜」の別名は「豆名月」で、エダマメを供えるのが習い。

一九三　ふくと汁さても命はある物を　（『つくしの海』延宝6）

【句意】こわごわフグの汁を食べ、それにしてもよく命があったものよ。冬「ふくと汁」。

【語釈】○ふくと汁　フグの肉を具にした味噌汁。江戸時代はフクと清音で読むことが多い。五四・一七一の句を参照。○さても命はある物を　道因法師「思ひわびさても命はあるものを憂きに堪へぬは涙なりけり」（『千載集』『百人一首』）に見られる表現の利用で、歌謡集『新町当世なげぶし』にも「さても命はある物か」とある。

一九四　夜を寝ねば青瓢箪や鉢扣　（同）

【句意】夜を寝ずに活動するので、まるでアオビョウタンのような顔色であることよ、ヒョウタンをたたきながら歩き回る鉢叩たちは。冬「鉢扣」。

【語釈】○寝ねば　寝ないので。○青瓢箪　まだ熟していない青いヒョウタン。転じて、やせて顔色が青く生気のない人をいう。○鉢扣　鉢叩・鉢敲。空也念仏の集団が空也上人の遺風と称して、鉦・鉄鉢やヒョウタンなどをたたきながら勧進すること。また、その人々。現在の京都市中京区蛸薬師通にある空也堂（光勝寺）のものが有名で、十一月十三日の空也忌から大晦日までの四十八日間、夜間に洛中・洛外を勧進して回った。

一九五　節季候（せきぞろ）は草の物いふ（う）世なりけり　（同）

【句意】頭にシダの葉を挿してめでたい詞を唱える節季候は、しゃべらないはずの草が物を言っているという按配で、そんな珍しい御代となったのだなあ。冬「節季候」。

【語釈】○節季候　歳末の門付け芸人。十二月にシダの葉を挿した笠をかぶり、赤い布で顔をおおって目だけを出し、割り竹をたたきながら数人で町家に入り、祝いの詞を唱えて囃して米銭をもらった。四三八の句を参照。○草の物いふ　美人を「物いふ（う）花」とし、草木の花を「物いは（わ）ぬ花」とするのを受け、節季候は笠に挿したシダという草が物を言っていると言いなした。また、「木草ものいふ（う）」は秘密が漏れる場合などに使う慣用句。○世なりけり　藤原家衡「いとひても猶いとは（わ）しき世なりけり吉野のおくの秋の夕暮」（『新古今集』）など、和歌では好ましくない世の意で多く用いるのを受けつつ、ここはめでたい世の意に反転している。「世」には世間と御代の意が込められていよう。

【備考】編者未詳『ねぢ（じ）ふくさ』（天和3か）にも所収。

一九六　花の山にいらんほだしや京せきだ　（『道づれ草（ぐさ）』延宝6）

【句意】花の咲く山に入るにはかえって足かせとなることだ、京席駄（せきだ）は。高級な履き物が気になって、自由に山の中を歩き回れないのであろう。「いらん（入らん）」に「要らん」、「京」に「今日」が掛けられているか。春「花の山」。

【語釈】○いらん　「入らん」で「ん（む）」は推量の助動詞。不要な意の「要らん」は近代以降に広まる語法ながら、洒落本等には用例が見られ、ここでも掛詞になっている可能性はある。○ほだし　自由に動けないように人の手足にかける鎖や枠など。手かせ・足かせ。○京せきだ　京席駄・京雪駄。京都で作られた高級な雪駄。「雪駄」はタケの皮で作った草履の裏にウシ・ウマなどの獣皮を貼った履き物。二八の句を参照。

【備考】維舟編『大井川集』（延宝2）所収の二八「ざうりこそ雪踏はほだし花の山」と発想が類似。その改作か。

一九七　山寺やあした一瓶の花の雲　（『道づれ草』延宝6）

【句意】山寺であることよ、そこから見ると「あした一片の雲」ならぬ「あした一瓶の花の雲」が広がっている。謡曲「三輪」の「洞口には朝一片の雲を吐く」を踏まえたもじりの作で、談林系の作品に特徴的な、整合性のある訳を拒む体の句（【語釈】を参照）。春「花の雲」。

【語釈】○あした　朝。○一瓶　一つの酒器や花器。謡曲の「一片」をもじりつつ「花」を導き、「一瓶の花」のイメージを醸成するも、一句としての意味にはかかわらず、句意不通となるところに春澄のねらいがあると考えられる。「花」は上下に掛かる。○花の雲　サクラの花が咲き連なるさまを雲に見立てた表現。

一九八　さめておしや見果ぬ花に酒の酔　（同）

【句意】目覚めて心残りであることだ、花を見尽くさないまま酒の酔いからも醒めて。春「花」。

【語釈】○さめて　酒に酔った状態から覚醒して。これに夢の半ばで目が覚めての意を掛ける。○見果ぬ　最後まで見終わらない。壬生忠岑「命にも優(まさ)りて惜しくある物はみはてぬ夢のさむるなりけり」(『古今集』)など、多くは「見果てぬ夢」の形で使うのを受け、花を見尽くせない無念さを夢の半ばで目覚めた残念さに重ねている。

一九九　咲花(さく)のかげん過(すぎ)たぞ春の雨　(同)

【句意】咲いた花に対する適量を過ごしてしまったぞ、春の雨は。雨は草木の栄養となって花を咲かせるものの、度が過ぎると花が散ってしまうことになる。『論語』先進篇を典拠とする成句「過ぎたるは猶(なお)及ばざるがごとし」を前提にしていよう。春「咲花・春の雨」。

【語釈】〇かげん　加減。適度に調節すること。適量の酒をいうことがままある。

二〇〇　欲目(よくめ)にはいただきもなし花の山　(同)

【句意】欲張った見方からは、これが最盛期だということなどないように思える、花の咲き満ちる山には。いつまでも楽しみたいという願望を込める。春「花の山」。

【語釈】〇欲目　好意や期待のため実際以上に高く評価すること。自分の都合がよいように判断すること。また、そのような見方。〇いただき　これ以上はないという最高の度合い。これに山頂の意を掛け、山だから頂(いただき)はあるのだけれど、といった意味合いを込める。

二〇一　足もとに老若（ろうにゃく）もなし桜がり　（『道づれ草』延宝6）

【句意】足の運びように老若の違いはない、桜狩（さくらがり）の場においては。みごとなサクラに老若を問わず足を止め、皆がゆったりとした速度で歩くということ。春「桜がり」。

【語釈】○足もと　歩き方・足つき。○桜がり　山野を歩いてサクラを観賞すること。

二〇二　三春（さんしゅん）の若役（わかやく）するや児（ちご）ざくら　（同）

【句意】花について「三春の約」と言うことがあるけれど、これは「三春の若役」を務めていることだな、その名も若々しいチゴザクラは。春「児ざくら」。

【語釈】○三春　一月・二月・三月の春の三か月。ここは謡曲「鞍馬天狗」などに見える「花に三春の約あり」（約束でもしたように春になると必ず花が咲く）を踏まえる。○若役　若い人の務める役目。○児ざくら　サクラの一品種で、花弁の小さな山ザクラ。

二〇三　うつろひ（い）て小じは（わ）もよるや姥桜（うばざくら）　（同）

【句意】容色が衰え小皺（こじわ）もできるのだろうか、姥（うば）ならぬウバザクラも。春「姥桜」。

【語釈】○うつろひて　衰えて。色が薄くなって。○小じは　皮膚などにできる細かい皺（しわ）で、老いを象徴する。○

姥桜　葉が出る前に花が開くサクラの通称。「姥」は老女。

二〇四　浜焼や空さへにほふ桜鯛　（同）

【句意】浜焼きにすることだ、空までその香が匂っているサクラダイである。春「桜鯛」。

【語釈】○浜焼　タイなどを塩竈に入れて蒸し焼きにした料理。○空さへにほふ　藤原長家「花の色にあまぎる霞たちまよひ空さへにほふ山桜かな」（『新古今集』）など、和歌ではサクラによって空も美しいと詠む。○桜鯛　サクラが咲くころに漁獲されるタイ。

二〇五　ながれかかる岩のはざまや藤戸苔　（同）

【句意】海水が流れかかる岩の間にあることよ、フジトノリは。謡曲の利用。春「藤戸苔」。

【語釈】○ながれかかる岩のはざま　謡曲「藤戸」に「埋木の岩のはざまに流れかかつて」とあるのを踏まえる。○藤戸苔　藤戸海苔。アサクサノリの一種で備前国藤戸（現在の岡山県倉敷市藤戸）に産したもの。「苔（海苔）」は春の季語。「藤戸」は源平の古戦場として知られ、謡曲「藤戸」はその戦にまつわる悲劇を扱う。二一五の句を参照。

二〇六　曲水や入日をあらふ朱さかづき　（同）

【句意】曲水の宴であることよ、入日を洗うように朱色の杯(さかずき)を洗って流す。春「曲水」。

【語釈】○曲水　「曲水の宴」の略。かつて宮中や公卿の邸で三月三日の節句に行われた遊宴で、参会者は庭園の流れに沿ってすわり、流される杯が通り過ぎる前に詩歌を詠じて杯の酒を飲み、また次へ流す。一一八の句を参照。○入日をあらふ　藤原実定「なごの海の霞の間より眺むれば入日を洗ふ(う)沖つ白波」(『月詣集』等)に見られる表現。「あらふ」は上下に掛かる。○朱さかづき　朱色をした杯。

二〇七　花に蝶や又ひとり寝の班女桃(はんじよもも)　(『道づれ草』延宝6)

【句意】花にはチョウがやって来ることよ、君寵を失って「又ひとり寝」と謡われる班女の名にちなむ、ハンジョモモの花ではあるけれど。春「花…桃(桃の花)・蝶」。

【語釈】○花に蝶　花に寄って来るチョウ。○又ひとり寝の班女　謡曲「班女」に「又独寝(ひとりね)になりぬるぞや」などとあるのを踏まえる。「班女」は中国前漢の成帝の宮女、班倢伃(しようよ)のことで、君寵の衰えたわが身を秋の扇にたとえた詩「怨歌行」(『文選』)を作ったとされ、謡曲はこの故事にちなむ。○班女桃　未詳。「恋風か花も狂する班女桃退歩」(『続山井』)や「ねやさびしもてあそばんなんはんぢよもも　土丸」(『ゆめみ草』)などの先例があり、こうした名称の桃があったとおぼしい。

二〇八　住吉の松を酒ふく塩干哉(しおひかな)　(同)

【句意】住吉のマツに酒くさい息を吹き付ける、潮干(しおひ)の遊びであることだ。春「塩干」。
【語釈】○住吉　ここは「住吉の浦」の意で、大阪市住吉区にある住吉大社の付近。「住吉」と「松原」「塩干」は『類船集』にも付合語として登載される。○酒ふく　酒を飲んで酒気を帯びた息を吐き出すことであろう。○塩干　潮干。潮が引くことで、とくに干満の差が大きい三月三日の大潮をさす。この日は舟で酒宴などを行い、潮が引けば干潟に降りて潮干狩りをする。

二〇九　かけて祈る子安(こやす)の塔や雀の巣　（同）

【句意】願を掛けて祈る安産のための塔とも言うべきであるな、高い所に懸けられたスズメの巣は。「かけて」の掛詞による作。春「雀の巣」。
【語釈】○かけて祈る　祈願する意の歌語。これに「巣を懸けて」の意を掛ける。○子安の塔　安産や子の成長の祈願に作られた塔で、京都の清水寺の塔頭(たっちゅう)である泰産寺のもの（三重塔）が有名。○雀の巣　スズメは春に人家の屋根や木の上などに巣を営む。
【備考】幽山(ゆうざん)編『誹枕(はいまくら)』（延宝8）にも所収。

二一〇　けんけんといふ(う)や雉子(きぎす)を売言葉(うりことば)　（同）

【句意】つっけんどんということになろうか、ケンケンと鳴くキジを扱うだけに、その売るための言葉も喧嘩を売っているようだ。「けんけん」の掛詞による作。春「雉子」。

【語釈】○けんけん　キジやイヌの鳴き声を表す語。また、ものの言い方や態度がとげとげしいさまをもさし、ここはその両意を掛ける。○雉子　キギスはキジ科の鳥であるキジの古名。○売言葉　品物を売るための言葉。また、人を怒らせて喧嘩のきっかけを作るような言葉。

二一一　人は声を恋といふらん猫の妻　（『道づれ草』延宝6）

【句意】人はそのさかりが付いた声を恋だというのだろう、発情期のネコに対して。「声」と「恋」の音の類似を利用した作。春「猫の妻」。

【語釈】○猫の妻　春の交尾期にあるネコのことで、「猫の恋」に同じ。

二一二　摘（つみ）に行（ゆく）下女や足手のほうこ草　（同）

【句意】ホウコグサを摘みに行く下女は、足や手を使っての奉公（ほうこう）ということになる。「ほうこ草」と「奉公（ほうこ）」の掛詞による作。春「ほうこ草」。

【語釈】○下女　雑事に召し使う女。○足手のほうこ　足手による奉公の意であろう。「奉公」はホウコとも発音する。○ほうこ草　キク科の二年草「母子草」で、ハハコグサともホウコグサとも発音する。七草のゴギョウとして若い葉や茎が粥に用いられる。

二一三　吹風(ふく)に耳ふさぎせよ餅つつじ　（同）

【句意】吹く風に散らされないよう、耳ふさぎをするがよい、モチツツジよ。「餅」の名をもつのだから、それを使って死なないまじないをせよということ。春「餅つつじ」。

【語釈】○耳ふさぎ　同年齢の者が死んだ際、災厄が身にかかることを恐れ、餅などで両耳をふさぐまねをし、唱え言をするまじない。「耳ふたぎ」ともいう。○餅つつじ　黐躑躅(もちつつじ)。ツツジ科の常緑低木で、萼(がく)などがとりもちのようにねばることによる名称。

二一四　咲(さく)藤や松にかかれるうその波　（同）

【句意】花が咲いたフジであることよ、海辺のマツには波がかかるけれど、「藤波」の場合はマツにかかった花によるうその波ということになる。春「藤」。

【語釈】○うその波　実際の波ではないということで、フジの花房がなびくさまを「藤波」という。「松」と「藤」は『類船集』にも付合語として登載され、マツにかかるフジは和歌によく詠まれる。

二一五　山吹や井手のかはせ(わ)の金小判(きんこばん)　（同）

【句意】ヤマブキの花であることよ、これが金貨の異名でもあることからすれば、「井手の蛙（かわず）」ならぬ「井手の為替（かわせ）の金小判」とも言うべきであろう。春「山吹」。

【語釈】○井手　現在の京都府南部の地名で、木津川に注ぐ玉川の扇状地にある。詠人しらず「かはづ（ず）鳴く井手の山吹ちりにけり花のさかりにあは（わ）ましものを」（『古今集』）のように、ヤマブキとカワズ（カエル）の名所として知られる。○かはせ　為替。離れた地域に送金する際、現金ではなく信用手段によって債務を決済する仕組み。また、その際の手形・小切手などの信用手段。「井手のかはせ」は歌語「井手のかはづ」のもじりで、「川瀬」をも掛けるか。○金小判　金貨である小判。その色が似るところから、大判や小判のことをヤマブキともいう。

二一六　海堂（かいどう）の花のあるじや自身番　（『道づれ草』延宝6）

【句意】カイドウの花の持ち主は花が眠る間も守り続けるのであるから、これこそが自身番である。「自身番」を自身が番をする者としたこじつけ。春「海堂（海棠（かいどう））の花」。

【語釈】○海堂　バラ科の落葉低木で、観賞用に植えられる。「海棠」の表記が一般的で、「ねむれる花」の異名をもつ。○花のあるじ　花が咲いている木の持ち主や番人。○自身番　大都市の四辻（よつじ）などに置かれた番所で警備すること。また、そこに詰める人。当初は町内の地主が自身で詰めたことによる名称で、後にはその役の者が雇用された。

二一七　ぬる蝶の枕なるらし沈丁花（じんちょうげ）　（同）

【句意】寝ているチョウの枕であるらしい、その花の香でうっとりさせるジンチョウゲは。枕に香（こう）をたく習慣を踏まえていよう。「ぬる（寝る）」と「枕」は縁語。春「蝶・沈丁花」。

【語釈】○ぬる蝶　花や草で羽をたたみ休むチョウを寝ると見なした表現。『荘子』を出典とする「胡蝶の夢」の故事も背景にあるか。○沈丁花　ジンチョウゲ科の常緑低木。花には強い芳香がある。

二一八　跡おいて山下水（やましたみず）やのぼり鮎　（同）

【句意】仲間の跡を追いかけ、山の上まで登る勢いで、山の下の流れを若いアユが上っていく。山の下なのに「のぼり」だという点に興じたのであろう。春「のぼり鮎」。

【語釈】○おいて　「追ひ（い）て」の仮名違いか。○山下水　山のふもとを流れる水。○のぼり鮎　成長して春に川を遡上する若いアユ。これに「登り」の意を掛けるか。

二一九　合（あわ）しては茶々古茶（ちゃちゃこちゃ）となる新茶哉（かな）　（同）

【句意】混ぜ合わせては茶と茶で古茶になり、台無しになる新茶であることよ。春「新茶」。

【語釈】○茶々古茶　台無しにする意の成句「茶々無茶苦茶（むちゃくちゃ）」（漢字は当て字）を踏まえ、「新茶」との関係から「無茶苦茶」を「古茶」に換えたもの。○新茶　その年の新芽を摘んで作った茶。江戸時代の歳時記類には、これを四月（初夏）とするものと三月（晩春）とするものがあり、出典である梅盛（ばいせい）編『道づれ草』は「新茶」を春の部に配する。

二二〇　末に吹(ふく)らんいかなる風のいかのぼり　（『道づれ草』延宝6）

【句意】ついには吹くであろう、一体どのような風が吹いて凧(たこ)を上げるのか。久我通光「武蔵野や行けども秋のはてぞなきいかなる風か末に吹くらむ(ん)」（『新古今集』）の表現を大きく取り入れつつ、「いか」の同音反復に興じたもの。春「いかのぼり」。

【語釈】〇いかのぼり　風の力で空に上げる玩具、凧の別名。主として関西で用いる呼称。正月や二月に揚げることが多く、春の季語として扱う。

あかしにて

二二一　いひ蛸(い)や手(て)一つ二つ引出(ひきいで)たり　（同）

【句意】イイダコであるなあ、手を一本・二本と引き出している。春「いひ蛸」。

【語釈】〇あかし　明石。現在の兵庫県明石市で、その海はタコの産地として知られる。〇いひ蛸　飯蛸。マダコ科のタコ。一八二の句を参照。〇手一つ二つ引出たり　『源氏物語』「明石」の「いとをかしう(お)(しゅ)めづ(ず)らしき手一つ二つ弾き出でたり」からの引用で、楽器演奏の技芸などを意味する「手」を、タコの手（足）のことに取りなしている。

二二二　山々は波のうねりや月の舟　（同）

【句意】山々の連なりは波のうねりのようであるよ、その上を月が舟のように渡っていく。見立の句。秋「月の舟」。
【語釈】○月の舟　大空を海にたとえ、空を渡る月を舟にたとえていう語。歌語。

二二三　余（よ）の月とこよひ（い）の影や人の顔　（同）

【句意】これは余分な月だと今宵の月影を思っているようだ、人々の顔つきを見るに。名月には嘆賞を惜しまないのに、それを過ぎると関心も薄らぐということ。秋「余の月」。
【語釈】○余の月　未詳。名月を過ぎた月をいうか。『徒然草』第一三七段の「花は盛りに、月は隈（くま）なきをのみ見るものかは」を想起させる。○影　月影。ここは月の姿。

二二四　さしつめの月になれたるやり句哉（かな）　（同）

【句意】差し迫ってから出す月の句にも慣れてしまった、遣句（やりく）であることよ。和歌の表現によりつつ、連歌・俳諧における月の句を扱い、掛詞・縁語等を駆使した作。秋「月」。
【語釈】○さしつめ　差し迫っての意で、連歌・俳諧の興行における定座（じょうざ）（月や花を詠むべき箇所のことで、それより早く出してもかまわない）の月をぎりぎりになって詠んだことを示す。一方、「差し詰め引き詰め」は手早く弓に矢をつがえて次々に射るさまで、月を弓に見立てるのは常套的な発想。○なれたる　慣れたる。月・花の句は譲り合って遅れがちになることを踏まえていよう。藤原為氏「汐風の波かけ衣秋をへて月になれたるすまの浦人」（『新後撰集』）など、「月になれたる」は歌語で、その表現を意識的に取り入れている。〇やり句　連歌・俳諧の付合（つけあい）で、前句が難しくて付けにくい場合などに、次の句を付けやすいように軽く付けること。また、その句。裏には「槍」の意を利かせ、「さしつめの月」から連想される「弓」と縁語仕立てにしている。

二二五　三ケ月（みかづき）や秋をしらする爪印（つまじるし）　　（『道づれ草』延宝6）

【句意】三日月が出ていることよ、これは秋を知らせるために爪で付けた印のように見える。源雅兼「咲きそむるあしたのはらの女郎花秋をしらするつまにぞありける」（『金葉集』）を踏まえ、「秋をしらするつま」から「爪印」に翻したもの。秋「三ケ月」。

【語釈】〇爪印　書物などに爪の先で付けておく印。ここは三日月をそう見立てたのであり、右の和歌では糸口・端緒の意である「つま（端）」をもじったもの。

二二六　苔衣（こけごろも）うち盤（ばん）となるいはほ（わお）かな　　（同）

【句意】コケがびっしり生えているので、いわゆる「苔衣」を打つ台になったように見える、巌（いわお）であることよ。「苔衣」の二意を利用した見立の作。秋「衣うち盤（砧（きぬた））」。

【語釈】〇苔衣　コケで作ったような粗末な衣で、僧侶や隠遁者など俗世を離れた人が着る。また、コケの覆っているさまを衣に見立てて使うこともあり、ここではその両意を用いる。○うち盤　打盤（うちばん）。洗濯物を打って柔らかくするための木製の台。ここでは「衣」とともに、衣を打つ「砧」の意を表す。○いはほ　巌。石の巨大なもの。

二一七　花ずきや珍財（ちんざい）なぐる菊の淵　（同）

【句意】花好きであることよ、花のためには財貨も平気で投げ出してしまう、キクの淵に臨んで汲むこともせず。富よりも不老不死よりも花がよいということ。秋「菊の淵」。

【語釈】○花ずき　花の賞翫を好むこと。また、その人。「貧の花好き」は貧乏でも花を愛する風流心のあることで、分不相応の意にも使う。○珍財　珍しい財宝。また、金銭の意で、多く「珍財を投げ」の形で用いる。ここも後者と考えた。○菊の淵　延命長寿の薬とされるキクの露が集まってできるという淵で、不老不死の吉兆にたとえる。

二一八　なら山も紅葉（もみじ）の秋は朱墨哉（しゅぼくかな）　（同）

【句意】ナラの木が生える奈良山も、紅葉する秋には朱墨になってしまうことだ。「奈良」と「墨」の関連を利用した見立と掛詞の作。秋「紅葉の秋」。

【語釈】○なら山　ナラの木が生えている「楢山」と、平城京（現在の奈良市）の北部の丘陵である「奈良山」の掛詞。○朱墨　朱色の墨。奈良は墨の一大生産地。

二二九　疱瘡(ほうそう)の山や紅葉(もみじ)であかいべべ　　（『道づれ草』延宝6）

【句意】疱瘡にも山があることよ、その山も紅葉して赤いべべを着たようだ。秋「紅葉」。

【語釈】○疱瘡の山　疱瘡（天然痘）が順調な経過をたどって回復期に近づくことを「疱瘡の山を上げる」といい、その「山」を実在するかのように扱っている。その発疹は赤みを帯びるので、それを「紅葉」に見立てたのでもあろう。○べべ　着物をさす幼児・女性語。疱瘡が主として幼児のかかる病であることから、幼児語を用いた。

二三〇　骨ぬきやふし取錦(とるにしき)もみぢ鮒(じぶな)　　（同）

【句意】骨抜きであるよ、節(ふし)を取り除いた錦のようでもあるな、赤く色づくモミジブナは。見立の作。秋「もみぢ鮒」。

【語釈】○骨ぬき　料理で魚や鳥の骨を抜くこと。また、骨を抜いたもの。○ふし　節。糸で瘤のようになっている部分。また、織糸をつないだ結い目。○錦　種々の色糸による織物。○もみぢ鮒　琵琶湖に産するフナで、秋・冬にひれが紅色になったもの。

二三一　木子(きのこ)もや狐のからかさ稲荷山(いなりやま)　　（同）

【句意】キノコでもそう名乗るのか、キツネノカラカサがその名も稲荷山に生じている。稲荷山だけにキノコまで名前に「狐」をもっているという発想。秋「木子」。

【語釈】○木子　キノコ類の総称で、山野の木陰や朽木などに生じることからの名称。○狐のからかさ　ハラタケ科のキノコ。○稲荷山　現在の京都市伏見区にある山（東山三十六峰の一つ）で、西麓に伏見稲荷大社がある。キツネは稲荷神の使いとされる。

二三二　松がねの岩間やつたふ（う）木の子狩（がり）　（同）

【句意】マツが根を張った岩と岩の間をつたいながら行くことであろうか、茸狩（きのこがり）の際には。和歌の措辞を取り上げつつ、それを和歌とは異なる意味で使用。秋「木の子狩」。

【語釈】○松がね　マツの木の根。○岩間やつたふ　藤原家良「いかにせん岩間をつたふ（う）山水の浅きちぎりは末もとほ（お）らず」（『新後撰集』）など、和歌では水が岩間をつたうと詠まれる。それを転じ、人が岩の間に沿って行くとした。「や」は疑問の係助詞で、「つたふ」と係り結びになる。○木の子狩　山でキノコを探し採取すること。

【備考】維舟編『大井川集』（延宝2）所収の四九「いづ（ず）くとか岩根（いわね）松が根木子駈（きのこがり）」と用語などが類似する。

二三三　秋風や身を分（わけ）て吹（ふく）下戸（げこ）上戸（じょうご）　（同）

【句意】秋風であることよ、人の身を二様に分けて吹いてくる、下戸と上戸とに。酒飲みは秋風が身にしみると言っては酒を飲みたがる、ということであろう。秋「秋風」。

【語釈】○身を分て吹　藻壁門院少将「身を分けて吹く秋風の夜寒にも心そらにや衣うつらむ（ん）」（『続後拾遺集』）など、

和歌では秋風が身体の中に分け入ってくると詠まれる。それを転じ、人を二種類に分けるとした。○下戸上戸　酒が飲めない人と酒に強い人。

【備考】『自閑堂蔵古俳人真跡短冊帖』（滋賀俳文学研究会　昭和38年刊）にこの句の短冊情報がある（写真は不掲載）。

二三四　新酒くめ蔵の戸前の秋のくれ　（『道づれ草』延宝6）

【句意】新酒を飲むがよい、「浦の苫屋」ならぬ蔵の戸前の秋の夕暮れに。同じ「秋のくれ（夕暮）」を扱いながら、和歌の寂しさとは無縁の詠み方。秋「新酒・秋のくれ」。

【語釈】○くめ　酌め。飲め。○蔵の戸前　酒蔵の戸の前。藤原定家「見渡せば花も紅葉もなかりけり浦の苫屋の秋の夕暮」（『新古今集』）の「浦の苫屋」をもじっていよう。○秋のくれ　秋の夕暮れの意にも暮秋の意にも使い、ここは前者と判断する。

二三五　売人も引息つよし若たばこ　（同）

【句意】それが吸う品物であるだけに、売る人も息を強く吸っては大声で売り歩く、秋の新煙草を。買った側がタバコを強く吸い込んで味わうことが前提。秋「若たばこ」。

【語釈】○引息　息を吸い込むこと。○若たばこ　その年に初めて作られたタバコ。

二三六　昔見し芋は垣ねの自然生　（同）

【句意】昔に見た妹ならぬイモは、垣根のあたりのジネンジョウであった。秋「自然生」。

【語釈】○昔見し芋　藤原公実「昔見し妹が垣根は荒れにけり茅花まじりの菫のみして」（『堀河百首』）からの引用で、「妹」を「芋」にもじったもの。この和歌は『徒然草』第二六段にも引かれて著名。○自然生　山地に自生するヤマノイモ。ジネンジョとも発音し、「自然薯」とも書く。

二三七　手のひらや万歳の試春の調　（『洛陽集』延宝8）

【句意】手のひらを上げることよ、万歳と試しに発声するのは、これぞ春の調べというものだ。「試」（雅楽で予習の意がある）と「調」は音楽に関連した縁語。春「春の調」。

【語釈】○万歳　長寿や天下泰平など、めでたいことを祝って唱える言葉。読みは出典の自悦編『洛陽集』にある通りで、近代以降はバンゼイからバンザイに発音が移り定まった。六の句を参照。○試　試しにやってみること。読みは出典にある通り。○春の調　春に適した音楽の調子。ここは春らしい音声の意。「調」の読みは出典にある通り。なお、雅楽に「万歳楽」という曲があり、平調（雅楽の六調子の一つ）なので秋の調べとされる。これを踏まえたとすると、「万歳楽」は秋の調べでも我々の万歳は春の調べだ、ということかもしれない。

二三八　板の間に聟ひびらきけり水祝　（同）

【句意】板の間で婿がぶるぶる震えていることだ、水祝いの水を掛けられて。祝事であるのに震えるという実態を示し、その落差に興じた作であろう。春「水祝」。

【語釈】○ひびらき「疼く」（ヒイラク・ヒイラグとも発音する）はひりひり痛むことで、ここは震えること。○水祝　結婚して最初の正月、新郎に水を掛けて祝う風習。二一の句を参照。

【備考】蝶夢編『類題発句集』（安永3）にも所収。

二三九　八幡の弓やかの柑子をぞねらひける　（『洛陽集』延宝8）

【句意】八幡様の破魔弓であるよ、それで「かの小男」ならぬコウジをねらったことだ。謡曲「熊坂」の「かの小男をねらひけり」を踏まえる。春「八幡の弓（厄神参）」。

【語釈】○八幡の弓　弓矢の神である八幡大菩薩にゆかりの弓。正月十九日、京都府八幡市にある石清水八幡宮では厄神参という行事があり、参詣客は帰路に破魔弓を買うのが習い（『類船集』でも「弓」と「厄神参」は付合語）。この句も出典の『洛陽集』で「厄神参」の題下に収められる。○柑子　ミカン科の常緑小高木のコウジミカン。果実は食用となり、それ自体の季は秋。また、ミカン類一般の異名としても用いる。『類船集』には「柑子」と「八幡宮」が付合語になっており（『八幡宮寺巡拝記』に石清水八幡宮に月参りして三つなりのタチバナを授かる話がある）、八幡の弓だけにねらうのはコウジだとしたのであろう。

二四〇　影沈んでそぎ箸のぼる白魚かな　（同）

【句意】「影沈んで魚樹にのぼる」とはよく知られた文句で、上る魚にはシラウオがいるけれど、これは削ぎ箸の先に上って人の口に入るシラウオであることだ。春「白魚」。

【語釈】○影沈んで　謡曲「竹生島」の「緑樹かげ沈んで、魚樹にのぼるけしきあり」を踏まえる。○そぎ箸　木を削って作った箸。○白魚　全長約十センチメートルほどのシラウオ科の魚。春に川を上って産卵する。シラウオとも発音する。

二四一　墨流しかすまぬ波も霞けり　（同）

【句意】墨流しをした水ではしだいにその墨がぼやけていき、これぞ和歌にいう「かすまぬ波もかすみけり」といったところだ。春「霞」。

【語釈】○墨流し　水の上に字や絵を書く特殊な方法。明礬などを浸した紙に墨で字や絵を書いて水に浮かべ、紙を突き離して墨だけを水面に浮かび残す。○かすまぬ波も霞けり　かすむはずのない波がかすんで見えるの意で、源具親「難波潟かすまぬ波もかすみけりうつるもくもるおぼろ月よに」（『新古今集』）からの引用。

二四二　梅はとぶ鶯寝たり軒の下　（同）

【句意】ウメは飛ぶ、すると留まる先を失ったウグイスは寝てしまった、軒の下で。「梅に鶯」の常識的な組み合わせを前提に、「飛び梅」の故事を踏まえての作。春「梅・鶯」。

【語釈】○梅はとぶ　菅原道真が大宰府に左遷されて京の家を出る時、大切にしていたウメの木に「東風吹かば匂ひおこせよ梅の花主なしとて春を忘るな」（『拾遺集』）と詠んだところ、その木が大宰府まで飛んで行ったという「飛び梅」の故事を踏まえる。守武に右の和歌を踏まえた「飛梅やかろがろしくも神の春」（『守武千句』）の句があり、宗因の別号が梅翁であることからも知られるように、「飛び梅」は談林俳諧を象徴し、「飛ぶ」は談林俳諧の飛躍に富んだ発想や表現の方法を意味する語でもあった。

二四三　一度づつ御留守わすれそ寺の梅　（『洛陽集』延宝8）

【句意】どの木も一回ずつ、主がお留守でも忘れずに咲きなさい、寺のウメよ。春「梅」。

【語釈】○御留守　菅原道真の和歌（二四二の【語釈】を参照）にある「主なしとて」を踏まえていよう。○わすれそ　忘れるな。「そ」は終助詞で、本来は「な…そ」の形で禁止の意を表す。道真の和歌は『太平記』などで第五句が「春な忘れそ」とあり、これを受けて、春になったことを忘れずに咲けの意を表したものであろう。

二四四　腰かけや湯水ながるる柳陰　（同）

【句意】腰掛けて休むことよ、湯水が流れるヤナギの木陰で。西行「道の辺に清水ながるる柳陰しばしとてこそ立ちどまりつれ」(『新古今集』)を踏まえての作。春「柳」。

【語釈】○腰かけ　腰を掛けること。また、そのための台。ここは茶店の椅子であろう。○湯水　湯と水。ここでは茶店から出る洗い物をした水などが想定される。

【備考】季吟編『続連珠』(延宝4)所収の一二〇「柳陰湯水ながるる出茶屋哉」と類想。「出茶屋」の語を敢えて使わず謎めかしたところが、談林俳諧の「抜け」と呼ばれる技法。

二四五　さる事ぞむつかしき物猫の口舌　(同)

【句意】本当にその通りであることよ、うるさくてかなわないのは恋するネコの痴話げんか風に鳴き合う声だ。『枕草子』の「物尽くし」に倣うか。春「猫の口舌(猫の恋)」。

【語釈】○さる事　そうしたこと。西行「さることのあるなりけりとおもひ出でて忍ぶ心をしのべとぞ思ふ」(『山家集』)など、和歌では男女の関係を暗示的にさすことが多い。○むつかしき　うるさくて煩わしい。○猫の口舌「猫の恋」に同じく、ネコが春先の発情期に入って鳴くこと。「口舌」は男女が言い合いをする痴話げんかのこと。

二四六　切もぐさ二日といふ夜男泣　(同)

【句意】切ったモグサで灸を据える二日という日の夜は、誰しもその熱さに堪えかねて男泣きをする。「男泣」の原因は灸であったという笑い。春「切もぐさ二日(二日灸)」。

【語釈】○切もぐさ　灸に使うため紙に巻いて細かく切ったモグサ。「灸」は皮膚の特定の位置（いわゆるツボ）に置いたモグサに火を付け、その刺激を利用する温熱療法。○二日　二月二日に灸を据えることで、「二日灸」は春の季語。これで一年が息災で過ごせるとされ、八月二日にも行われた。これとは別に、「…行幸ありける夜、春残二日といへる心を…」（『千載集』所収の二条院御製の詞書の一部）など、「二日といふ」は和歌の詞書に散見される。○男泣　普段はあまり泣かないとされる男が泣くこと。

二四七　初午や典主は鈴を彩りけり　（『洛陽集』延宝8）

【句意】初午の祭礼であるよ、神主は土鈴を色づけたことだ。何かをもじるか。神職に手内職風の作業をさせた点に、笑いの要素を看取してよいのであろう。春「初午」。

【語釈】○初午　二月最初の午の日で、稲荷神社の祭礼がある。○典主　これをテンシュと読めば神主のこと。出典の『洛陽集』には「デンス」の振り仮名があり、「殿主」は禅宗で仏殿の清掃・供物などを担当する役人をさし、「典主」とも表記する。ここは「テンシユ」とあるべき振り仮名の誤りか。○鈴　ここは土で作る鈴。初午に伏見稲荷大社では土細工の鈴や人形が売られた。

二四八　比丘尼ありぎやうぶ蕨の一つ堗　（同）

【句意】尼がいる、歩行する先の草庵にリョウブやワラビを調理する一つの竈を備え。謡曲「大原御幸」に「妻木・

蕨を折り供御（くご）にそなへ（え）」とあり、大原寂光院で出家生活を送る建礼門院を後白河法皇が訪れる場面を念頭に置いた可能性がある。春「ぎやうぶ・蕨」。

【語釈】○比丘尼　仏教における女性の出家修行者。尼僧。○ぎやうぶ　リョウブ科の落葉小高木であるリョウブの古名。若葉は食用になる。これに歩く意の「行歩（ぎようぶ）」を掛け、謡曲「大原御幸」に「御幸」や「行幸」とあるのをもじったか。○竈　竈の後方に付けた煙を出すための穴。転じて、竈のこと。「一つ竈」は火床が一つだけの竈で、「一つ竈」も同様であろう。読みは出典の『洛陽集』にある通りで、いくつかの節用集で「くど」にこの字が当てられる。

【備考】早稲田大学図書館雲英文庫にこの句の自筆短冊がある。

二四九　菜の花や夢の横雲（よこぐも）とぶ胡蝶（こちよう）　（同）

【句意】ナノハナが咲いていることよ、夢の中の横雲でも飛び越すように、チョウがそのあたりを飛び回る。実景としてはナノハナに来たチョウを取り上げながら、「夢」を媒介に「横雲」と「胡蝶」を結び付け、一句の整合性をわざと崩す。春「菜の花・胡蝶」。

【語釈】○菜の花　アブラナの花。「蝶」と「菜の花」は『類船集』に付合語として載る。○夢の横雲　藤原定家「春の夜の夢の浮橋とだえして峰に別るる横雲の空」（『新古今集』）を踏まえるか。「横雲」は横にたなびく雲。○胡蝶　チョウのこと。『荘子』の寓言「胡蝶の夢」はよく知られ、「夢」と「胡蝶」は縁語の関係になる。

二五〇　道ならで蛇責(くちなわぜめ)やなくかはづ　（『洛陽集』延宝8）

【句意】非道なヘビ責めで人は泣く、ヘビを恐れて鳴くカエルのように。「道ならで」「なくかはづ」という和歌的表現の中に「蛇責」という生々しい語を入れた点が、春澄のねらいであろう。「なく」は上下に掛かる。春「かはづ」。

【語釈】○道ならで　道理からはずれて。和歌ではその道によらずにの意で用いられる。○蛇責　多くのヘビがいる桶などに人を入れて責める拷問。○かはづ　カエルの別名。

二五一　連翹(れんぎょう)や井手の大臣(おとど)の後(のち)の花　（同）

【句意】レンギョウが咲いていることよ、これは井手の大臣とも言うべきヤマブキが散った後に咲く花だ。「井手の山吹」を「井手の大臣」と言いなしたもの。春「連翹」。

【語釈】○連翹　モクセイ科の落葉小低木で、春に黄色い筒状の花を咲かせる。○井手の大臣　左大臣であった橘諸(もろ)兄(え)のことで、井手に別荘があったことからこう呼ばれた。「井手」（現在の京都府綴喜(つづき)郡井出町）は詠人しらず「かはづなく井手の山吹ちりにけり花の盛りにあはましものを」（『古今集』）のように、ヤマブキの名所として知られ、ここはヤマブキの花を擬人化して（あるいは、敢えて無意味化させて）、「井手の大臣」とした。

二五二　井手の蛙(かわず)花の山吹和(あえ)にけり　（同）

【句意】井手のカワズを花のヤマブキと和(あ)え物にしたことだ。和歌で詠まれる井手の二つの題材を取り上げ、これで料理の和え物を作ると発想したのであろう。春「蛙・山吹」。

【語釈】○井手　二五一の句や【語釈】を参照。玉川が流れ、二五一に引いた『古今集』の和歌により、カワズ（カエル）やヤマブキにちなむ場所として知られる。○和　重ね合わせること。混ぜること。菜や魚などを酢・味噌などと混ぜ合わせる調理法でもある。

二五三　八藤(やつふじ)や今ぞ栄(さかえ)ん西東　（同）

【句意】八藤の紋であるなあ、フジを詠んだ和歌に「今ぞさかえん」とあるけれど、これは八つのフジなのであるから、南北ばかりか、西にも東にも栄えるだろう。夏「藤」。

【語釈】○八藤　フジの四枚の花弁を四枚の葉で円形に囲んで図案化した文様。また、その図柄を用いた紋所(もんどころ)の名称。○今ぞ栄ん　神祇歌「ふだらくの南の岸に堂たてて今ぞさかえん北の藤なみ」（『新古今集』）を踏まえる。歌中の「藤」は藤原氏をたとえている。

二五四　とめ伽羅(きやら)やあまの香籠(かご)山更衣(ころもがえ)　（同）

【句意】伽羅の香を衣にたきしめることだ、天(あま)の香具山(かぐやま)を髣髴とさせる香り高い籠(かご)を使って、衣替えの今日は。もじりと見立の作。夏「更衣」。

【語釈】○とめ伽羅　衣服に伽羅の香をたきしめること。「伽羅」は香木の中でも最高とされる品。○あまの香籠山　歌枕である天の香具山（現在の奈良県橿原市東部にある山）のもじり（ただし、平安時代はアマノカゴヤマと発音することが多かった）で、「籠」を掛ける。衣服に香をたく際は、伏せた籠に衣服を掛けて中に香炉を入れる。ここでは、その形を山に見立ててもいる。○更衣　四月一日に冬の綿入れから夏用の袷（あわせ）に着替えること。

二五五　難題や筆ほとびにけり杜若（かきつばた）　（『洛陽集』延宝8）

【句意】難題であるなあ、筆がふやけて書けなくなってしまった、その題がカキツバタであるだけに。物語の有名な一節を踏まえての笑い。夏「杜若」。

【語釈】○難題　作るのが難しい詩歌や文章の題。○ほとびにけり　水で柔らかくなった。『伊勢物語』第九段に「乾飯（かれいい）の上に涙おとしてほとびにけり」とあるのを踏まえる。これはカキツバタの五文字を各句頭に詠み込んだ和歌（「唐衣きつつなれにしつましあればはるばる来ぬる旅をしぞ思ふ（う）」）を聞いて、同行者が涙を流したというもの。

二五六　耳の根や産毛（うぶげ）の茂み郭公（ほととぎす）　（同）

【句意】耳の付け根よ、その産毛が茂ったあたりにホトトギスが来て鳴いてくれないものか。耳の近くまで来て十分に鳴いてくれ、というのであろう。草木が茂る季節なのだから、ホトトギスも早く来て鳴けという、和歌以来の伝統的なとらえ方を踏まえる。夏「郭公」。

【語釈】○耳の根　耳が顔に付いている根元の部分。○産毛の茂み　顔に生える柔らかい薄毛を草木の茂みに見立てた表現。「新樹（茂り）」と「郭公（時鳥）」は付合語の関係。

二五七　諫鼓鳥比丘戒一つ破れけり　（同）

【句意】カンコドリの鳴き声を聞き、これで比丘戒の一つが破れたことになるなあ。「鼓」の字をもつ鳥なので、その音を聞けば歌舞観聴戒（歌や踊りなどの娯楽を見聞きしないという戒）を破ったことになる、という理屈。夏「諫鼓鳥」。

【語釈】○諫鼓鳥　「閑古鳥」に同じく、カッコウの異名。「諫鼓」は古代中国で天子に諫言しようとする人が鳴らすための、朝廷の門外に設けたとされる鼓。○比丘戒　僧になる際に受けて守ることを誓った戒。律宗では二百五十ある。「比丘」は男の出家修行者。

二五八　麦笛や露あつて蛇の吟ずる声　（同）

【句意】麦笛であることよ、「笛は竜の吟ずる声」だそうだが、これはムギなので露が置かれ、その音色は「蛇の吟ずる声」とも言うべきものだ。麦笛なので竜ほどたいそうではないという理屈。漢詩的な語調。夏「麦笛」。

【語釈】○麦笛　ムギの茎を切って笛のように吹き鳴らすこと。○蛇の吟ずる声　謡曲「白楽天」に「笛は竜の吟ずる声」とあり、笛の音色を竜が鳴く声に見立てる。

二五九　甲斐流(かいりゅう)の草也(そうなり)賀茂のけふ(きょう)の馬　（『洛陽集』延宝8）

【句意】甲斐流の草(くさ)である、賀茂の競馬(くらべうま)に出る今日のウマが食べるのは。「甲斐流」と「賀茂」、「草」と「馬」が詞として対応する。詞では付きながら一句として意味が通らなくなる、談林の無心所著(むしんしょじゃく)（ナンセンス）の付合(つけあい)を発句で試みたものと言える。夏「賀茂のけふの馬（競馬）」。

【語釈】○甲斐流　江戸時代初期に藤木敦直(あつなお)が創始した書道の流派。敦直が甲斐守(かいのかみ)に任ぜられたことによる名称で、賀茂神社の神官を務めたことから「賀茂流」ともいう。○草　出典の自悦編『洛陽集』に「サウ」の振り仮名がある。「甲斐流」を受けて草書体の意を含ませつつウマの食べる草を表し、「甲斐流の草」というありえないものを創出している。○賀茂のけふの馬　京都の賀茂別雷(かもわけいかずち)神社（上賀茂神社）で五月五日（現在は六月五日）に行われる馬術競技。賀茂の競馬として知られ、「競馬」は夏の季語に扱う。

二六〇　今更(いまさら)に何生出(おいいず)らんとまり竹　（同）

【句意】今さらどうして生い育っていくことがあろうか、これは生長しないとまりタケノコなのだから。和歌の文言を大幅に取り入れる。夏「とまり竹（とまり筍(たけのこ)）」。

【語釈】○今更に何生出らん　凡河内躬恒「今更になに生ひ(い)いづ(ず)らむ(ん)竹のこの憂きふししげき世とはしらずや」（『古今集』）の文句取り。○とまり竹　「とまり筍」に同じく、夏の後半に生じ、生長せずに立ち枯れたタケノコをさす。

【備考】出典の『洛陽集』がこの句を「若竹」の題下に収める。

二六一　五月雨は鳶の浮巣を懸てけり　（同）

【句意】五月雨は地上に湖を作り、トビの巣も浮巣となって木に懸かっている。五月雨によって地上が海・湖の状態になるという、初期俳諧の常套的な発想。夏「五月雨・浮巣」。

【語釈】○鳶の浮巣　「浮巣」は水鳥のカイツブリが水草などで水面に作る巣で、「鳰の浮巣」として知られる。これはそのもじりで、トビは浮巣を作らない。○懸てけり　歌語。鳥が高い所に巣を営むのを「懸ける・掛ける」という。

【備考】清風編『おくれ双六』（延宝9）・笑種編『続古今誹諧手鑑』（元禄13）にも所収。

二六二　水鶏殿宵の約束はなかりけり　（同）

【句意】クイナ殿よ、また戸をたたくけれど、宵に会う約束はなかったのだ。夏「水鶏」。

【語釈】○水鶏　クイナ科の水鳥。鳴き声が戸をたたく音に似るところから、鳴くことを「たたく」といい、その連想から「来」と言い掛けても詩歌に詠まれる。ここもその伝統を踏まえ、「水鶏殿」と擬人化して扱う。

二六三　持来子や思はぬ波の千鳥の巣　（同）

【句意】急いで親が持ち連れてきた子であるよ、思いがけず波を受けたチドリの巣から。和歌を踏まえての作。夏

「千鳥の巣（水鳥の巣）」。

【語釈】○持来子　未詳。持ち運んだ子の意か。読みは出典の『洛陽集』にある通り。○思はぬ波の千鳥　藤原秀能「風ふけばよそになるみのかたおもひ思は(わ)ぬ浪に鳴くちどりかな」（『新古今集』）を踏まえる。○千鳥の巣　チドリは川原や海辺の草のまばらな砂礫地に巣を営むことが多い。チドリを含め、水鳥の巣は夏季のものとして扱う。

二六四　思出(おもいいず)や一つ楊枝(ようじ)に美濃真桑(みのまくわ)　（『洛陽集』延宝8）

【句意】あなたも思い出すだろうか、「一つ松」ならぬ「一つ楊枝」で美濃のマクワウリを食べ合ったことを。和歌を踏まえての滑稽化。夏「真桑」。

【語釈】○一つ楊枝　一本の楊枝。伊勢「思ひ(い)いづ(ず)や美濃の御山の一つ松ちぎりしことはいつも忘れず」（『新古今集』）の「一つ松」のもじり。この歌により、次の「美濃」が導かれる。○真桑　ウリ科の一年草であるマクワウリで、夏の果物として親しまれる。美濃国の真桑村のものが良品であることによる名称で、「美濃」と「真桑瓜」は付合語。

二六五　黐(とりもち)を蠅(はい)手にかけし八橋(やつはし)や　（同）

【句意】鳥もちを使ってハエを捕まえ殺した八橋よ。意味不通がねらいの句。夏「蠅」。

【語釈】○黐　小鳥・昆虫などを捕えるため竿などに塗って使う粘着力のある物質。モチノキなどの樹皮から採る。○蠅　双翅目イエバエ科などに属する昆虫のハエ。ハイとも発音し、出典の『洛陽集』では他の句で「蠅(ハイ)」と振り仮名がある。「蝿手」は『伊勢物語』第九段で八橋の説明に「川のくもでなれば」とある「くもで（蜘蛛手）」のもじりであろう。「縄手（なわて）」も関連するか。○手にかけし 自分の手で殺した。「かけし」には橋を架けたの意を掛ける。○八橋 幅の狭い橋板を何枚か左右に折れ曲がった形に継いで架けた橋。また、現在の愛知県知立市の地名で、『伊勢物語』の和歌の舞台とされる。「八橋のくもで」は和歌に散見される表現。

二六六 小扇（こおうぎ）や流蛍（りゅうけい）をうつおこし炭 （同）

【句意】小さな扇よ、それを使って飛ぶホタルを捕えるさまは、さながら炭火をおこすために団扇（うちわ）をあおいでいるかのようだ。杜牧の漢詩「秋夕」に「軽羅小扇流蛍を撲（う）つ」とあるのを踏まえつつ、ホタルの光を炭の火に見立てる。夏「扇・蛍」。

【語釈】○小扇 主として女性用の小さな扇。○流蛍 飛び交うホタルをいう漢語。○うつ ここは扇でホタルを捕えようとすること。○おこし炭 火をおこした炭。

二六七 蚊ふすべに袖は清見が背戸（せど）なれや （同）

【句意】カをいぶそうとしたら煙くて思わず裏口に出てしまった、これを和歌になぞらえて言えば、「袖は清見が背戸なれや」ということになろうか。夏「蚊ふすべ」。

【語釈】○蚊ふすべ 蚊遣（かやり）。カを追い払うために草木の葉などを燃やし煙を出すこと。○清見が背戸 平祐挙「胸はふじ袖は清見が関なれや煙も波も立たぬ日ぞなき」（『詞花集』）を踏まえたもじりで、ここも煙が立ってしかたがないとする。「清見が関」は現在の静岡県清水市興津にあった古関で、近くに清見潟がある。和歌の「袖は…」は清見が関が波に濡れるようにわが袖は常に涙で濡れているの意。「背戸」は家の裏口。○なれや　断定の助動詞「なり」の已然形に係助詞「や」が付いたもので、疑問や詠嘆を表す。

二六八　懸鯛（かけだい）のしだの葉山や氷（こおり）もち　（『洛陽集』延宝8）

【句意】葉が茂る山の氷室（ひむろ）に氷が貯蔵されるように、台所には正月以来のタイが懸けてあり、山のようなシダの葉に氷餅がある。正月の縁起物を並べた夏季の句。夏「氷もち」。

【語釈】○懸鯛　正月の飾り物で、二匹のタイを結び合わせて竈（かまど）の上などに懸けたもの。六月一日に取りはずす。○しだの葉山　シダの葉の茂りを山に見なした造語的表現であろう。シダ（とくにウラジロ）は新年の飾りとして用いられる。○氷もち　寒中にさらして凍らせた餅で、夏に珍重して食する。この句は出典の『洛陽集』で「氷室」の題下に所収。「氷室」は夏に食する氷雪を貯蔵しておく山中などの施設で、夏季の扱い。

二六九　道明寺尼（あま）将軍の御用意歟（か）と　（同）

【句意】道明寺糒（ほしいい）は尼将軍の北条政子が御用意されたものかという。道明寺の尼が糒を作ることと、政子が尼将軍と呼ばれたことを組み合わせ、意味上の整合性を無視した作。夏「道明寺」。

【語釈】〇道明寺　大阪府藤井寺市にある真言宗御室派の尼寺。ここはこの寺で作られた貯蔵食品「道明寺糒」の略。「糒」は米を蒸して乾燥させたもので、軍事用・旅行用に重宝され、夏に冷水に浸して食べることから、夏の季語になる。〇尼将軍　尼でありながら将軍同様の実権がある者の意で、源頼朝の妻である北条政子の異称。権力をふるう寡婦一般をもいう。〇歟　係助詞「か」に当てた字で、疑問や軽い詠嘆を表す。

二七〇　九が十市は暴雨峰の雲　（同）

【句意】十中に九くらいの割合で、十市では夕立が降る、空には入道雲が湧き起こって。和歌を踏まえ、数字や韻（「ち」）を活用した作。夏「暴雨・峰の雲」。

【語釈】〇九が十市　「九が十」は「十が九つ」に同じく、おおよそ・たいていの意。「十市」は現在の奈良県橿原市の地名で、この句は源俊頼「十市には夕立すらし久堅の天の香具山雲がくれゆく」（『新古今集』）を踏まえる。〇暴雨　出典の『洛陽集』に「ユダチ」の振り仮名（ユダチはユウダチの略）があり、ここは「夕立」に同じ。『易林本節用集』に「暴雨　ユフダチ」とある。〇峰の雲　「雲の峰」に同じく、夏の入道雲。

二七一　猶うき時踏かふるらん雲の峰　（同）

【句意】それでもなおつらい際には足を踏み替えて耐えるのであろう、山ならぬ雲の峰は。和歌を踏まえつつ、入道雲の崩れそうで崩れないさまを詠んだか。夏「雲の峰」。

【語釈】○猶うき時　凡河内躬恒「世を捨てて山にいる人山にても猶うき時はいづちゆくらむ」（『古今集』）以来、「山にても猶うき時」は和歌でよく用いられる表現。○踏かふる　「踏み替ふる」で、踏んばっている足を替えること。○雲の峰　夏の入道雲。

二七二　水つきや角ぐむ程の蛞蝓　（『洛陽集』延宝8）

【句意】水に浸っているなあ、アシが角ぐむように触角を立てたナメクジは。ぬらぬらと濡れた状態で角を出したナメクジを、和歌の文言を使って表したもの。夏「蛞蝓」。

【語釈】○水つき　「水浸」で水に浸ることか。○角ぐむ　本来はアシなど草木の芽が出始めること。源通光「三島江や霜もまだひぬあしの葉に角ぐむほどの春風ぞふく」（『新古今集』）など、「角ぐむほどの」は和歌で用いられる表現。ここはそれをナメクジの触角のさまに取りなした。○蛞蝓　ナメクジ科の軟体動物。頭部に二本の触角がある。

二七三　抱籠や玉もいたづらにけさの秋　（同）

【句意】昨日まで抱いて寝た抱籠よ、今日からは無用なただの籠になるのかと思えば、わが魂も空虚な感じとなって、今朝の立秋を迎えたのだ。秋「けさの秋」。

【語釈】○抱籠　タケを編んで作った籠で、夏の夜に抱えて寝て涼を得る。これ自体の季は夏。○玉もいたづらに　謡曲「海士」に「珠もいたづらになり、主も空しくなりけるよ」とあるのを用いつつ、「珠（玉）」を魂の意に取りなしたもの（謡曲では宝珠の意）。「玉」と「魂」は通用。「いたづら」には役に立たないの意と物足りないの意があり、この句では両意を使っている。○けさの秋　立秋を迎えた今朝。

二七四　薄が島花火の薬もとめけり　（同）

【句意】花火の名に縁のある薄が島で、花火の火薬を探し求めたことだ。秋「花火」。
【語釈】○薄が島　未詳。鉄砲が伝来した種子島（鹿児島県の大隅諸島の一島）が念頭にあるか。出典の『洛陽集』で「花火」の題下に「薄萩流星紅葉みだるめり　有知」があり、花火の名称の一つに「薄」もあったと推察される。○花火の薬　花火に用いる火薬。○もとめけり　謡曲「富士山」の「不死薬を求めて帰るなり」が念頭にあるか。

二七五　蟷螂や己が柄朽て里は荒　（同）

【句意】カマキリよ、自分の鎌の柄も朽ちてしまうほど時は経ち、里も荒れ果てている。諺の一字を置き換えたもので、一句としての意味の整合性は無視されている。秋「蟷螂」。
【語釈】○蟷螂　カマキリ目の昆虫の総称。前足が鎌のようになっている。○己が柄朽て　「斧の柄朽つ」は思いがけず長い時間が経過したことをいう諺で、仙人の囲碁を見ている間に手にした斧の柄が朽ち村のさまも変わっていたという、中国晋代の故事による。その「斧」を同音の「己」に替えて、カマキリの前足を想起させている。

二七六　世の女(おんな)鹿半左衛門(しかのはんざえもん)に寄(より)にけり　（『洛陽集』延宝8）

【句意】世の中の女たちは、シカの半左衛門にすり寄っていくことだ。秋「鹿」。

【語釈】○鹿半左衛門　未詳。「女」「鹿」の読みは出典の『洛陽集』にある通り。歌舞伎役者の山下半左衛門が延宝四年（一六七六）ころから京で活躍し、人気を集めていたことを踏まえつつ、その半左衛門をシカにしてしまった転合（ふざけ）の作か。「鹿」は演目などに関係していたかもしれない。

二七七　江戸で見る形(なり)は塩松茸(しおまつたけ)の様(よう)になん　（同）

【句意】江戸で見る形状は塩尻ならぬ塩漬けのマツタケのようであった。何の形状かを敢えて言わず、富士山を想起させた上で無関係な物に結び付ける。八・七・五の構成。秋「塩松茸」。

【語釈】○形は　「形」の読みは出典の『洛陽集』にある通り。『伊勢物語』第九段に富士山の形容として「なりは塩尻のやうになんありける」とあるのを踏まえる。○塩松茸　後世の小田原主人著『四季漬物塩嘉言』（天保七年〈一八三六〉刊）によれば、茹でるか蒸すかしたマツタケを塩に漬けたものらしい。当時は江戸の食べ物として知られていたか。○様になん　下に「ありける」などを省略した語法で、○○のようであったの意を表す。

二七八　春日(かすが)の旅明恵(みょうえ)に暇乞(いとまごい)なされけり　（同）

【句意】春日明神が出雲に旅立つに当たり、明恵上人に暇乞いをなさったことだ。謡曲を踏まえつつ（【語釈】を参照）、「暇乞」の主体を入れ換える。六・九・五の構成。冬「春日の旅（神の旅）」。

【語釈】○春日の旅　春日明神の旅。出典の『洛陽集』では「神無月」の題下に置かれ、十月に神々が出雲大社へ集まるとされる「神の旅」を扱ったものと知られる。三二の句を参照。○明恵　鎌倉時代初期の僧で、華厳宗中興の功労者。インドに渡ろうとするも、春日明神の託宣により断念したことが知られる。そのことに取材した謡曲「春日龍神」には「我(われ)入唐渡天の志あるにより、御(おん)暇乞のために唯今(ただいま)まゐ(い)りて候」とあり、明恵が明神へ暇乞いをするため、春日へ出向いたとされている。○暇乞　別れのあいさつをすること。

二七九　御火焼(おひたき)や二四(にしん)の八日継子(まここ)だて　（同）

【句意】御火焼であるよ、二四(にし)が八の八日に行うこの行事は、二四六八と数えて十番目の石を除いていく継子立てを思い出させる。数字の遊びに興じたもの。冬「御火焼」。

【語釈】○御火焼　十一月八日に京都を中心に行われた神事。宮中では御神楽(みかぐら)などがあり、神社では新穀の神饌と神酒を供え、神楽を奏し清火を焚く。民間でも火を用いる職種の家が火を祀る。オホタキ・オホタケとも発音する。○二四　ここは数字の二と四をかける意で、「八日」の「八」を導き出す。読みは出典の『洛陽集』にある通りで、「二親」の意を掛け、「継子」と縁語仕立てにしている。○継子だて　碁石で行う遊戯。実子と継子に見立てた黒白の石を十五個ずつ円形に並べ、ある石を起点に十番目ごとの石を取り除いていき、最後に残った石を勝ちとするもの。『徒然草』第一三七段に「取られん事いづ(ず)れの石とも知らねども」とあり、死からは逃れられないことのたとえにも用いられる。

二八〇　何某（なにがし）の炭（すみ）源氏のふるひ止（いやみ）にけり　　（『洛陽集』延宝8）

【句意】いくらかの炭を焚くことによって、光源氏の震えも止まったことだ。古典文学作品のある場面を取り上げ、その表現をもじりつつうがった見方を示す。冬「炭」。

【語釈】○何某の炭　『源氏物語』「夕顔」で夕顔が急死する舞台の「何某の院」を踏まえたもじり。その「何某」が人名を特定させせない用法であるのを、ここでは数量が特定できない場合の語として用いている。○ふるひ　「ふるへ（え）」に同じく、身体などが震えること。ここは、何某の院における光源氏の動揺を念頭においた表現。

二八一　人買（ひとかい）の名にや穢（けがれ）んほくそ頭巾　　（同）

【句意】人買が使う頭巾だというが、その人買という名によって穢れてしまったのか、苧屑（ほくそ）頭巾は。ただでさえ「くそ」の語をもつのに、の意も含むか。冬「ほくそ頭巾」。

【語釈】○人買　かどわかしを含む人身売買に従事する者。○ほくそ頭巾　カラムシ（イラクサ科の多年草）の茎で作った頭巾で、多く鷹匠や猟師が用いた。顔を覆って目を出すようにしたため、強盗（がんどう）頭巾とも言われる。『古事類苑』の記述では、人買が子女をかどわかす際にこの頭巾で顔を隠し、また相手の顔にかぶせるなどしたという。

二八二　談議坊氷の天井張れけり　（同）

【句意】談議僧が奔放な談義を制約されるのと同じで、その談義僧を異名にもつメダカも氷の天井を張られてしまった。「談議坊」の二意をたくみに使う。冬「氷」。

【語釈】○談議坊　「談義坊（談義坊主・談義僧）」に同じく、メダカの異名。本来は仏の教えをわかりやすく説き聞かせる僧侶のことで、その「（経論を）見ずに話す」を「水に放す」に取りなしての名ともいう。○氷の天井　氷が張ったことを魚にとっての天井と見立てた表現。「天井」は自由な行動に対する規制の意をもつ。

二八三　小倉山声のうちより節季候の　（同）

【句意】小倉山で鳴く鹿の声の内にも秋は来ると和歌に詠まれるが、何か声がするなあと思うとたんに節季候の姿が現れた。紀貫之「夕月夜小倉の山に鳴く鹿の声の内にや秋は来るらむ」（『古今集』）を踏まえた作で、一句としては意味不通。冬「節季候」。

【語釈】○小倉山　現在の京都市右京区で保津川渓谷の出口付近の東岸にある山。右の和歌から採っただけで、句の中での意味はもたない。○声のうちより　その声が発せられるとたんに。右の和歌の「声の内にや」を踏まえるとともに、謡曲「春日龍神」の「声の内より光さし」、同「巻絹」の「声の内より狂覚めて」なども念頭にあるか。

○節季候　歳末の門付けの一種。十二月にシダの葉を挿した笠をかぶり、赤い布で顔を覆って目だけを出し、割り竹をたたきながら数人で町家に入り、祝いの詞を唱えて囃して米銭をもらった。四三八の句を参照。

二八四　横山はあらしな吹(ふき)そわかたばこ　（『点滴(てんてき)集』延宝8）

【句意】煙に縁のある横山では嵐よ吹かないでくれ、新煙草(しんたばこ)をゆっくり味わいたいのだから。和歌では炭を詠むのに対し、タバコで新味を出したのであろう。秋「わかたばこ」。

【語釈】○横山　起伏が少なく横に連なっている山。また、和泉(いずみ)国（現在の大阪府南部）の歌枕でもあり、葉室光俊「何としていかに焼けばか和泉なる横山炭の白く見ゆらん」（『新撰和歌六帖』）など、炭や煙を多く詠み合わせる。○あらしな吹そ　詠人しらず「大海にあらしな吹きそしなが鳥猪名(いな)の港に舟はつるまで」（『万葉集』）の文句取りであろう。「な…そ」は禁止を表す表現。○わかたばこ　その年に初めて作られたタバコ。二三五の句を参照。

二八五　山は行(ゆく)を松はしらずや祇薗(ぎおん)の会(え)　（『誹枕(はいまくら)』延宝8）

【句意】山車(だし)はどんどん進むのに、その上のマツはそれを知らずにいるのか、祇園祭の巡行で。和歌の文言を用いながら、「山」を山車の意に取りなしての作。夏「祇薗の会」。

【語釈】○山　祭礼に引いて練り歩く山車（飾り付けをした屋台）で、「山車」はダシともヤマともいう。山の形の作り物があり、上にマツを立てることが多い。○松はしらずや　「漕ぎてゆく舟にて見れば足ひきの山さへ(え)ゆくを松は知らずや」（『土佐日記』）からの引用。一首は、舟から見ると山も動いているのに、山に生えるマツはそれを知らずにいるのか、の意。○祇薗の会　祇園祭。現在の京都市東山区祇園にある八坂神社の祭礼で、山鉾(やまぼこ)（鉾などの飾りがある山車）の巡行を中心に、かつては六月七日から十四日にかけて行われた（現在は七月の開催）。

【備考】嵐雪（らんせつ）編『其袋（そのふくろ）』（元禄3）に「山は行松はしらずや祇園の会　紀州一三（いっさん）」とあるのは、偶然の一致か。あるいは、春澄の句が別作者の作と誤って伝えられたものか。

二八六　　くらまにて
九折（つづらおり）や霧の海辺のばいの尻　（同）

【句意】九折であることよ、霧が海のように立ちこめて、その曲がり方は海辺のバイガイの尻のようだ。〈霧の海→海辺のばい→ばいの尻〉と言葉の連想をつなげたもの。秋「霧」。

【語釈】○くらま　現在の京都市左京区にある鞍馬山付近の地名。○九折　山腹などで道に曲折が多いこと。鞍馬寺の門前には九折坂がある。○霧の海　霧が立ちこめた海。また、霧が立ちこめて海のように見えること。ここは後者。○ばいの尻　「ばい」はバイ科の巻き貝。「ばいの尻ほど曲（まが）る根性」（『譬喩尽』）の諺もあるように、先がねじれていることから、「ばいの尻」は「曲る」もののたとえとして用いられる。

二八七　奈良役者我（わが）えし事や薪能（たきぎのう）　（同）

【句意】奈良の役者たちが得意とすることであるよ、奈良興福寺の薪能は。春「薪能」。

【語釈】○奈良役者　大和国（やまと）（現在の奈良県）に本拠を置いた猿楽（さるがく）（能楽の古称）四座の役者。○我えし事　最も得意とすること。行基「法華経をわがえし事はたき木こりなつみ水くみつかへてぞえし」（『拾遺集』）を踏まえる。○薪能　奈良興福寺の修二会の期間（二月六日から十二日まで）中、晴天七日間に南大門前の芝生などで大和猿楽四座（金春・観世・宝生・金剛）の大夫により、薪をたいて演じられた神事能。現在は主として夏に各地で開催される。

【備考】重安編『糸屑』（延宝3）所収の八〇「たきぎ能いつならしてかなら役者」と語句の使用が類似する。

二八八　箕面寺わらはも富を突べきなり　（『誹枕』延宝8）

【句意】箕面寺では女の私も富籤の札を突くべきである。謡曲の詞章に基づき、三井寺ならば鐘であるが、ここは富で知られる箕面寺なので、という発想。冬「富を突（富籤）」。

【語釈】○箕面寺　大阪府箕面市箕面にある箕面山瀧安寺の古名。富籤発祥の寺とされ、当たりには金銭でなく大福御守が施与された。○わらは　自称の語で、主として女性がへりくだって使う。ここは謡曲「三井寺」の「妾も鐘を撞くべきなり」を踏まえる。○富を突　富籤で小箱に入った札を錐で突き刺し、当たり番号を決めること。

二八九　夜番もやこやの住居の冬籠　（同）

【句意】古の歌人が昆陽に隠れ住んだのと同様に、夜番の者も小屋住まいで冬籠もりをする。和歌を踏まえ、掛詞を活用した作。冬「冬籠」。

【語釈】○夜番　夜の警護などの番をすること。また、その人。○こや　昆陽。兵庫県伊丹市の地名。源重之「芦の葉に隠れて住みし津の国のこやもあらはに冬は来にけり」（『拾遺集』）などを踏まえ、これに夜番の「小屋」を掛ける。○冬籠　冬の間は外出を控えて家で過ごすこと。ここは番人が小屋に籠もりがちであることをいう。

二九〇　白髭の塵とる祢宜やお開帳　（同）

【句意】白髭明神の髭に付いた塵を取り、ご機嫌取りをする祢宜であることよ、この社でのお開帳にあたって。出典の『誹枕』で「近江」の項に配される。秋「白髭…お開帳（白髭開帳）」。

【語釈】○白髭の塵とる　「髭の塵を取る（払う）」は目上の者にこびへつらうことで、宰相の髭を拭いてたしなめられた中国宋代の故事（『宋史』）による。「白髭」は滋賀県高島市にある白髭神社の祭神（白髭明神）で、これに白い髭の意を掛ける。○祢宜　神社に奉仕する神職で、神主の次位。○お開帳　社寺の厨子の扉を開き、秘仏や霊宝を特定の日に限って拝観させること。ここは右の白髭神社で秋季に行われた白髭開帳をさす。謡曲「白髭」の「我白髭の神ぞとて、玉の扉を押し開き、社壇に入らせ給ひけり」をも踏まえるか。

二九一　参あひて三百余人や木曽踊　（同）

【句意】参集して三百余人となったことだ、木曽の名をもつ木曽踊りだけに。秋「木曽踊」。

【語釈】○参あひて三百余人　『平家物語』「木曽最期」に基づく謡曲「兼平」に「兼平瀬田より参りあひて、又三百余騎になりぬ」とあるのを用いた表現。○木曽踊　長野県の木曽地方で行われる踊り。円陣で木曽節に合わせて手をたたきながら踊る。木曽義仲の戦勝を記念した霊祭での踊りが起源ともいい、その「木曽」を掛ける。

二九二　雪の内の馬上や佐野の夕渡り　（『誹枕』延宝8）

【句意】和歌や謡曲さながらに、雪の中での馬上であることだ、所も佐野の夕暮れの渡りで。出典の『誹枕』で「上野（こうずけ）」の項に配される。冬「雪」。
【語釈】○佐野の夕渡り　謡曲「鉢木」に「上野の国佐野の渡（わたり）に着きて候」とある、「佐野の渡」（群馬県高崎市にかつてあった）に「夕」を加え、夕べの渡し場の意と夕方に渡るの意を掛けた造語的表現か。一句の表現は藤原定家「駒とめて袖うちはらふ陰もなし佐野のわたりの雪の夕暮」（『新古今集』）によっており（謡曲でも引用される）、この「佐野」は和歌山県新宮市にあった渡し場。

二九三　算用やけふ（きょう）の細布（ほそぬの）年の暮　（同）

【句意】今日は一年の金勘定をすることよ、狭布（きょう）の細布のように細い身代では胸算用も合わず、心細い年の暮れだ。出典の『誹枕』で「奥州」の項に配される。冬「年の暮」。
【語釈】○算用　金銭などの計算。○けふの細布　「けふ」は「狭布」で、古代に奥州から貢納された幅の狭い麻布（あさぬの）。やがて秋田県鹿角市あたりの郡名となり、「狭布の細布」はここで産出される細布（狭布と同意）と理解されるようになった。歌語としては「今日」を掛け、また、幅が狭く丈も短くて胸も覆いきれないことから、「胸合はず」「逢はず」

の序詞とする。○年の暮　歳末。とくに大晦日は収支決算の日であった。

二九四　松の雪消でや声をあげろ山　（同）

【句意】マツの雪が消えてくれないのか、ならば消えよと声を上げてみるがよい、上路山よ。出典の『誹枕』で「越中」の項に配される。春「雪消で（残雪）」。

【語釈】○松の雪消で　藤原定家「松の雪消えぬやいづこ春の色に都の野べは霞みゆく比」（『玉葉集』）を踏まえていよう。「消えて」と清音で読むと意味が変わっておかしくなる。○あげろ山　上路山。新潟県糸魚川市にある山。これに「声を上げろ」を掛ける。

二九五　うらぼんや煙絶にし地獄の釜　（『名取川』延宝8）

【句意】盂蘭盆であるなあ、亡者もこの世に帰ってくるので、煙も立たなくなった地獄の釜であろう。和歌を踏まえつつ、お盆の間は地獄も暇であろうとうがつ。秋「うらぼん」。

【語釈】○うらぼん　盂蘭盆。七月十五日を中心に祖先の霊を供養する行事。○煙絶にし　紀貫之「君まさで煙たえにし塩竈の浦さびしくも見え渡るかな」（『古今集』）を踏まえる。○地獄の釜　地獄で罪人を煮て責めるとされる釜。

二九六　雁にきけいなおほせ鳥といへるあり　（『七百五十韻』延宝9）

【句意】その鳥のことならカリに聞けばよい、古今伝授の秘鳥の中には稲負鳥というものがある。詠人しらず「わが門に稲負鳥の鳴くなへにけさ吹く風に雁は来にけり」(『古今集』)という和歌があることから(「なへに」は一緒にの意)、「雁」と「稲負鳥」は仲がよいのであろうとした発想。秋「雁・いなおほせ鳥」。

【語釈】○いなおほせ鳥　稲負鳥。百千鳥・呼子鳥とともに、和歌で詠まれながら実態の不明な鳥で、古今伝授(『古今集』の難解な和歌や語句の解説を秘伝として伝えること)の秘伝三鳥とされている。セキレイ・トキ・バン・スズメなど諸説があり、秋季に扱う。

【備考】出典の『七百五十韵』は春澄と信徳・正長・如風・政定・仙庵・常之・如泉による百韻七巻・五十韻一巻を収める連句集で、これはその第五百韻の立句。同書に二百五十韻を加えて千句とすべく芭蕉たちが興行した『俳諧次韻』(延宝9)では、其角が第二百韻の立句でこの句を踏まえ、「春澄にとへ稲負鳥といへるあり」と詠む。

二九七　きのふかもめづらつかみしか春霞　　(『安楽音』延宝9)

【句意】昨日であったかなあ、収支決算であんなにあわただしかったのは、それがもう今日は春霞が立っている。和歌を踏まえ諺を利用しての作。春「春霞」。

【語釈】○きのふかも　藤原惟成「きのふかも霰ふりしは信楽の外山のかすみ春めきにけり」(『詞花集』)による。「かも」は係助詞の「か」と「も」を重ねたもので、詠嘆を含んだ疑問を表す。ここでの「きのふ」は収支決算で多忙を極める大晦日をさし、一句は一夜が明けると春らしくなったことを表している。○めづらつかみし　目面摑みし。

「目面」は目と顔のことで、「目面も明けず」「目面を摑む」はきわめて忙しい意の諺。

二九八　鱗もや花ちりたりと笛吹鯛　（同）

【句意】花のようにその鱗も散ってしまうのだろうか、「花ちりたり」と笛を吹くフエフキダイである。和歌を踏まえつつ、「笛吹鯛」という名も実におもしろいとして発想したもの。春「花ちりたり」。

【語釈】○花ちりたりと　詠人しらず「笛の音の春おもしろく聞こゆるは花ちりたりと吹けばなりけり」（『後拾遺集』）を踏まえる。○笛吹鯛　スズキ目フエフキダイ科の海産魚。口先が前方に突き出ているための名称で、鱗には暗色斑がある。ここはその名称に興じ、タイに笛を吹かせたところに眼目があり、一句としての意味は重視されていない。

二九九　月は袖に炷おこせ空の春　（同）

【句意】月は袖に宿っている、灯火の芯を切って明るくしておくれ、この春空の下で。一句としての主意が不明で、かえってそこに趣向があるとも考えられる。春「春」。

【語釈】○月は袖に　袖の露や涙に月が映ること。用例として、木下長嘯子「月は袖に宿してかへるのべの露のこすうらみは松虫の声」（『挙白集』）などがある。○炷　灯心。油にひたして火をともす紐状の芯。読みは出典の『安楽音』にある通りで、トウシミ・トウジミ・トウシンとも発音する。○おこせ　火の勢いを盛んにさせよ。○空の春　空一面に広がる春の意か。和歌では「弥生の空の春の別れ路」「うつろふ空の春のあけぼの」といった形の下句がしばしば見られる。ここは「春の空」と同意と考えておく。

三〇〇　出がはりや六尺さつて主の影　（『安楽音』延宝9）

【句意】出替であることよ、下男たちもこの家を去って、主人の姿ばかりがある。師への礼を尽くす意の成句「三尺去って師の影を踏まず」をもじったもの。春「出がはり」。

【語釈】〇出がはり　奉公人が契約期間を終えて入れ替わること。幕令で三月五日と九月五日（古くは二月二日と八月二日）と定められた。季語としての「出替」は春に扱い、秋のそれは「後の出替」と呼ぶ。〇六尺　駕籠をかつぐ者や雑役に従事する下男。ここは後者であろう。〇主の影　「主」は奉公人に対する主人の意で、出典の似船編『安楽音』で「主」に「シウ」の振り仮名がある。「影」はここでは姿の意に取りなされていよう。

三〇一　子規去年の大水に流れけり　（同）

【句意】ホトトギスの初音が聞かれない、これは去年の大水で流れてしまったのだな。詠人しらず「去年の夏なきふるしてし郭公それかあらぬか声のかはらぬ」（『古今集』）など、和歌ではホトトギスが去年と同じ声を聞かせると詠む。それを踏まえつつ、でも今年はまだ鳴いてくれないとしたものながら、大水で流れたとの発想は大胆。夏「子規」。

【語釈】〇大水　大雨などのため、川や湖などの水があふれて陸地を浸すこと。延宝期にも毎年のように大きな台風が日本を襲い、京都もしばしば被害に遭っている。

三〇二　ぅたたねや歌書を枕の子規（ほととぎす）　（同）

【句意】ぅたた寝をすることよ、歌書を枕の代わりにしてホトトギスを待っている。ホトトギスは夜も寝ずに待ち続け、明け方にようやく初音を聞いた、と詠むのが和歌の伝統。それを踏まえつつ、ぅっかり寝てしまったとしたもの。「歌書を枕」に歌書などつまらないといった寓意もあるか。夏「子規」。

【語釈】○うたたね　寝るとはなしにうとうと寝ること。○歌書　和歌に関する書物。

三〇三　持扇（もちおうぎ）名もあらばこそ名乗（なのり）もせめ　（同）

江戸幽山（ゆうざん）興行

【句意】扇を手に対面し、名乗るほどの名があるなら、名乗りもするのだが。夏「持扇」。

【語釈】○幽山　京の出身で、江戸移住後は談林風の推進者として活躍した俳諧師。本名は高野直重で、元禄十五年（一七〇二）の没。○持扇　所持している扇子。連句の席でも手に持ち、よい付句を書き留めるなどした。○名もあらばこそ名乗もせめ　謡曲「実盛」で翁（実は実盛の霊）が語る中にある文句。「名乗」は名や身分などを告げること。

【備考】延宝六年（一六七八）、春澄は奥州の仙台・松島を見物した帰途、江戸で幽山・言水（ごんすい）らの一派と歌仙七巻、桃青（とうせい）（芭蕉）・似春（じしゅん）と歌仙三巻を興行し、これを帰京後に『江戸十歌仙』として刊行する。当該句は、奥州に入る前に江戸で幽山と対面を果たした折の吟とおぼしく、これを立句に連句興行がもたれたものと推察される。

仙台城下玉ほし川にて

三〇四　玉ほしや千尋の鵜縄を腰に付け　（『安楽音』延宝9）

【句意】玉干川では、海士ならぬ鵜匠が珠ならぬ魚を獲るために、ウをあやつる長大な縄を腰に付けて。謡曲「海士」に「千尋の縄を腰につけ、もしこの珠を取り得たらば、此縄を動かすべし」とあるのを踏まえ、仙台でも行われた鵜飼（詳細は不明）を詠んだもの。夏「鵜縄」。

【語釈】〇玉ほし川　未詳。広瀬川は仙台城下で仙台川と呼ばれたが、あるいはその別名か。〇千尋　非常に長いこと。〇鵜縄　鵜飼でウの首に付けてあやつる縄。

【備考】延宝六年（一六七八）に松島・仙台を観光した際の句。一七八・三〇三の【備考】を参照。

三〇五　石菖に両眼沙鉢のごとく也　（同）

【句意】セキショウの花を賞翫していたら、両目が皿鉢のように大きく真ん丸になった。凝視して目を見開くことをいう成語「目を皿にする」をもじり、謡曲「羅生門」の「両眼月日の如くにて」を踏まえるも、「沙鉢のごとく」は意表を突く。夏「石菖」。

【語釈】〇石菖　サトイモ科の常緑多年草で、渓流の淵に群生し、夏に淡黄色の小さな花を咲かせる。園芸品種もあり、江戸時代は庭園での栽培や盆栽に好んで用いられた。「石菖蒲」とも書き、西鶴著『好色一代女』巻四ノ二に

「石菖蒲に目をよろこばし」、同巻五ノ三に「石菖蒲のねがらみ…、目の養生する女、爰に集る」とあるように、目の保養によいとされた。〇沙鉢　砂鉢・皿鉢。「浅鉢」の略で、浅くて大きな磁器の鉢。

三〇六　風の音に神鳴以来けさの秋　（同）

【句意】風の音に驚くのは雷に驚いて以来のことで、まさに今朝は立秋である。藤原敏行「秋来ぬと目にはさやかに見えねども風の音にぞおどろかれぬる」（『古今集』）を踏まえつつ、「驚く」の語を抜いた点が作意。秋「けさの秋」。

【語釈】〇けさの秋　立秋を迎えた今朝。〇神鳴　雷。これ自体の季は夏。

松島一見の時

三〇七　まつしまや奥の白銀けふの月　（同）

【句意】松島のすばらしい景観よ、これはまさに奥州の白銀とも言うべきものだなあ、松島に映る今日の名月は。月を白銀に見立てた作。秋「けふの月」。

【語釈】〇松島　宮城県中部の松島湾を中心とする景勝地。〇奥の白銀　奥州産の銀。奥羽地方には金・銀・銅の鉱山が多くあった。〇けふの月　八月十五夜の名月。

【備考】延宝六年（一六七八）に松島・仙台を観光した際の句。一七八・三〇三の【備考】を参照。

三〇八　御本陣や正直のかうべ神の旅　（『安楽音』延宝9）

【句意】ここは御本陣であるよなあ、正直者の頭には神が宿るというけれど、今は神々が出雲へ旅をする時期なので、まさしくここに神が宿ることであろう。冬「神の旅」。

【語釈】○御本陣　宿駅で参勤交代の大名や宮家・公卿・幕府役人・高僧などが主として休泊する大きな旅館。○正直のかうべ　諺に「正直の頭に神宿る」があり、正直な人には神の加護があることを意味する。○神の旅　十月に諸国の神が出雲に集まる旅。

三〇九　はやせ火焼三つの玉垣打たたき　（同）

【句意】皆で囃そう、御火焼の際の音楽を、三つの玉垣を打ちたたきながら。冬「火焼」。

【語釈】○はやせ　囃せ。掛け声を出すなどして歌舞の調子を引き立てること。○火焼　御火焼。十一月八日、京都を中心に宮中・神社や民間でも行われた神事で、神社では火を焚いて神楽を奏するなどした。○三つの玉垣打たたき　恵慶法師「稲荷山みづの玉垣うちたたきわがねぎごとを神もこたへよ」（『後拾遺集』）を用いたもので、「みづの玉垣」は「瑞」に「三」を掛けて三社の瑞垣の意となる。これは「三つの玉垣」の表記で神籤などにも用いられて広く知られる。「玉垣」も「瑞垣」も神社の周囲にめぐらせた垣。

三一〇　書初や唐子なびきて筆持せ　（『堺絹』延宝9か）

【句意】書き初めをすることよ、唐子人形が横に倒れているのを利用して筆掛の代わりに筆を持たせる。それは唐子が自分に惹かれて従うかのようだ、ということか。春「書初」。

【語釈】○書初　新年に初めて毛筆で文字を書くこと。○唐子　中国風の衣装や髪形をした子ども。ここはその姿の「唐子人形」であろう。○なびきて　横に伏して。これに「従って」の意を掛ける。謡曲「寝覚」の「靡きて帰る雁がねも」を踏まえ、その「雁」（一列に飛ぶさまは文字に見立てられ、「文」や「字」と縁語になる）を「唐子」に転じたか。○筆持せ　「筆掛」に同じく、筆を倒してもたせかけておく道具。

【備考】似船編『安楽音』（延宝9）にも所収。

三一一　舟でなし中くりあけた木瓜也　（同）

【句意】舟ではない、中身をくり抜いたキュウリである。いわゆる「笹船胡瓜」（船の形に切ってくり抜いたキュウリに詰め物をして食べる）に相当するものか。夏「木瓜」。

【語釈】○舟でなし　謡曲「鵜飼」の「鵜舟を弘誓の舟に為し」のもじりか。○木瓜　ウリ科の蔓性一年草であるキュウリ（漢字では「胡瓜」と書くことが多く、古辞書等にキウリの読み）であろう。「木瓜」は一般的にバラ科のボケをさす。

三一二　打たり大鼓只今夕立仕つる　（同）

【句意】打ったぞ太鼓を、ただ今より夕立の雨をお降らしいたそう。謡曲「天鼓」を踏まえつつ、雨を請け負った雷神を想定し、その台詞を創作したもの。夏「夕立」。

【語釈】○大鼓　ここは雷神が打って雷鳴を起こすとされる太鼓。○只今　謡曲「天鼓」の「唯今鼓を打たせん」を踏まえる。○仕つる　「する」「行う」などの謙譲語。謡曲「天鼓」に「まづ鼓を仕り候へ」などとあり、「唯今…仕り候」も謡曲に頻出する表現。

【備考】似船編『安楽音』（延宝9）にも所収。

三一三　松島の月をとをらぬやぐはち仲麿　『松島眺望集』天和2

【句意】松島の月を見に通ろうとはしないのか、野暮な仲麻呂は。後掲の名歌を踏まえ、日本の月が懐かしいなら松島を通ればよいのにと、うがった見方を示す。秋「月」。

【語釈】○松島の月　松島（宮城県の松島湾一帯の景勝地）は歌枕として知られ、とくにその月の景が賞美されてきた。○ぐはち　「月・瓦智」で、遊里などの諸事情に通じず、野暮なこと。歴史的仮名遣いでは「ぐわち」。「月」との縁で選んだ語であろう。○仲麿　奈良時代の遣唐留学生である阿倍仲麻呂。帰国しようとして果たせず、七十二歳で客死した。「あまの原ふりさけ見れば春日なる三笠の山に出でし月かも」（『古今集』『百人一首』）の和歌で知られる。

【備考】出典の三千風編『松島眺望集』は松島・塩竈に関する漢詩・和歌・発句などを集めたもので、春澄の句は延宝六年（一六七八）の旅行に基づくか。一七八・三〇三の**【備考】**を参照。

三一四　出(いで)ば月大名になれ行人(ぎょうにん)じま　（同）

【句意】ここから出るならば月よ、法力で大名にでもなるがよい、その名も行人島なのだから。あるいは、大いなる名月になれ、との意も込めるか。秋「月」。

【語釈】○出ば　出るならば。「ば」は未然形に接続して仮定条件を表す。○大名　一万石以上を領有する幕府直属の武士。ここは願っても普通は叶わない願望の対象を表す。○行人じま　二百六十余もあるとされる松島湾内外の島の一。「行人」は仏道の修行者。

三一五　五だい堂やたちすくみと出たけふ(きょう)の月　（同）

【句意】五大堂の上だからなのか、立ちすくむような様子で出ている今日の名月だ。明王の怒りの相に対すれば、いずれも立ちすくむとの発想による。秋「けふの月」。

【語釈】○五だい堂　五大堂。五大明王を祀る仏堂。ここは瑞巌寺(ずいがんじ)のそれをさし、松島湾に浮かぶ島にある。「明王」は悪を退治し仏法を護持する諸尊。憤怒の形相で武器を持つ。○たちすくみ　立ったまま動けなくなること。○けふの月　八月十五夜の名月。

三一六　蛇(じゃ)がさきやあまのむらくもにつりの月　（同）

【句意】ここ蛇ケ崎は蛇（じゃ）というだけのことはあるなあ、空には群雲（むらくも）がかかり、釣り針のような形の月が出ている。「蛇」から神話的世界を想起しての作。秋「月」。

【語釈】○蛇がさき　蛇崎・蛇ケ崎。松島八崎の一。○あまのむらくも　天の群雲。素戔嗚尊（すさのおのみこと）が八岐大蛇（やまたのおろち）を斬った際、その尾から得たという天叢雲剣（あめのむらくものつるぎ）（別名、草薙剣）を掛ける。ここで想定されている「蛇（じゃ）」はヘビではなく、古代中国由来の想像上の獣。竜に似て手足がなく、『類船集』に「竜」と「群雲」は付合語として登載される。○つりの月　釣りに用いる針に似た月。季吟著『山之井』（正保5）の「月」に「空の海のつりばりとも見たて」とあるように、三日月を釣り針に見立てるのは常套的。

三一七　勘当帳（かんどうちょう）に月みよとてやはだかじま　（『松島眺望集』天和2）

【句意】勘当帳に載る身となってもいいから、この世の月を見て裸で暮らせというのか、裸島は。歌謡の文句（伝承による）に基づく発想の作と考えられる。秋「月」。

【語釈】○勘当帳　親が子との縁を切ったことを記載する公儀の帳簿。親の勘当を受けた者は死後も地獄の闇をさまよい、成仏できないとされた。○はだかじま　裸島。松島湾に点在する島の一。松島の海岸一帯で「親の勘当裸島」などと歌われたとされる。

三一八　穂蓼（ほたで）さくスポン涙や落（おち）つらむ（ん）　（『うちくもり砥（と）』天和2）

【句意】タデの赤い花穂が咲いた、この赤みはスッポンが葉の辛さに涙を落として染めたものだろうか。【備考】に示す句形により意味を補った。秋「穂蓼さく」。

【語釈】○穂蓼　タデの花穂で、タデはタデ科に属する植物の総称。秋に赤い穂の頂きに白い花をつける。葉は辛みがあって香辛料となり、諺「蓼食う虫も好き好き」（『せわ焼草』）で知られる。○スポン　カメ目スッポン科のカメ。「何を音にすぽん鳴らん五月雨闇　其角」（『俳諧合』）、「打ぞつぶてに恨み答へよ　桃青／涙のみすぽんすぽんと鳴をれば　才丸」（『俳諧次韻』「春澄にとへ」百韻）など、スッポンの鳴く音や涙は天和期前後の芭蕉周辺でも俳諧の素材として好まれていた。○落つらむ　落ちたからだろうか。「つ」は完了の助動詞で、「らむ」は原因などを推量する意を表す助動詞。

【備考】自悦編『空林風葉』（天和3）には「いしま蓼すぽんなみだや染つらん」の句形で載り、スッポンの涙で穂が染まったとする発想が明確。「いしま蓼」は石の間のタデか。

三一九　釈迦逃て弥勒すすまず安国の春　（『誹諧三物揃』天和3）

【句意】釈迦は逃げ、弥勒も遅々とした動きであるまま、この国は新春を迎え治まっている。謡曲「遊行柳」の「釈迦すでに滅し、弥勒いまだ生ぜず」を踏まえる。春「安国の春」。

【語釈】○釈迦逃て　釈迦が入滅したことを、この世の救済を放棄したものと見ての表現。その死没の年には諸説がある。○弥勒すすまず　弥勒菩薩がなかなかこの世に出現しないこと。「弥勒」は兜率天に住む菩薩で、釈迦が入滅して五十六億七千万年の後、この世に降りて仏となり、衆生を救うとされる。○安国の春　穏やかに治まった国の新春。「安国」はヤスクニとも読む語ながら、末法の世の「暗黒」を裏に隠す可能性を考え、ここではアンコクと読んでおく。「〇〇の春」は正月を寿ぐ歳旦句の常套的表現。

【備考】出典の『誹諧三物揃』は諸家の歳旦帖を版元の井筒屋が集成・合綴した歳旦集で、この句は言水(ごんすい)の歳旦帖に載る。其角(きかく)編『みなしぐり』(天和3)には下五「国の春」、自悦(じえつ)編『空林風葉(くうりんふうよう)』(天和3)には上五・中七「釈迦はにぐる弥勒は進(すすま)ず」の句形で所収。

三二〇　みな人は蛍を火じやと云(いわ)れけり　『みなしぐり』天和3

【句意】人は誰でもホタルを火だと言うことである。技巧を排した率直な詠作。夏「蛍」。

【語釈】〇蛍を火　ホタルの発する光を「蛍火」といい、初期俳諧でのホタルは「芦の屋の火事かと見れば蛍哉(かな)　休音」(『犬子集』)のように、火かと見まがうものとしても詠まれた。〇じや　断定の意を表わす助動詞で、「である」が「であ」を経て変化したもの。〇云れけり　「れ」は自発の助動詞「る」の連用形で、「けり」は詠嘆の助動詞。

【備考】其角編『雑談集』(元禄5)は三九三「歳旦を我も我もといたしけり」とこの句を挙げ、「自暴自棄の見におちて、云(いう)べき句も放散し、人の句も心にいらで朽廃(くちすた)れけるは、…聖作にそむける俳諧の罪人、これら成(なる)べし。今はその春澄ともいは(わ)ず成(なり)けり」と酷評する(略伝参照)。天和期の其角に新鮮と見えた句作が、元禄半ばの同人の目には「自暴自棄」と映ったわけであり、この十年ほどが俳諧の大きな転換期であったと知られる。この段階では、掛詞・見立などを用いず、「みな人は…云れけり」と客観的な言い方に徹した点が、新しかったのであろう。蝶夢(ちょうむ)編『蕉門俳諧語録』(安永3)にも三九三の句とともに所収。

三二一　爆竹やしるよししていただいてきにけり　（『空林風葉』天和3）

【句意】左義長の火の中でタケがはぜていることよ、知り合いがいることから、火を頭上に戴かせてもらってきたことだ。タケは投げ入れず、左義長の火だけを燃やした可能性もある。春「爆竹」。

【語釈】○爆竹　タケや紙の小筒に火薬をつめてつないだもの。着火すると爆発して大きな音をたて、それが悪鬼を払うとして、中国では元旦に欠かせないものとなった。日本では一月十五日の左義長（どんど焼き）とも混同され、『増山井』には「爆竹」と振り仮名がある。「左義長」は火祭りの行事で、門松・注連飾りなどを燃やして息災を祈り、タケを火に投じて音を鳴らせることもある。○しるよし　知る由。知る手がかり。また、縁故のある人。『伊勢物語』第一段や謡曲「杜若」の「知るよしして狩にいにけり」を踏まえるか。○いただいてきにけり　謡曲「歌占」の「かうべに火焔を戴けば」を踏まえていよう。

三二二　久三郎が藪入に帰るを送る　（同）

【句意】下男の久三郎が藪入の休日をとって実家に帰るのを見送る。表現面での技巧を用いず、叙事的にある日のあるできごとを客観的に詠んでいる。春「藪入」。

【語釈】○久三郎　下男奉公をする者の通称。普通はキュウサブロウ・キュウザブロウの発音ながら、出典の『空林風葉』には「久三ッ郎」とあり（「ン」は前の字の読みを指定する）、ここはキュウザンロウないしキュウサンロウと読むらしい（あるいは「フ」の誤刻か）。○藪入　正月と盆の十六日前後、奉公人が主人から休暇をもらって実家へ帰ることで、草深い田舎に帰ることからの名称とされる。普通は正月のものをいい、七月のそれは「後の藪入」という。

三二三　娘盗人（むすめぬすびと）むめにあらはれ（わ）けり闇の山

（『空林風葉』天和3）

【句意】娘を盗み出した者は、ウメが香によってその存在を知られるように、娘の色香で露顕してしまった、闇夜の山路であっても。春「むめ」。

【語釈】○娘盗人　若い女性を親の承諾なしに連れ出した者をいうのであろう。○むめ　バラ科の落葉高木であるウメで、「むめ」「んめ」とも表記した。○闇の山　闇夜の山中。凡河内躬恒「春の夜の闇はあやなし梅の花色こそ見えね香やはかくるる」（『古今集』）のように、ウメは闇の中でもその香によって存在を知らせるものとされた。

三二四　三度（みたび）うつして羽（は）を教へ（え）けり雉（きじ）の母

（同）

【句意】何度もまねをさせ羽（はね）の使い方を子に教えることだ、愛情深いキジの母は。春「雉」。

【語釈】○三度　三回。ここは何度もの意であろう。「三顧の礼」なども踏まえるか。読みは出典の自悦（じえつ）編『空林風葉』にある通り。○うつして　ここはまねをさせての意。○羽　ここは羽を使って飛ぶ方法。○雉の母　子育てをするキジの母鳥。キジは子への愛情が深く、巣のある野を焼かれると、わが身を忘れて子を救うとされる。

三二五　世の中に蕎麦鰹鰒やまざくら　（同）

【句意】世の中にあってほしいのは、秋のソバであり、夏のカツオであり、冬のフグであり、そして何よりも春のヤマザクラである。秋・夏・冬の代表的な味覚を取り上げながら、春だけは視覚的なものを出し、サクラへの愛着の強さを強調する。春「やまざくら」。

【語釈】○蕎麦　タデ科の一年草であるソバは、「植える、七月。花、八月。苅る、九月」（『通俗志』）とされ、「蕎麦の花」も「新蕎麦」も秋になる。読みは出典の『空林風葉』にある通り。○鰹　サバ科の海水魚。代表的な食用魚で、とくに初夏のものが珍重された。○鰒　河豚。江戸時代はフクと発音することが多い。○やまざくら　山桜。主として山地に生える代表的なサクラの名称であり、山に咲くサクラ一般をもいう。

三二六　夜へおぼろ水まさ月になり行か　（同）

【句意】夜になってあたりはおぼろにかすみ、月はその水分を吸収して、水増月ともいうべきものになっていくのだろうか。春「おぼろ…月（朧月）」。

【語釈】○おぼろ　ぼうっとしていることで、とくに霞によって月がぼんやりしているさまをいう。○水まさ月　水増月。雨の前兆とされる秋の巻積雲（うろこ雲）を「水増雲」といい、これに準じて、水気をたっぷり含んだ月という意味で造語したのであろう。

【備考】出典の『空林風葉』では「春月」の題下に収められる。

三二七　我聞たまひいそぎでで様時鳥　（『空林風葉』天和3）

【句意】私が聞いたことに、カタツムリは急いで舞うように出てくる一方、待っているホトトギスはなかなか現れないのだと。夏「時鳥・でで様」。

【語釈】○我　読みは出典の『空林風葉』にある通り。○聞た　「た」は完了・存続の助動詞「たり」の連体形「たる」が変化したもの。○まひいそぎ　舞い急ぎ。カタツムリの異名に「舞々」があるので、急いで舞ってくるとしたのであろう。○でで様　カタツムリの異名「ででむし」の「でで」に敬称を付けたもの。「出」を掛けていよう。

【備考】出典の『空林風葉』では「ほととぎす」の題下に収められる。

三二八　腰のすとき田植が向ひの里げしき　（同）

【句意】作業の合間に腰を伸ばす時、田植えをする向こうに里の景色が見える。夏「田植」。

【語釈】○のす　伸す。曲がっているものをまっすぐに伸ばす。

三二九　おほみゆき嵯峨に鮎つる翁をえたり　（同）

【句意】御行幸の最中、嵯峨でアユを釣る老人と出会った。古代中国で漁者・釣者は隠者でもあり、釣りをしていた厳光が光武帝に見いだされて一夜をともに過ごした故事や、堯帝から譲位を打診されて逃げた許由・巣父の故事などを踏まえるか。夏「鮎」。

【語釈】○おほみゆき　大御行・大御幸・大行幸。天皇の御外出。○嵯峨　京都盆地の北西部に当たる郊外の地で、嵯峨天皇の離宮が営まれてから、貴族の別荘地として知られた。○えたり　得たり。物事が思い通りになった際などに発する語で、ここはただ遭遇したの意。

三三〇　はる夏の四十こえけりけさの秋　（同）

【句意】春夏秋冬とめぐる一年を四十回も超えてしまった、そして今朝は立秋を迎えている。天和三年（一六八三）に春澄は三十一歳であり、実人生とは別の創作（貞門ではこれが厭われた）と知られる。秋「けさの秋」。

【語釈】○はる夏　ここは春夏秋冬の略で、下の「秋」を引き出す。○四十　四十歳は初老の年であった。○けさの秋　立秋の日を迎えた今朝。

三三一　みしぶつき袖の流や野摂待　（同）

【句意】水渋が付くのもいとわず洗い物に励み、袖には流れができるほどであるよ、働きづめの野接待は。藤原俊成「みしぶつきうゑし山田にひたはへて又袖ぬらす秋は来にけり」（『新古今集』）を踏まえ、秋が来て接待の行事に励んでいるとした。秋「野摂待」。

【語釈】〇みしぶ　水渋。水の上に浮かぶ錆(さび)や垢(あか)のようなもの。〇袖の流　未詳。「袖の」は右の和歌により「袖ぬらす」を含意し、「水」の縁で「流」を導いたのであろう。「流」には、水の流れのように休みなく立ち働く意も込められているか。〇野摂待　野外に湯茶や食べ物の用意をして、修行僧や通行の人らにふるまうこと。

三三二　塚は畑となり煙草(たばこ)はけぶりもきざまれ　（『空林風葉』天和3）

【句意】塚の跡は畑となり、そこに植えられたタバコの葉は刻まれて、喫した煙も細かく散っていき。五・七・五の韻律を脱した九・十二の二段構造の句。秋「煙草（若煙草）」。

【語釈】〇けぶり　煙。バ行とマ行は音通。〇きざまれ　タバコの葉が刻まれるのと、タバコに火をつけて出る煙が細切れに散っていくのとを掛ける。

【備考】出典の『空林風葉』では「若煙草」の題下に収められる。「若煙草」はその年に採取したタバコの葉で、秋の季語。また、それを乾燥させて刻んで製したものもいう。

三三三　栗のいがさざいが家もいかならむ(ん)　（同）

【句意】クリのいがは用を果たせば廃れるばかりで、形状や用途（中身を守る）がよく似たサザエの殻もどうなるのだろうか。類似する二物を並べる発想。秋「栗のいが」。

【語釈】〇いが　クリの実を包むとげが密生した外皮。〇さざいが家　リュウテンサザエ科の巻き貝であるサザエの殻。「さざい」は「さざえ」の音変化。

三三四　飛騨じまやうづら衣の夕ながめ　（同）

【句意】飛騨縞であるよなあ、つぎはぎの鶉衣を着て夕べの景色を眺めている。藤原俊成「夕されば野べの秋風身にしみてうづら鳴くなり深草のさと」（『新古今集』）など、ウズラの鳴き声に秋夕の感慨を募らせる伝統を踏まえつつ、「鶉」を「鶉衣」に翻した作。秋「うづら」。

【語釈】○飛騨じま　飛騨縞。飛騨国（現在の岐阜県北部）から産出する縞模様の紬。○うづら衣　鶉衣。ウズラの羽がまだらであることから、継ぎはぎのあるぼろな着物をいう。ここはその「うづら」で秋季としている。○夕ながめ　夕景色を眺めること。

【備考】出典の『空林風葉』では「鶉」の題下に収められる。

三三五　広沢の月捨られし目懸が事語る　（同）

【句意】広沢の月の下、男に捨てられた妾の悲しい出来事を語る。高倉天皇の寵愛を受けつつ清盛を恐れて嵯峨に隠れた、小督の逸話（謡曲「小督」）が念頭にあるか。秋「月」。

【語釈】○広沢　現在の京都市右京区嵯峨広沢にある広沢の池で、観月・観桜の名所として知られる。○目懸　目掛・妾。正妻のほかに養われている女性。○が　主格とも所有格とも両様に解され、ここでは後者で句意を考えた。

三三六　水に香ありあ菊のあぶらげ深澗寺　（『空林風葉』天和3）

【句意】水にもキクの香がする、その花を油で揚げて食べる深山幽谷の寺では。キクの雫を飲んで長命を得た故事（謡曲「枕慈童」等）を踏まえての創作であろう。秋「菊」。

【語釈】○あぶらげ　油揚。野菜や魚肉などを油で揚げた料理。キクの花の油揚は未詳。○深澗寺　未詳。固有名詞ではなく、山奥の深い谷にある寺の意か。「深澗」は深い谷川をいい、出典の『空林風葉』に「ミタニ」の振り仮名。

三三七　秋の比嵯峨野にてすべりけりないぐち　（同）

【句意】秋のころに嵯峨野ですべってしまったよ、イグチタケを採ろうとして。譲位して嵯峨に移った（「すべる」に退位の意がある）嵯峨上皇の事例を踏まえるとすれば、「すべりけり」に二意を掛けた作。秋「秋の比・いぐち（茸狩）」。

【語釈】○比「頃」に通用。○嵯峨野　現在の京都市右京区嵯峨で、桂川の左岸一帯の称。○な　詠嘆の終助詞。○いぐち　猪口。イグチ科のキノコの総称。

【備考】出典の『空林風葉』では「茸」の題下に収められる。

三三八　森さびし神子ぢや屋のかか留守語る　（同）

【句意】杜の中は森閑として、神子茶屋のかかが神の不在を語る。冬「留守（神の留守）」。

【語釈】○森「杜」に同じく、神社がある神域の木立。○神子ぢや屋 神子茶屋。「神子（巫女）」は神に奉仕する女性。「茶屋」は旅人が休憩をする茶店から発展した飲食・遊興の施設で、神社仏閣の門前にも設けられた。ここは神前で神子らが接待をする茶屋か。あるいは、それを模した遊興のための施設か。○かか 嚊・嬶。母に対する呼称から転じて、下層階級の妻や水商売の女主人などをいった。○留守 ここは「神の留守」のことで、十月に諸国の神々が出雲に行って不在となることをさす。

【備考】出典の『空林風葉』では「神無月」の題下に収められる。

三三九 ふたり行く愚堂はぬれぬ時雨かな （同）

【句意】二人で行きながら私だけは濡れない、時雨であることよ。時雨の局地性を強調したもので、私だけが濡れてしまった、と解することもできる。冬「時雨」。

【語釈】○愚堂「愚生」「愚僧」など、「愚」は自分をさす語でもあり、ここも自らをいったと見ておく。あるいは、「愚庵」などと同様、自亭をさしているか。○ぬれぬ「ぬ」は打消とも完了とも両様に解され、わざとそこをねらったとも考えられる。

【備考】言水編『前後園』（元禄2）にも所収。個人蔵の自筆短冊（本書表紙の写真）もある。千春編『むさしぶり』（天和2）所載の其角句「闇の夜は吉原ばかり月夜哉」には「浪の時雨のふたりこぐひとりはぬれぬ二挺立哉」の前書があり、これは後に川柳「二人ゆく一人はぬれぬ時雨かな」となって、禅問答にも用いられる。この時期の春澄と蕉門の親しい関係からして、この其角の前書を踏まえた可能性は大であろう。

三四〇　木の葉散るひびきにゆがむ鐘楼哉（しゅろうかな）　（『空林風葉』天和3）

【句意】木の葉が散り続ける、その落葉を招いたかのように鳴る鐘の響きで、ゆがんで震える鐘楼であることよ。ある寺院の境内の様子を描く。冬「木の葉」。

【語釈】○木の葉　樹木の葉で、とくに冬の落葉をいう。○鐘楼　寺院の境内で梵鐘をつるしてある建造物。ショウロウとも発音する。

【備考】風瀑（ふうばく）編『一楼賦（いちろうのふ）』（貞享2）にも所収。蓮谷（れんこく）編『誹諧温故（おんこ）集』（延享5）には下五「撞楼哉」として所収。

三四一　里中（さとなか）の売り庵（あん）しるし窓の霜　（同）

【句意】里の中の売りに出された庵が、そこだけ周囲から浮き上がっており、窓に降りた霜がまた白い。人里から離れたイメージのある「庵」を売り物にした点が作意か。冬「霜」。

【語釈】○しるし　著し。他からきわだってはっきりしている意の形容詞。「著し」はシロシ・イチジロシとも読み、その縁で「白し」を掛けていよう（語源は同一とされる）。

三四二　遠忌（おんき）已（すでに）肩癖（けんぺき）九年小僧をまつ　（同）

【句意】達磨の遠忌もすでにその死から長い年月の過ぎたこと、その達磨は肩こりが九年の長きにわたり、もみほぐす小僧を待っているという。冬「遠忌（達磨忌）」。

【語釈】○遠忌　没後に長期間を経て行われる年忌で、ここは十月五日の達磨忌をさす。達磨は梁の大通二年（五二八）十月五日の示寂とされる。エンキとも発音する。○已　已に。ある事柄が終わって時間が経ったことを表す。○肩癖　肩こり。ケンペキ・ケンビキとも読む。達磨が中国の少林寺で壁に向かって九年の座禅を続け、悟りを開いた故事「面壁九年」を踏まえ、その「面壁」を音の類似した「肩癖」に取りなしてもじる。

【備考】出典の『空林風葉』では「達磨忌」の題下に収められ、「遠忌已肩癖」には「ヲンキスデケンベキ」と振り仮名があり、ここでは「に」を補って読んだ。

三四三　みのぶ忌やふじのしらねに竹杓子　（同）

【句意】身延での日蓮忌であるよなあ、白雪を戴く富士のような飯にタケの杓子を添えてお祀りをする。富士山と杓子山が並ぶ景を念頭に置くか。冬「みのぶ忌（日蓮忌）」。

【語釈】○みのぶ忌　身延忌。十月十三日の日蓮忌。「みのぶ」は山梨県南巨摩郡身延町にある身延山で、日蓮宗総本山の久遠寺がある。○ふじのしらね　富士の白嶺。「白嶺・白根」は現在の石川・岐阜両県境にある白山をいうのが本来ながら、ここは白雪を冠した富士山をさし、これに「精米」の意を重ねていよう。○竹杓子　「杓子」は飯や汁をすくって配膳するための道具で、ここはタケの柄に貝殻を付けた貝杓子のことか。富士を望む地の杓子山（山梨県の富士吉田市・都留市・忍野村の境界に位置）を掛けていよう。身延はタケの産地で、久遠寺には「竹之坊」もある。

【備考】出典の『空林風葉』では「日蓮忌」の題下に収められる。

三四四　ねぬかほ（お）やいかに思唯（しゆい）の十夜堂　（『空林風葉』天和3）

【句意】寝ていない顔ばかりであることよ、一体どのような思考をめぐらして十夜を過ごしたのだろうか、この堂の中にあって。冬「十夜」。

【語釈】○いかに　どのように・どうして。法話や問答に使われる語で、それを模した可能性がある。○思唯　思惟。仏教語で、考えをめぐらすこと。○十夜堂　十夜念仏の際に僧や信者が集まる堂のことであろう。「十夜」は十月六日から十五日までの十昼夜、浄土宗の寺で行われる念仏法要。京都黒谷の真如堂のものが著名で、ここも十夜の真如堂の意である可能性が考えられる。

【備考】出典の『空林風葉』では「十夜法事」の題下に収められる。

三四五　両眼（りようがん）の日蓮も亡（なし）聖一忌（しよういちき）　（同）

【句意】両眼を備えた菩薩にも匹敵する尊者としては、円爾（えんに）を追うように日蓮もこの世を去り、聖一忌には多くの凡夫が集まっている。冬「聖一忌」。

【語釈】○両眼　左右両方の目。『日蓮遺文』に「菩薩の両眼先にさとり、二乗の眇目（びようもく）次にさとり、凡夫の盲目次に開き」とある。「眇目」は片方の目。○日蓮も亡　日蓮は弘安五年（一二八二）に没している。「亡」の読みは出典の『空林風葉』にある通り。○聖一忌　聖一国師忌。京都市東山区にある東福寺の開山、聖一国師（円爾弁円）の忌日。円爾は日本で初めて国師を諡に得た高僧であり、その示寂は弘安三年（一二八〇）十月十七日。

【備考】出典の『空林風葉』では「東福寺開山忌」の題下に収められる。

三四六　出茶湯（でちゃのゆ）やしぐれけさかる遠（とお）の山　（同）

【句意】口切（くちきり）の茶会に出ることよ、折しも降ってきた時雨を今朝は借り加え、借景とする遠方の山である。「かる」が上下に掛かる。冬「出茶湯（口切）・しぐれ」。

【語釈】○出茶湯　未詳。ここは口切の茶事へ出席することであろう。「口切」は十月初めに炉を開き、葉茶壺の封を切って行う茶会。○しぐれ　時雨。初冬のにわか雨。○かる　借る。ここは外の景物を庭園の景の一部として取り入れる借景の意で、遠山を借り、さらに時雨もそこに加えるのであろう。○遠の山　遠くに見える山。

【備考】出典の『空林風葉』では「口切茶」の題下に収められる。

三四七　夷（えびす）祝（い）ひ鳶（とび）羽（は）を休め犬匍匐（はらばう）　（同）

【句意】仕事を休んで恵比須（えびす）神を祝うこの日、トビは羽を休め、イヌも腹を地に付け寝そべっている。人の祝事に合わせ、生類もくつろいでいるとした。冬「夷祝ひ」。

【語釈】○夷祝ひ　「恵比須講（戎講・恵美酒講）」に同じく、十月二十日に商家などで商売繁盛を祝って行う恵比須神の祭礼。親類・知人を招いて祝宴を催した。○匍匐　腹這う。読みは出典の『空林風葉』にある通りで、節用集にもこの用字が見られる。

【備考】出典の『空林風葉』では「恵美酒講」の題下に収められる。

三四八　しらむ也顔髭のけはひ暁月　（『空林風葉』天和3）

【句意】空が白んでいくのである、役者が顔髭に施す化粧も白く、暁の白い月もまだ残っている。【備考】に記す通り、顔見世芝居を扱ったもの。冬「句意による」。

【語釈】○しらむ　白くなることで、ことに夜が明け空が明るくなることをいう。「髭」や「月」にも掛かる。○けはひ　化粧。○暁月　明け方の空に残っている月。

【備考】出典の『空林風葉』では「顔見世」の題下に収められる。「顔見世」は「顔見世芝居」の略で、十一月に新加入の役者を加えた一座総出演の歌舞伎興行。八つ時（午前二時ころ）に一番太鼓が鳴り、早朝から上演された。

三四九　李時珍鰒を書り己まづくらつて後　（同）

【句意】李時珍はフグについて書いている、自分がまずは食べてみた後で。時珍が著した『本草綱目』には「河豚」の項があり、その毒や食べても死なない事例などは知識・見聞として記されているものの、著書が自ら試してみたというのは架空の虚言。冬「鰒」。

【語釈】〇李時珍　中国明代の本草学者で、『本草綱目』の著者。長年にわたる自らの薬物調査に基づいて成った同書の学問的意義は甚大で、日本には江戸時代の初頭に伝来し、大きな影響力をもった。〇鰒　河豚。江戸時代はフクと清音で読むことが多い。〇己まづくらつて後　自ら試しに食べてから書いたということで、話題に合わせ漢文調の文体を採用したのであろう。あるいは、何かを踏まえるか（「おのれまづ（ず）」は和歌に散見）。

三五〇　初鯨（はつくじら）蜉蝣（ふゆう）がいのちゆたけしや　（同）

【句意】今冬初の捕鯨の時期、クジラのあの巨体でも捕まって食べられてしまうことを思うと、はかないとされるカゲロウの命も豊かなものであるよなあ。冬「初鯨」。

【語釈】〇初鯨　冬になって初めて浜に寄ってきたクジラ。また、その冬に初めて捕獲するクジラ。〇蜉蝣　昆虫のカゲロウのことで、これ自体の季は秋。人生のはかなさのたとえにもいう。読みは出典の『空林風葉』にある通り。〇ゆたけし　豊けし。豊かである・盛んである・ゆったりしている、などの意をもつ形容詞。

三五一　かみを（お）きよ髭（ひげ）を（お）き鼻毛（はなげ）置（おき）はせざりし　（同）

【句意】髪置の日であるよ、それにしても鬚置や鼻毛置はしないものだ。冬「かみをき」。

【語釈】〇かみをき　髪置。幼児の頭髪を伸ばし始める際の儀式で、三歳の十一月十五日に行うことが多い。糸で作った白髪を頭上に載せ、長寿を祝った。

三五二　草枯けり持経者里に遁らむ　（『空林風葉』天和3）

【句意】凩に草も枯れてしまった、この淋しさでは山に暮らす持経者も里に逃れることであろう。源宗于「山里は冬ぞさびしさまさりけり人目も草もかれぬと思へば」（『古今集』『百人一首』）を踏まえると考えられる。冬「草枯けり」。

【語釈】○草枯　寒風などで草が枯れること。○持経者　常に経（とくに『法華経』）を読誦している者をいい、寺院を離れ山林に入って暮らす者も多くいた。○遁　世俗を離れて山などに隠棲することを「遁世」といい、ここはそれを翻して「里に遁」と反転した。「遁」の読みは出典の『空林風葉』にある通り。

【備考】出典の『空林風葉』では「凩」の題下に収められる。

三五三　お火焼や土のあつもの塵の飯　（同）

【句意】御火焚の神事であるよ、今日は竈も休ませ、土の羹と塵の飯を供えるとしよう。五行思想で火と土が相生関係にある（火から土が生じる）ことが念頭にあるか。冬「お火焼」。

【語釈】○お火焼　御火焚。十一月に京都を中心に行われた神事で、庭上に割木を積んで火を焚き、神前に新穀の神饌と神酒を供え、神楽を奏した。民間では製茶・製瓦・鍛冶など火を用いる家が、これに合わせて祭をした。三五四の句を参照。○あつもの　羹。野菜・魚肉などを入れた熱い汁物。

三五四　神すめる腹はたたらのしわざかな　（同）

【句意】神々が住む鋳物の家で、中でも大きな神の腹は、これも蹈鞴（たたら）のなせるわざなのであろうよ。【備考】に記す通り、鞴祭（ふいごまつり）（御火焚の日に行うことが多い）のさまを扱ったもの。冬「神…たたら（鞴祭）」。

【語釈】○神すめる　神が住んでいる。鞴祭では金山彦命（かなやまひこのみこと）・稲荷大神などを祭神とする。ただし、ここは七福神も祀られた家として、腹の大きな布袋などに着目したか。○たたら　鋳物に用いる大型の鞴で、足で踏んで風を送り火を強くする。○しわざ　行為。

【備考】出典の『空林風葉』では「吹革祭（ふいごまつり）」の題下に収められる。「吹革祭」は「鞴祭」とも書き、十一月八日に鍛冶・鋳物などの家で守護神をまつる神事。当日は鞴を清めて神供を調え、職人は仕事を休んだ。「蹈鞴祭（たたらまつり）」ともいう。

三五五　大津鶴けさたちくれば雲ゐ（い）でら　（同）

【句意】大津のツルがこの朝に発って来たので、雲の中を通り都の寺に到着している。【備考】に記す通り、浄土真宗の報恩講（御霜月（おしもづき））を扱ったもの。冬「句意による」。

【語釈】○大津鶴　未詳。浄土真宗では鶴亀の蝋燭立てが用いられ、これは親鸞の当時からのこととされる。また、大津には真宗大谷派大津別院が江戸時代初頭に建てられている。○たちくれば　立ち来れば。「ば」は順接の確定条件を表す。○雲ゐでら　雲居寺。「雲居」には皇居や都の意があり、ここは都にある寺の意に「雲」を掛けていよう。

【備考】出典の『空林風葉』では「御霜月」の題下に収められる。「御霜月」は浄土真宗で十一月二十二日から親鸞聖人の正忌である十一月二十八日までをいう語で、その七昼夜に本山などでは報恩講が営まれる。

三五六　霜をかぬ水仙の浜茶薗の山　（『空林風葉』天和3）

【句意】霜を置かないので冬のようには見えない、スイセンの花が咲く浜と茶畑の山である。藤原定家「霜をかぬ南の海の浜びさし久しく残る秋の白菊」（『拾遺愚草』）を踏まえつつ、冬に咲くスイセンと温暖な地に多いチャの畑を取り上げる。冬「霜・水仙」。

【語釈】○霜をかぬ　霜が降りない。右の和歌を踏まえたスイセン詠の前例として、「発句を思ふ住よしの浜　次末／霜をかぬ南おもての水仙花　維舟」（『時勢粧』「夏山に」百韻）の付合がある。○水仙の浜　スイセンの花が咲く浜辺。○茶薗の山　チャの畑がある山。

【備考】出典の『空林風葉』では「水仙花」の題下に収められる。

三五七　子灯心小判くはへて帰りけり　（同）

【句意】子祭の日は灯心売りが大いに稼ぎ、ネズミよろしく小判をくわえて帰っていった。ネズミが子孫繁栄の象徴であり、物をくわえる習性があるのを利用。冬「子灯心」。

【語釈】○子灯心　子の月である十一月の初子の日には大黒天を祀って商売繁盛を願い、これを「子祭」という。大黒天の縁日に灯火を捧げる習慣から、この日に灯心を買うと家が栄えるとされ、灯心売りが売り歩いた。「子（鼠）」を掛ける。○小判　金貨の一種。

【備考】出典の『空林風葉』では「子祭」の題下に収められる。

三五八　色帰てしぐれは花の夕日哉　（同）

【句意】返り咲きをして花が輝きを取り戻したことからすると、時雨は花を再び照らす夕日の役割であるよなあ。冬「帰…花（帰花）・しぐれ」。

【語釈】○色　表面に現れて見る人を喜ばせる華やかな風情。ここは花の美しさ。○しぐれ　時雨。初冬のにわか雨。自然界に美的変化をもたらすものとされる。

【備考】出典の『空林風葉』では「かへりばな」の題下に収められる。

三五九　一まはりわなにかかりけりくすりぐひ　（同）

【句意】仕掛けてから七日の後、その周囲を一回りしてから罠にかかったことだ、胴回りもかなりある薬食の獣が。「一まはり」の複数の意味を活用。冬「くすりぐひ」。

【語釈】○一まはり　ある物の周囲を一周すること。また、その長さ。湯治・服薬の区切りとして七日間のこともいう。○くすりぐひ　薬食。冬の保温や滋養のためにイノシシ・シカなどの肉を食べること。禁忌であった獣肉を薬と称して食べたことによる。

三六〇　無き力料理人無き骨生海鼠だたみ　（『空林風葉』天和3）

【句意】力のない料理人にうってつけな、骨のないナマコのこだたみだ。五・七・五の韻律を脱した十・八の構成（「料理人」の後で切れる二分法）。冬「生海鼠だたみ」。

【語釈】○力　物理的な腕の力をさすとともに、料理の技術の意をも込めていよう。○生海鼠だたみ　海鼠湛味。酒に漬けた薄切りのナマコを塩・みりん・だし汁で調味し、わさびで和えた料理。「生海鼠」は「海鼠」に同じく、ナマコ類に属する棘皮動物の総称で、一般的にはナマコと読む。本句はこの三字で「こ」と読ませている。

【備考】出典の『空林風葉』では「生海鼠」の題下に収められる。

三六一　式叉摩那こたつにおるるみ山かな　（同）

【句意】修行中の尼僧もその魅力にはかなわず、つらい修行を投げ出して炬燵に入り続ける、山奥の地であることよ。炬燵の誘惑には修行者も負けるということ。冬「こたつ」。

【語釈】○式叉摩那　沙弥尼から比丘尼に至るまで二年間の修行をしている尼僧。○こたつ　炬燵・火燵。採暖用具の一つで、熱源の上に櫓を設けて布団を掛ける。熱源の多くは炉の中の炭火で、熾った炭火に灰を掛けたものは埋火という。○おるる　折るる。くじけて負ける。これに「居る」の意を掛けていよう。○み山　深山。奥深い山。

【備考】出典の『空林風葉』では「埋火」の題下に収められる。

三六二　形炭麝の臍やかほるらむ　（同）

【句意】形炭の香は、クジカの臍あたりが香っているのだろうと思わせる。冬「形炭」。

【語釈】○形炭　木炭粉を球状に固めた炭団などの形成木炭のことか。ここはそれに香料を混ぜたものと考えられる。○麝　麝香鹿。シカ科ジャコウジカ属の哺乳類。雄の下腹部にある包皮腺から採れる麝香は香料・薬料になる。読みは出典の『空林風葉』にある通り。なお、「麞」もシカ科の小型の哺乳類。

三六三　宵さむみ榾もけずねもなかりけり　（同）

【句意】宵の時分は寒くなって、暖をとる薪もなければ足を寒気から守る脛毛もないことだ。藤原定家「見わたせば花も紅葉もなかりけり浦の苫屋の秋の夕暮」（『新古今集』）の構文を借りたか。「宵さむみ」に通う「夜をさむみ」は和歌によく見られる表現。冬「さむみ・榾」。

【語釈】○さむみ　寒くて。寒いので。「み」は形容詞・形容動詞の語幹に付いて名詞化する接尾語。○榾　炉や竈で燃やす薪。○けずね　毛脛。毛深い膝下の部分。

三六四　きまますがたいづくへ老の細頭巾　（同）

【句意】自由気儘（きまま）な姿でどこへ行くのやら、細頭巾をかぶった老人は。冬「細頭巾」。
【語釈】○細頭巾　「苧屑（ほくそ）頭巾」のことで、カラムシ（苧）の茎で作った頭巾。深くかぶって紐で結び、多くは鷹匠や猟師が用いた。黒い絹布で顔を覆う「気儘頭巾」というものもある。二八一の句を参照。

三六五　窓の竹雪疝気（たけゆきせんき）ををさへ（おさえ）て啼く　（『空林風葉』天和３）

【句意】窓から見えるタケには雪が積もり、私は疝気の腹を押さえて泣く。七・十の構成による二分法の破調句で、これは天和期の芭蕉周辺でも見られる実験的手法。冬「雪」。
【語釈】○疝気　漢方で下腹や睾丸が痛む病の総称。寒気が引き起こすと考えられた。

三六六　ゆくとくと信濃（しなの）あさぎぬ平野（ひらの）わた　（同）

【句意】行く者と来る者と、信濃の麻衣（あさぎぬ）と平野の綿入れが行き交う。冬「わた」。
【語釈】○ゆくとくと　行く者（物）と来る者（物）と。和歌にも用いられる表現。○信濃　信濃国（現在の長野県）。『類船集』に「信濃」と「木曽の麻衣」が付合語として載る。○あさぎぬ　麻衣。麻布（あさぬの）で作った粗末な衣類。○平野　現在の大阪市平野区で、江戸時代は河内木綿の中心的な産地であった。○わた　綿。真綿（絹綿）や木綿などの総称で、ここは表地と裏地の間に綿を入れた冬の衣類。

三六七　朝暘窓うつ蠅や初あられ　　　（同）

【句意】朝の光が照らす中、窓を打つハエのようであるな、今日の初霰は。意表を突く見立の作で、「ひでり（日照り）」から夏のハエを導いたと考えられる。冬「初あられ」。

【語釈】○朝暘　朝の陽光。「暘」は日が高く昇ることを表す字。読みは出典の『空林風葉』にある通り。「ひでり」は日が照ることで、これ自体の季は夏。○窓うつ　窓に当たる。「窓うつ雨」「窓うつ雪」などが普通の表現。○蠅　読みは出典の『空林風葉』にある通りで、ハイの読みも節用集に確認される。これ自体の季は夏。

三六八　砂鴎行ふゆしま気色詩を氐れ　　　（同）

【句意】海浜のカモメが行き過ぎる冬の島景色に、漢詩のような風情を味わうがよい。漢詩的な韻律や風趣を意識して、句中にも「詩」の語を使っている。冬「砂鴎（水鳥）・ふゆ」。

【語釈】○砂鴎　沙鴎。砂浜にいるカモメ。これ自体は無季ながら、ここは水鳥の一つとして冬に扱われている。「砂」の読みは出典の『空林風葉』にある通りで、「砂鴎」はサオウとも発音する。○行　読みは出典の『空林風葉』にある通りで、「行く行く」は行きながらの意。○ふゆしま気色　冬の島の景色。○氐れ　未詳。「氐」は「舐」の代用か。読みは出典の『空林風葉』にある通り。「ねぶる」は舌先でなめ味わうことで、ここは情趣を味わうこと。「ねぶる」は四段活用ながら、これを下二段活用と混同して、「ねぶるれ」の活用形を作り出した（ただし、命令形ならば

「ねぶれよ」となるはず）のであろう（出典の『空林風葉』では「氏レ」の表記）。
【備考】出典の『空林風葉』では「水鳥」の題下に収められる。

三六九　氷らん鼾はげしき夜着のゑり　（『空林風葉』天和3）

【句意】凍ってしまうだろう、激しいいびきをかいて眠る人の夜着の襟も。藤原定家「忘れずはなれし袖もや氷るらむ寝ぬ夜の床の霜のさむしろ」（『新古今集』）など、和歌では涙に濡れた袖が凍ると詠むのを踏まえ、それを鼾の人物に転じたのであろう。冬「氷・夜着」。
【語釈】○夜着　寝る時に掛ける夜具。着物の形で綿を入れてあり、冬季に扱われる。

三七〇　瓢箪のしたたり七百余歳を汲あかつき　（同）

【句意】鉢叩の空也僧が毎晩たたいて回る、そのヒョウタンから酒を酌んで、七百余歳の寿命を得ようとする暁である。これも五・七・五の定型によらない二分法の破調句。冬「句意による」。
【語釈】○瓢箪　ウリ科の一年草であるヒョウタンの実から種子を除き、酒などの容器としたもの。時宗に属する空也念仏の集団は、十一月十三日の空也忌から大晦日までの四十八日間、鉦・鉢やヒョウタンをたたきながら念仏・和讃を唱えて洛中洛外を勧進して回り（一種の門付け芸でもあった）、これを鉢叩と呼んだ。一九四の句を参照。○七百余歳　謡曲「枕慈童」などに、中国の菊水でキクの露がしたたる水を飲んだ者が七百歳の長寿を得たとある。○汲水などを器や手ですくうこと。また、酒などを器に注いで飲むこと。

【備考】出典の『空林風葉』では「はちたたき」の題下に収められる。

三七一　からさきの裸まいりかただのいさざ　　（同）

【句意】唐崎の裸参りがあり、堅田でのイサザの漁がある。同時期に近隣の地で行われる参詣と殺生。これも二分法による破調句。冬「裸まいり・いさざ」。

【語釈】○からさき　唐崎・辛崎。琵琶湖西岸の地名で、「唐崎の夜雨」は近江八景の一。○裸まいり　寒中の寺社に裸で参詣し、水垢離をとって祈願すること。唐崎神社などでも行われていたのであろう。○かただ　堅田。琵琶湖西岸の地名で、「堅田の帰雁」は近江八景の一。○いさざ　魦。琵琶湖特産のハゼ科の淡水魚で、冬が漁期。

【備考】出典の『空林風葉』では「寒垢離」の題下に収められる。「寒垢離」は寒中に冷水を浴びて心身を清め、神仏に祈願すること。

三七二　ぼさかぐら牛ゆふつけて舞べしや　　（同）

【句意】ゆったり進行するぼさっとした神楽ならば、動きがのろいウシであっても木綿を付けて舞うであろうよ。ニワトリをさす歌語の「木綿付鳥」を翻したものらしく、「夕告げ」の意も掛け、動きが遅いので夕刻になってしまうとしたのであろう。冬「ぼさかぐら」。

【語釈】○ぼさかぐら　野暮ったい神楽の意の造語か。「神楽」は神を祀るために奏する舞楽で、宮中の御神楽が十二月に行われたことから、諸社・民間のものも冬季に扱う。○牛　ウシは歩みが遅く行動がのんびりしたことで知られる。なお、天満宮でウシは天神の使いとされ、撫でるためのウシの像がある社も少なくない。○ゆふ　木綿。楮の樹皮の繊維を糸状にしたもので、神に供える幣として神事や祭の際に榊に掛けて垂らす。

三七三　納所坊主がみだすを礼す師走寺　（『空林風葉』天和3）

【句意】納所坊主が寺内の秩序を乱しているのに、これを礼拝するのだ、師走の寺では。師僧が忙しく駆け回るため、下級僧が大手を振るうのであろう。冬「師走寺」。

【語釈】○納所坊主　寺の会計や雑務を扱う下級の僧。○みだす　乱す。秩序だったものを混乱させる。○礼す　礼拝する。○師走寺　十二月の寺。「師走」の語源の一つに、この月は家々で仏事を行うため、僧は東西に走り回って暇がないためとされる。

【備考】出典の『空林風葉』では「仏名」の題下に収められる。これは「仏名会」の略で、十二月十五日からの三日間、禁中や諸寺院で『仏名経』を誦して罪障を懺悔する法会。

三七四　たたみたたき霜にくじらのさゆる哉　（同）

【句意】畳をたたく音が、霜夜の鐘の音のように冴え渡ることだ。成語「霜の鐘」を踏まえて、大掃除に畳をたたく音をこれになぞらえる。冬「たたみたたき（煤払）・霜」。

【語釈】○たたみたたき　畳をたたいて塵・埃を除くことで、ここは大掃除（煤払）のさまを表す。○くじら　鯨。釣り鐘の異名。　○さゆる　冴える。中国豊山の鐘が霜夜には自然に鳴ったという故事から転じて、霜が降りると鐘の音が冴えて聞こえるとされる。

【備考】出典の『空林風葉』では「煤払」の題下に収められる。「煤払」は十二月十三日ころ、天井などの煤を払って家の中をきれいにする大掃除。

三七五　餅かちめ渇しては氷飢ては雪　（同）

【句意】餅搗に忙しく、のどが乾いたら氷を口にして、腹が減ったら雪を食らう。漢詩句や謡曲をもとに、歳末行事をおおげさに表現した。冬「餅（餅搗）・氷・雪」。

【語釈】○かちめ　「かちん」に同じく、餅の女房詞。また、「搗つ」は餅などを臼で搗くこと。○渇しては　陶淵明の詩句「飢ゑては食す首陽の薇、渇しては飲む易水の流れ」（「擬古　其八」）はさまざまに改変して用いられ、たとえば謡曲「歌占」には「飢ゑては鉄丸を呑み、渇しては銅汁を飲むとかや」とある。

【備考】出典の『空林風葉』では「餅搗」の題下に収められる。

三七六　官を棄年木を負無何有の市によろばふあり　（同）

【句意】官職を棄て、年木を背負って、無何有の郷にも匹敵する歳末の市をよろよろと歩く者がいる。謡曲「弱法師（よろぼし）」の盲目の青年乞食が念頭にあろう。十一・七・六と大幅な字余りの句。冬「年木・市（年の市）」。

【語釈】○官を棄　官職（ないし一般的な職業）を離れて自由の身になること。○年木　新春を迎える用意として冬に伐っておく柴や薪で、冬季。また、元旦を祝って年神を祀るための飾り木で、こちらは春季。○無何有　『荘子』に由来する語で、無為自然の理想的な状態・境地をいう。一般的な読みはムカウ・ムカユウながら、出典の『空林風葉』に「ムガウ」の振り仮名があるのに従った。○市　ここは新年用の品を売る年の市。「無何有の市」は何物もない理想的な世界である「無何有の郷」のもじり。束縛を逃れた身には巷（ちまた）が理想郷になるというのであろう。○よろばふ　倒れそうな姿でよろよろと歩く。

【備考】出典の『空林風葉』では「年末」の題下に収められる。

三七七　むすこの代（よ）しのぶぐさをいふ年忘（としわすれ）　（『空林風葉』天和3）

【句意】息子に代替（だい）わりをして隠居の身となり、元の身のことは忘れて今の境遇を忍ぶのだと言い聞かせる、年忘れの会である。冬「年忘」。

【語釈】○しのぶぐさ　忍ぶ草。シダ植物であるシノブやノキシノブの異名。また、カンゾウ（ユリ科の多年草）の古名である「忘れ草」をもいう。「忍ぶ」の意を込めて用いる。○年忘　一年の苦労を忘れること。また、そのために行う歳末の忘年会。

三七八　何を見る節季候節季候節季候節季候　　（同）

【句意】節季候は目だけを出して何を見るのか、「節季候節季候、節季候節季候」と囃しながら。「節季候」の語を重ね、囃し文句の語調を取り入れている。冬「節季候」。

【語釈】○節季候　歳末に家々を回った門付け芸人で、シダの葉を挿した笠をかぶり、赤い布で顔を覆って目だけを出し、米銭を求め、割り竹をたたき囃して歩いた。四三八の句を参照。その文句は「節季候節季候めでたいめでたい」といったもので、「節季候」は「節季にて候」の略。「何を見る節季候／節季候節季候／節季候」と切る可能性もある。

三七九　八つになる姥ら見る世のせまるかな　　（同）

【句意】わずか八歳の姥等が物乞いするのを見ると、この世のありように胸が苦しくなることだ。「八つ」なのに「姥」だという矛盾を言い立てたものながら、世の中の矛盾に対する素朴な感慨も示されているのであろう。冬「姥ら」。

【語釈】○姥ら　姥等。京都で歳末に現れる女の物乞い。手拭いで口のあたりを隠し、赤前垂をしてざるを持ち、若い身でも「姥等祝ひませう」と大声を上げて門々をめぐる。○せまる　迫る。胸がしめつけられて苦しくなる。生活が困窮する意も含まれよう。

三八〇　あふみのやわつぱ朝啼くうねかぶら　　（同）

【句意】「近江のや」と詠まれた御政道はどうなったか、わっぱめは朝から泣き、畑の畝にはカブが植えられている。さりげなく政道への疑問が示されているか。冬「うねかぶら」。

【語釈】○あふみのや　「近江の」の意で、「や」は間投助詞。ここは藤原俊成「近江のや坂田の稲をかけつみて道ある御世のはじめにぞつく」（『新古今集』）を踏まえ、正しいご政道（「道ある御世」）を象徴する語として使われていよう。○わっぱ　「わらは（童）」の変化した語で、子どもをさし、やや罵るような思いを込めて使うことが多い。○朝啼く　和歌ではほとんど「朝なく雉」という形で用いられる。○うねかぶら　畝のカブ。「畝」は作物の植え付けや種蒔きのために畑の土を持ち上げた所。イネを刈り終えても畑作しないと生活できないのであろう。「蕪」は冬季。

【備考】出典の『空林風葉』では「雑冬」の題下に収められる。

三八一　我暮を年の暮とやとぼけまじ　（『空林風葉』天和3）

【句意】わが人生の黄昏を見ぬふりして、年の暮れかと白を切ることはすまい。天和三年（一六八三）に春澄は三十一歳で、貞門ではこうした実人生を偽る詠み方を嫌った。冬「年の暮」。

【語釈】○我暮　私の老年期。「暮」は「暮齢」の意。○年の暮　歳暮。一年の終わり。○とぼけ　そのことに気づいていないふりをすること。

【備考】出典の『空林風葉』では「歳暮」の題下に収められる。

三八二　あね様に小町おどりを手向けり　（『一楼賦』貞享2）

【句意】姉様に小町踊りを踊って手向けたことだ。秋「小町おどり」。

【語釈】○あね様　姉を敬っていう語。○小町おどり　江戸時代の京都・大坂などで流行した踊りで、七月七日（時に十五日も）、華やかな衣装に鉢巻・たすき姿の娘たちが列をなして町を踊り歩いた。○手向　神仏や死者に供え物などを献じること。ここは、自らはもう踊る年齢でない姉のために踊って見せることか。あるいは、物故の姉なのか。

三八三　四方拝(しほうはい)国人(たみ)は鰤(ぶり)くふ(う)夕(ゆうべ)かな　（『ひとつ松』貞享4）

【句意】朝の四方拝の儀も無事にすみ、民はめでたくブリを食べる、よく治まった泰平の世の夕べであることだ。これといった技巧的な仕掛を用いずに、新春のめでたさを表現。春「四方拝」。

【語釈】○四方拝　天皇が元旦の早朝に天地四方を拝し、天下泰平を祈願した儀式。民間でもこれを模して四方を拝した。○国人　その国の住民。読みは出典の尚白(しょうはく)編『ひとつ松』にある通り。○鰤　ブリは古くから日本人に親しまれた魚で、ことに西日本では正月に欠かせない食材として重用された。

三八四　初霞(はつがすみ)聖武(せいぶ)世尊寺(せそんじ)と見ゆらん　（『誹諧大三物(おおみつもの)』元禄2）

【句意】初霞の中に目を凝らせば、ここは聖なる御代の世尊寺があった所と見えるであろう。廃絶した寺の跡に立っての、新春の感慨。春「初霞」。

【語釈】○初霞　新年の最初に野山にたなびく霞。○聖武　天子の武徳がすぐれていることをたたえる語。○世尊寺　平安京一条の北、大宮の西（現在の京都市上京区大宮通一条上ル）にあった寺で、長保三年（一〇〇一）に藤原行成が創建し、後に廃絶した。

【備考】底本の『誹諧大三物』は諸家の歳旦帖を版元の井筒屋が集成・合綴した歳旦集で、この句は言水の歳旦帖に載る。春澄は京都移住後の言水と親しい関係にあった。

三八五　御忌よりも多し涅槃の樒売　（『前後園』元禄2）

【句意】御忌の際に比べるとずっと多く出ている、涅槃会に際してシキミを売る商人が。一月から二月に移り、暖気が増して参詣人も多いのである。春「御忌・涅槃（涅槃会）」。

【語釈】○御忌　天皇・皇后・貴人や各開祖らの忌日に行われる法会。とくに正月十九日から二十五日まで、浄土宗の開祖である法然上人の忌日に行う法会をいい、ここもそれをさす。春の季語で、京都知恩院のものが著名。○涅槃　解脱の境地。また、釈迦の入滅をいい、ここは釈迦が入滅した二月十五日、各寺院で行われる涅槃会をさす。○樒売　モクレン科（あるいはシキミ科）の常緑小高木である、仏前に供えるシキミを売る人。

【備考】江水編『元禄百人一句』（元禄4）にも所収。

三八六　朝皃に弥陀の他なる命哉　（同）

【句意】アサガオのはかなさを見るにつけ、生きとし生けるものは皆、阿弥陀仏にすがる他力本願の身であると感じられることだ。秋「朝良」。

【語釈】○弥陀　「阿弥陀」の略。○他なる命　他力本願のことで、阿弥陀如来の本願の力を便りに生きること。また、すべての生命はそうした存在だということ。

三八七　目と鼻のあはいこそばし富士の雪　（『新花鳥』元禄4）

【句意】目と鼻の間のような近さなのにじれったくすっきりしない、富士の雪に手が届かないのは。日本人にとっての富士はそれほどに親しみが深いというのであろう。冬「雪」。

【語釈】○目と鼻のあはい　二つの間の距離がきわめて近いことのたとえ。○こそばし　くすぐったい。何か心がすっきりせずに落ち着かない。

三八八　後戸に飽まで花のさかり哉　（『誹諧京羽二重』元禄4）

【句意】後ろの戸の向こうは、飽きるほどの花盛りであることだ。春「花のさかり」。

【語釈】○後戸　建物の後方にある出入り口。○飽まで　飽きたと思うほど十分に。

【備考】只丸編『小松原』（元禄4）・梨節編『反故ざらへ』（元禄6ころ）・座神編『風光集』（元禄17）・丈石編『誹諧家譜』（宝暦1）・白露著『俳論』（文化5）にも所収。

三八九　親もなし子もなし闇を行蛍　（『小松原』元禄4）

【句意】親もなければ子もいない、闇夜を行くホタルには。藤原兼輔「人の親の心は闇にあらねども子を思ふ道にまどひぬるかな」（『後撰集』）を踏まえ、その「闇」を実のものに取りなして、闇の中でも迷わないホタルには親も子もないとうがつ。夏「蛍」。

【語釈】○親もなし子もなし　右の和歌のほか、謡曲「卒塔婆小町」の「憐むべき親もなし…心に留むる子もなし」を摂取した可能性が考えられる。

【備考】団水編『くやみ草』（元禄5）にはこれを立句とする三吟歌仙（立句のみ久吉号が用いられている）を収録。轍士著『花見車』（元禄15）に下五「闇に飛蛍」として所収。座神編『風光集』（元禄17）・重雪編『明星台』（元文2）・蓮谷編『誹諧温故集』（延享5）にも収められ、春澄の代表句の一つに数えられる。

三九〇　夏の夜の夢路はとしの三十日哉　（同）

【句意】夏の短夜に見る夢は、大晦日のようにあわただしいことだ。夏「夏の夜」。

【語釈】○夏の夜の夢　夏の夜は明けやすく、夢もはかなく消えるとされる。○夢路　夢に出てくる道で、とくに恋しい人の元に通う道をいう。また、夢そのものをもいう。○としの三十日　一年の最後の日。大晦日は収支決算のために一年で最も忙しい。

三九一　首くくる山の奥にも師走哉　（同）

【句意】暮らしに窮して首をくくりに行く、そんな山の奥にも師走はやって来ていることだ。師走が多忙で大変なのはどこも同じということであろう。冬「師走」。

【語釈】○首くくる　首に縄・紐などを巻いて縊死する。

三九二　帰（かえり）なば塩辛（しおから）のぼせ縣召（あがためし）　（『きさらぎ』元禄5）

【句意】私が帰京したならば、好物の塩辛を送ってくれ、縣召除目（あがためしのじもく）がすんでの後に。地方官として過ごす間に、その地の食品がすっかり好みになるということ。春「縣召」。

【語釈】○帰なば　帰ってしまったならば。「なば」は完了の助動詞「ぬ」の未然形と接続助詞の「ば」。○塩辛　イカなど魚介類の肉・内臓を塩漬けにして発酵させた食品。○のぼせ　人や物を地方から都へ送りやる意の動詞「上す」の命令形。○縣召　「縣召除目」の略。地方官を任命する行事で、正月十一日からの三日間に行われた。

三九三　歳旦を我（われ）も我もといたしけり　（『雑談（ぞうたん）集』元禄5）

【句意】人は歳旦の句を私も私もと争うように作ることだ。春「歳旦」。

【語釈】○歳旦　元旦のことで、ここは新年のめでたさを祝って詠む歳旦句をさす。俳諧宗匠は一門による三物（みつもの）や発句を集めて歳旦帖を作るのが習わしで、しだいに多くの人から句を集めた大部なものも作られるようになった。

【備考】出典の其角編『雑談集』（元禄5）ではこの句と三二〇「みな人は蛍を火じやと云（いわ）れけり」を挙げ、「自暴自棄」と酷評する。三二〇の【備考】を参照。蝶夢（ちょうむ）編『蕉門俳諧語録』（安永3）にも三二〇の句とともに所収。

三九四　雪をになひ声（い）計（ばかり）こそ黒木（くろき）なれ　（『時代不同発句合（あわせ）』元禄5）

【句意】黒木の上には雪が積もり、言うならば白い雪を担っているのに、売り声ばかりは「黒木」であることだ。白い雪と黒木の対比に眼目がある。冬「雪」。

【語釈】○になひ　荷を肩や天秤棒などに載せて運ぶこと。○計　副助詞「ばかり」の宛字。○黒木　三十センチメートルほどに切った生木を竈で黒く蒸し焼きにしたもので、薪に用いる。京郊外の八瀬（やせ）・大原（おおはら）辺で作られ、大原女（おはらめ）が頭などに載せて市中を売り歩いた。

【備考】貞門時代の友静（ゆうせい）に「雪を荷（にな）ひ売（う）声（い）計黒木哉（かな）」（『続山井』）の句があり、出典『時代不同発句合』の編者である雨行（うこう）は、これを春澄作と誤認していた可能性がある。友静と春澄は近い関係にあった。

三九五　さらしなの月丸山（まるやま）のおぼろ月　（『誹諧白眼（はくがん）』元禄5）

【句意】更科（さらしな）の月にも匹敵して、花見時分の円山（まるやま）の朧月はすばらしい。春「おぼろ月」。

【語釈】○さらしな　更科・更級。信濃国更級郡（現在の長野県千曲市の南部）。歌枕で、月の名所として名高い。○丸山　円山。京都市東山区にある花頂山南側の小丘で、明治以降は円山公園になっている。八坂神社・高台寺・知恩院に接し、夜桜の名所として知られる。

三九六　あけぼのは師走の後すがた哉　（『くやみ草』元禄5）

【句意】新年の明け方の光が照らし出すのは、師走が去って行く後ろ姿であることだ。出典の団水編『くやみ草』で「春」の部の最初に配置され、その並びから新旧の交代を擬人化によって表した歳旦句と知られる。春「句意による」。

【語釈】○あけぼの　曙。夜が明けてくる時間帯。ここは元旦のそれをさす。○後すがた　後方から見た人の姿。ここは師走が去ることを擬人的に表す。

三九七　清水や浅黄桜のありし時　（同）

【句意】春の清水であることよ、ここにアサギザクラがあって淡い黄緑の花を咲かせていたころのことが偲ばれる。具体的な事例については未詳。春「浅黄桜」。

【語釈】○清水　京都市東山区にある五条坂付近一帯の地名で、清水寺は桜の名所として知られる。○浅黄桜　サトザクラの園芸品種で、花は白く萼が緑色のため、全体に淡い黄緑色に見える。六五の句を参照。

三九八　粽(ちまき)まく中に宿持(やどもち)物がたり　（『くやみ草』元禄5）

【句意】女たちが粽を巻く中に混じり、宿持ちの手代が何やら話をしている。大店(おおだな)の年中行事にあって、学識ありげに粽や節句の由来などを話すさまか。夏「粽」。

【語釈】○粽　モチゴメなどの材料をササやマコモの葉に包み、蒸して作る餅の一種。五月五日の端午の節句に食べるもので、食用ではない飾り粽もある。　○宿持　自宅を所持している者。ここは自宅から通う宿持手代(やどもちてだい)をさし、相応の年齢になっていると見られる。

三九九　鵜(う)づかひ(い)の子の乳(ちち)あますねざめ哉(かな)　（同）

【句意】ウを使う漁師の子が飲んだ乳を吐き、寝覚めてしまったことだ。獲った魚をウが吐き出すさまと重ね、ウを使う者の子だけに乳を吐くとしたもの。夏「鵜づかひ」。

【語釈】○鵜づかひ　鵜使。鵜匠。水鳥のウを使った漁を業とする人。謡曲「鵜飼」により、殺生をする人というイメージが強い。　○乳あます　幼児が飲んだ乳を吐くことで、『書言字考節用集』に「チヲアマス　小児嘔乳也(ちをはく)」とある。

四〇〇　蓮池の蓮見ずに行坊主(ゆくぼうず)哉　（同）

【句意】ハス池のハスの花も見ずに行き過ぎる坊主であることよ。夏「蓮」。

【語釈】○坊主　本来は僧坊の主である住職をさす語。やがて僧侶一般をいうようになり、むしろ侮蔑の意を込めて用いることも多い。ここも風流心のなさを揶揄したのであろう。

四〇一　玉まつり馳走は継子かはゆがれ　（同）

【句意】玉祭の日の馳走では、ことさら継子を大事にかわいがりなさい。それが亡き先妻ら祖先の供養になるというのであろう。秋「玉まつり」。

【語釈】○玉まつり　玉祭・魂祭。七月十五日の盂蘭盆に祖先の霊を迎えて祀る行事。○馳走　駆け回る意から転じて面倒をみること。また、食事などのもてなしをすること。○継子　血のつながりを持たない子。ここは後妻から見た先妻の子であろう。○かはゆがれ　優しく大事に扱う意の「可愛がる」の命令形。

四〇二　墨染や母にうたせて泣砧　（同）

【句意】墨染の衣であることよ、母に砧を打たせてしみじみと泣く。妻を亡くした者を想定しての創作らしく、代わって母に砧を打ってもらうとしたものか。秋「砧」。

【語釈】○墨染　「墨染衣」の略で、黒い僧衣や喪服。また、それらを着た者。○砧　布を槌で打って柔らかくすること。謡曲「砧」では、砧を打ちつつ帰らぬ夫を待っていた妻が焦がれ死に、死後も妄執に苦しむさまが描かれる。

四〇三　鰒市（ふくいち）や三条の衛門壬生（えもんみぶ）の小猿（こざる）　（『くやみ草』元禄5）

【句意】フグの市が立つことよ、敵を確実に殺したという三条の衛門や壬生の小猿のように、フグもまた恐ろしい。その毒は盗賊同様の威力だということ。冬「鰒市」。

【語釈】○鰒市　フグを取り扱う市場か。江戸時代はフクと清音で発音することが多い。○三条の衛門壬生の小猿　ともに大盗賊である熊坂長範の配下で、長範は源義経を襲ったことで著名。二人は焼き討ちや斬り殺しの巧者とされ、謡曲「熊坂」に「三条の衛門壬生の小猿、火ともしの上手分け切りには、これらに上はよもこさじ」とある。

【備考】謡曲「熊坂」をもじった維舟（いしゅう）著『誹諧熊坂』（延宝7）で、春澄は「火ともしの万句に元清・春澄、餓鬼の恐るる鬼の強口、かれらに上はよもこさじ」と批判を受けている。

四〇四　いそがしや師走もしらず暮（くれ）にけり　（同）

【句意】忙しいことだ、今が師走だと知らないまま、年が暮れてしまった。師僧も走るほど忙しいとされる十二月に、そのこと自体を忘れるくらい忙しいということ。冬「師走」。

【備考】幸佐（こうさ）編『入船（いりふね）』（元禄5・6）にも所収。

市中吟（しちゅうぎん）

四〇五　あれ程に世をつかひ（い）たし燕（つばくらめ）　（『宮古（みやこ）のしをり（お）』元禄5）

【句意】あのように世の中を自分のために使ってみたいものだ、ツバメのように。ツバメが人家の軒先に巣を営み、市中をわが物顔で飛び回ることへの羨望。春「燕」。

【語釈】○市中吟　市街の中で詠んだ句の意。

四〇六　いざさらば大津泊りに一(ひと)おどり　（同）

【句意】さあそれでは、大津に泊ってひとしきり踊りを楽しもう。秋「おどり」。

【語釈】○いざさらば　行動の開始をうながす際に発する語。また、別れの挨拶の語。謡曲などにも散見される。○おどり　音楽に合わせ集団で踊ることをいい、とくに盆踊りの類をさす。大津では元禄ころに新田開発が奨励され、大津川流域を開拓してカニを退治したため、お盆にその供養の踊りが行われ、大津踊りとして知られるようになった。

四〇七　大比叡(おおひえ)にもどせ生駒(いこま)の青嵐(あおあらし)　（同）

【句意】元の比叡山(ひえいざん)に吹き戻すがよい、生駒山から吹き渡る青嵐よ。比叡山から吹き下ろす風が回り回って生駒の青嵐になったという発想。夏「青嵐」。

【語釈】○大比叡　比叡山の美称。また、その大きい方の峰の呼称。秋・冬ころに比叡山から吹き下ろす風は比叡颪(ひえおろし)として知られる。○生駒　現在の奈良県生駒市。ここは現在の大阪府と奈良県の境にある生駒山をさす。○青嵐初夏の青葉を吹き渡る風。

【備考】出典の『宮古のしをり』は江戸の立志が上京した際の記念集で、同書にこれを立句とする三吟歌仙を収める。

四〇八　堅横のかぎりは雲雀つばめ哉　（『釿始』元禄5）

【句意】無限の空間に縦・横の限りをつけるのは、ヒバリとツバメの行動範囲であることだ。垂直方向に上がるヒバリと水平方向に飛ぶツバメの生態。春「雲雀・つばめ」。

四〇九　信長にこねまはされし田植哉　（『冬ごもり』元禄5）

【句意】信長の軍によりこね返された土で、田植えをすることだ。夏「田植」。

【語釈】〇信長　戦国大名である織田信長。天下統一をめざし、武力征服と同時に土地と農民を把握するための検地を行った。　〇こねまはされし　かきまぜられた。農家では春に田植えの準備として田を掘り返す。ここは戦の軍勢が時に田畑を荒らすこともあったことを踏まえ、さらに信長が農地の管理に手を出したことも含めた言い方であろう。

【備考】鷺水著『手ならひ』（元禄9）にこれを立句とし、「たはぶれたる体」と注記した三吟半歌仙を収録。

四一〇　投入はどちらむひても柳かな　（『入船』元禄5・6）

【句意】投入に生けた花はどちらに向けても美しく、ヤナギの風情であることだ。風になびいてもヤナギはヤナギであるように、投入の花も不定型な点がよいということ。春「柳」。

【語釈】○投入　「投入花（なげいればな）」の略で、風情と自由を重んじた花の生け方をいう。定型化した立花に対するもので、室町時代後期から江戸時代前期にかけて行われた。

【備考】蓮谷（れんこく）編『誹諧温故（おんこ）集』（延享5）には中七「こちら向（むい）ても」として所収。

四一一　強力（ごうりき）のもみ出（いだ）したるほたるかな　（同）

【句意】強力が闇夜を揉んで生み出したような、ホタルであることだ。夏「ほたる」。

【語釈】○強力　力の強い人で、とくに荷を背負って修験者や登山者に従う者をさす。

【備考】助叟（じょそう）編『遠帆（えんぱん）集』（元禄7）・蓮谷編『誹諧温故集』（延享5）にも所収。

四一二　本田地達磨大師（ほんでんじだるまだいし）を案山子（かがし）かな　（同）

【句意】本田ではその格式を重んじてか、達磨大師をカカシにすることだ。秋「案山子」。

【語釈】○本田地　元禄（一六八八～一七〇四）以前に検地を受けた田畑。また、実際に苗を植えて収穫時まで生育させる田。ホンデンチとも発音する。○達磨大師　中国の禅宗の始祖で、面壁座禅で悟りを得たとされる。また、その座像を模して作る赤い張り子の人形。○案山子　田畑に立てて鳥獣の害を防ぐための人形。カカシとも発音する。

『日葡辞書』『書言字考節用集』などから、当時（ことに関西）はカガシの方が一般的と考えられる。

四一三　中立に鳴子引ける丸屋哉　（『青葉山』元禄6）

【句意】途中で席を立って鳴子を引く、粗末な丸屋の農家であることだ。秋「鳴子」。

【語釈】○中立　何かをしている中途で座を立つこと。○鳴子　田畑が鳥獣に荒らされるのを防ぐための仕掛け。短い竹筒を小さな板に掛け連ね、遠くから縄を引いて鳴らす。○丸屋　アシ・カヤなどをそのまま屋根に葺いた粗末な家。マルヤとも発音する。

四一四　夢は皆扇恵美酒に覚てけり　（『遠帆集』元禄7）

【句意】正月の夢はすべて、恵美酒扇によって覚めてしまった。謡曲「邯鄲」の「夢はさめにけり」、同「班女」の「夢はつる、扇と秋の白露を」などを踏まえ、粗雑な扇に夢も覚めるとしたか。あるいは、「酒」と「覚」の字に興じたか。春「扇恵美酒」。

【語釈】○扇恵美酒　「恵美酒扇・恵比須扇」に同じく、伊勢国山田（現在の三重県伊勢市）で作られ、正月の祝儀用に売り出された粗製の扇で、注連飾りに添えるなどした。

四一五　十五夜のつかつかと出給ひけり　（同）

【句意】十五夜の月がつかつかと出現なさったことだ。翌日の十六夜（いざよい）の月が日没より少し遅れ、ためらうように出るのとは違い、十五夜の月は躊躇なく現れる。秋「十五夜」。

【語釈】○つかつか　ためらわずに進み出るさまを表す副詞。

四一六　せは（わ）しなやいつ呼（よび）そむる小晦日（こつごもり）　（同）

【句意】せわしないことだ、いつからそう呼び始めたのか、小晦日という名称を。一年で最も忙しい大晦日の前日から、この名であわただしくさせるということ。冬「小晦日」。

【語釈】○小晦日　大晦日の前日。大晦日は一年の収支決算で最も忙しい一日。

四一七　燕（つばくら）や車の轅（ながえ）馬の胯（また）　（『誹諧童子教（どうじきょう）』元禄7）

【句意】ツバメの二つに分かれた尾は、車の轅や馬の股（また）を髣髴とさせる。春「燕」。

【語釈】○轅　馬車・牛車などで前方に出ている二本の長い棒。○胯　股。胴から足の分かれ出るところ。また、一つのものが二つ以上に分かれるところ。

四一八　せめてさは表にあれや蓼（たで）の虫　（同）

【句意】せめてそのようにするなら隠れず表に出ていなさい、タデの葉を好む虫よ。自分の好みを恥じることなく、堂々としていればよいということ。夏「蓼」。

【語釈】○さは　そのようには。副詞「さ」に係助詞「は」を付けて「さ」を強めた言い方。○蓼の虫　タデの辛い葉を好んで食べる虫。諺「蓼食(くう)虫もすきずき」（『せわ焼草』）によってよく知られる。

四一九　世の中にかしこまりたる暑さ哉(かな)　（『誹諧童子教』元禄7）

【句意】世間に対して謹直さを崩さず暮らすのは、実に暑いことだ。夏にあっては体裁を気にせず、多少はだらしなくても涼しさを優先した方がよいということ。夏「暑さ」。

四二〇　喰(くわ)れても寝ずに蚊屋(かや)縫ふ(う)蟵屋(くりや)哉　（同）

【句意】カに食われるのもかまわず、寝ずに蚊帳(かや)を縫う厨房であることよ。カを防ぐための蚊帳を縫ってカに食われ、それが食うものを調理する場であるという皮肉。夏「蚊屋」。

【語釈】○蟵屋　厨(くりや)。飲食物を調理する所。「蟵」には帳の意があり、この字を介して、蚊帳（蚊屋）と台所の関連に思いを至らせたのであろう。○蚊屋　蚊帳。カを防ぐために寝床を覆う具。

四二一　夕涼補陀落山の調べかな　（同）

【句意】夕涼みの心地よさは、補陀落の妙なる音色まで聞こえるかのようだ。浄土では薄着で快適に暮らせるとされ、納涼の姿からそれを思い寄せたのであろう。夏「夕涼」。

【語釈】○補陀落山　「補陀落」に同じく、インドの南海岸にあって観音が住むとされる浄土で、その華樹は光明や芳香を放つとされる。フダラクサン・ホダラクサンの読みもある。○調べ　音楽の演奏、またその音色。浄土には妙なる音楽が流れるとされる。

四二二　放生や淀に別れて元の水　（同）

【句意】放生会であることだ、放した魚は淀へ向かって分かれ行くのだけれど、川の名こそ変わっても泳ぐ水は元のままなのだ。秋「放生」。

【語釈】○放生　放生会。死者を供養するため、捕えた魚・鳥などを池や野に放す法会。八月十五日に八幡宮の神事として行われ、ことに石清水八幡宮（京都府八幡市八幡高坊に鎮座）の行事が著名。近くを木津川が流れる。○淀　京都市伏見区南西部の地名で、淀川舟運の河港として栄えた。琵琶湖を水源とする宇治川はこのあたりで木津川・桂川と合流し、ここから下流を淀川と呼ぶ。○元の水　『方丈記』の「ゆく河の流れは絶えずして、しかも元の水にあらず」を踏まえつつ、これを反転して用いたか。

四二三　さればにぞ二日の欠を京の月　（『誹諧童子教』元禄7）

【句意】それだからこそ、二日分を欠いた今日のこの月を京の月と味わうのだ。秋「月」。

【語釈】○されば　そうであるからの意の接続詞。また、相手の言葉に同意して発する語で、その通りだの意。○欠　満月から月の形が徐々に不完全になること。ここは十七夜の立待月をさすか。『徒然草』第一三七段の「花はさかりに、月はくまなきをのみ見るものかは」を踏まえ、兼好法師に対する同意を示した一句とも考えられる。○京の月　雅な京の空に出た月の意か。これに「今日の月」を掛けていよう。

四二四　稲妻は脇指取りの其間哉　（同）

【句意】稲妻のひらめきは、脇差を手に取って抜く一瞬の間であることだ。秋「稲妻」。

【語釈】○稲妻　雷雨の際に空中の放電でひらめく雷光。その閃光を意味する「電光石火」は、きわめて短い時間のたとえに用いられる。○脇指取り　未詳。罪人の首を切る者や切腹の介錯をする者を太刀取りといい、これに準じた造語か。「脇指」は「脇差」とも書き、武士が大刀に添えて腰に差す小刀で、庶民も道中用などに所持を許された。

四二五　つつしめや火燵にて手のさわる事　（同）

【句意】慎みなさいよ、炬燵の中で他人の手にさわることは。冬「火燵」。

【備考】鷺水著『手ならひ』に「正意の体」として、同『誹諧大成しんしき』（元禄10）に「実を得たる句」として所収。蓮谷編『誹諧温故集』（延享5）・嘯山編『俳諧古選』（宝暦13）・玄玄一著『俳家奇人談』（文化13）にも所収。

四二六　世の中や蠅取蜘を鳥の網　（同）

【句意】これが世の中というものだな、ハエを獲るクモを鳥用の網が捕えている。鳥を捕える網にクモがかかり、これもハエを獲ろうと網を張った報いだとしたもの。夏「蠅」。

【語釈】○鳥の網　鳥を捕獲するために張った網。

【備考】出典の順水編『誹諧童子教』にこれを立句とする貞恕・順水との三物を収載。こうした観念がかった句（この句を挙げているわけではない）のあり方を、芭蕉は『去来抄』等で批判する。

四二七　入月や日比の数奇の朝朗　（『枯尾華』元禄7）

【句意】月が沈むことよ、いつも通りに風流な夜明け方である。数寄を日常として生きた芭蕉への追悼句で、「入月」にその死が暗示されている。秋「入月」。

【語釈】○日比　平生・普段。「比」は「頃」に通用。　○数奇　数寄。風雅の道に深く心を寄せること。「奇」と「寄」は草体が類似する。　○朝朗　夜がほのぼのと明けるころ。

【備考】出典の其角編『枯尾華』（元禄7）は同年に没した芭蕉の追善集。春澄は延宝期には芭蕉と親しく交わりながら、貞享以後はほぼ没交渉となる。

四二八　時鳥あられみぞれに待ばこそ　（『鳥羽蓮花』元禄8）

【句意】ホトトギスの初音、この感激も霰や霙の時期より待てばこそだ。夏「時鳥」。

【備考】挙堂著『真木柱』（元禄10）・幸佐編『三番船』（元禄11）にも所収。

四二九　ながれ行水に追つく夏もなし　（『真木柱』元禄10）

【句意】流れていく水に追いついて打ち勝つ、そんな夏などありはしない。どんなに暑い夏も限りはあり、時の流れは確実に秋を連れてくるというのであろう。夏「夏」。

斎坊主に与ふ

四三〇　花に呼月には湯灌めされけり　（『三番船』元禄11）

【句意】花見だといっては呼び出され、月見の晩には湯灌をするよう招きを受けたことだ。花見に続いて月見の饗応も期待していたら、その夜は先方に葬儀があって湯灌を命じられたのであろう。花と月を詠み込んだ場合、花を季語とすることが多く（雑の場合もある）、出典である『三番船』の配列からもこれは春の句と認められる。春「花」。

【語釈】○斎坊主　信徒の家に来て食事をしていく卑しい僧。○呼　ここは招待・饗応の意。○湯灌　仏葬で納棺に先だって死体を湯で洗い浄めること。○めされ　「召す」は「招く」の尊敬語で、これに受身の助動詞「る」の連用形が付いたもの。

四三一　秋の暮仏(ほとけ)煮て喰(くう)友も哉(がな)　（同）

【句意】この秋の夕暮れ、仏に供える煮物など作ってともに食べる友がほしいことだ。秋暮の憂いには、信仰をともにする友が何よりというのであろう。秋「秋の暮」。

【語釈】○秋の暮　秋の夕暮れの意にも暮秋（秋の終わりころ）の意にも用いられる語で、ここは前者と見られる。○仏煮て喰　仏事の精進料理として根菜などを煮たものを「御仏煮(おぶつに)」といい、ここもそれであろう。○も哉　願望を表す終助詞「もがな」に「哉」の字を宛てたもの。

十月十四日身延山(みのぶさん)に登りて

四三二　ふりにけり四百余年(しひやくよねん)の霜柱　（同）

【句意】降ったことだなあ、四百年余の時を経過した境内に霜柱が。立派な堂宇の柱と境内の霜柱を前に、日蓮が没してからの年月をしみじみ感じたわけである。冬「霜柱」。

【語釈】○十月十四日　日蓮忌の翌日。春澄の参詣は元禄十年（一六九七）かそれ以前のことになる。○身延山　山梨県南巨摩郡身延町の北部にそびえる山。日蓮宗の総本山である久遠寺がある。○ふり　「降り」には霜柱が地面に生じる意があり、これに時が経過した意の「経り」を掛ける。○四百余年　日蓮は弘安五年（一二八二）十月十三日に六十一歳で没し、元禄十年からは四百十五年前となる。○霜柱　土中の水が上昇して地面に達し、冷えて氷となったもの。これに久遠寺の堂宇の柱の意を掛けていよう。

四三三　さほ姫や鍵の緒ゆらぐ山かづら　（『柏崎』元禄16）

【句意】佐保姫の春になったことだ、その首には玉の緒ならぬ鍵の緒が揺れて、頭にはヤマカヅラが飾られている。歳旦句でも再び技巧を弄するようになったことが知られる。春「さほ姫」。

【語釈】○さほ姫　佐保姫。奈良市東方にある佐保山を神格化したもので、春をつかさどるとされる女神。サホヒメとも発音する。○鍵の緒　一端に鉄の鉤を付けた綱で、廻船での荷の上げ下ろしに用いる。ここは宝玉の首飾りである「玉の緒」を言い換え、首には宝玉ならぬ鍵を下げていると俗化したか。○ゆらぐ　揺れ動く。大伴家持「はつ春のはつねのけふの玉ばはき手にとるからにゆらぐ玉の緒」（『新古今集』）以来、和歌では「ゆらぐ玉の緒」と詠まれることが多い。○山かづら　山野に生える蔓性植物のヒカゲノカズラで、神事では髪に付けて飾りとした。鬘はもともと髪を飾る植物の総称。

【備考】元禄十七年（一七〇四）の春隅（春澄）歳旦帖（『俳諧三物揃』所収）では、これを立句とする秀可・我黒との三物を収載し、このころから春澄は歳旦の三物興行を主催していたと知られる。

四三四　これぞ此(この)年の一夜(いちや)の黯淡灘(あんたんだ)　（『俳諧三物揃(みつものぞろえ)』元禄17）

【句意】この大晦日の夜こそは薄暗くて危うい灘(なだ)なのである。金銭の催促や支払いなどにはらはら過ごす大晦日の夜を灘になぞらえる。冬「年の一夜」。

【語釈】○これぞ此　これこそが例の。○年の一夜　大晦日の夜。江戸時代は一年の収支決算日に当たり、薄氷を踏む思いで過ごす人も多くいた。○黯淡灘　「黯淡」は薄暗いの意で、中国にこの名の灘があり、漢詩にも取り上げられる。読みは出典の『俳諧三物揃』にある通り。

【備考】春隅（春澄）自身の歳旦帖（『俳諧三物揃』所収）に収められた歳暮句で、元禄十六年（一七〇三）歳末の作。秀可の歳旦帖（同）にも収載。

四三五　初空(はつぞら)や無をはなれたる輔車(つらがまち)　（同）

【句意】元日の空であることよ、それを喩えて言えば、無明を去って悟りに達したという顔つきである。大晦日の苦労を過ぎれば晴れ晴れとした正月だということ。春「初空」。

【語釈】○初空　正月（とくに元日）の空。○無をはなれたる　無明（仏教で一切の苦の根源に位置づけられる無知の状態）から脱して悟りに向かうことか。○輔車　上下のあごの骨。また、顔つき。節用集に見られる用字で、読みは出典の『俳諧三物揃』にある通り。

【備考】貞幸(ていこう)（己千）の歳旦帖（『俳諧三物揃』所収）に収められた歳旦句。

四三六　さゆり葉（ば）のあちらむきけりしのぶ摺（ずり）　（『東西集（とうざい）』元禄17）

【句意】ユリの花があちら向きに忍んで咲いていることよ、忍摺（しのぶずり）などの地を訪ねるあなたはそんな風情を見て来なさい。奥州を訪ねる者への餞別吟。夏「さゆり葉（小百合花）」。

【語釈】○さゆり葉　小百合葉。ユリの葉を表す歌語。また、ユリの花も「さゆりば（小百合花）」といい、和歌では人知れず咲くものとされる。○あちらむきけり　そっぽをむいている。支考に「百合の花生（いけ）ればあちら向（むき）たがる」（『渡鳥集』）の句がある。○しのぶ摺　忍摺。シノブグサの葉を布帛に摺りつけて染めたもので、源融「みちのくのしのぶもぢずり誰ゆゑに乱れそめにし我ならなくに」（『百人一首』等）などの和歌に詠まれて広く知られる。陸奥国信夫郡（現在の福島県福島市）の産ともいわれ、その遺構とされる石は文知摺観音（普門院）の境内にあり、芭蕉が『奥の細道』の旅で訪れた歌枕の一つとして著名。

【備考】出典である『東西集』は元禄十五年（一七〇二）の夏から秋にかけて、秀可（しゅうか）が陸奥、団水（だんすい）が筑紫を旅した際の作品を集めたもので、これは秀可への「餞別」の句群で巻頭を占める。

四三七　松島の月やふらつく鼻の先　（同）

【句意】松島の月であることよ、旅の疲れで足がふらついているあなたの鼻先には、その残映が今も揺曳しているだろう。奥州から帰った者への祝儀の吟で、春澄も延宝六年（一六七八）に松島方面への旅を経験している。秋「月」。

【語釈】○松島の月　松島湾（宮城県中東部にある仙台湾の支湾）一帯の景勝地である松島は、月の名所としても知られる。○ふらつく　足元が不安定でふらふらする。ここは月の残像が目前にちらつくさまも表していよう。○鼻の先　目や鼻のすぐ前。

【備考】出典である『東西集』で、秀可に対する「帰国賀」三句の巻頭を占める。

四三八　鶯や園に節季候聞て居る　（『風光集』元禄17）

【句意】ウグイスの初音が待たれることだなあ、今は庭で節季候がめでたく唱える詞を聞いている。冬「節季候」。

【語釈】○園　庭。野菜などを栽培する畑のこともいう。○節季候　歳末の門付け芸人。異様な風体で割り竹をたたきながら数人一組で町家に入り、「ああ節季候節季候、めでたいめでたい」などと唱えて米銭をもらって回った。五九・一九五・二八三・三七八の句を参照。

四三九　都史宮の雲にのせけり夕涼み　（『たみの草』元禄17）

双井寺知足子興行

【句意】弥勒の宮殿がある兜率天の雲に身を乗せたことである、夕涼みを満喫して。納涼の心地よさは、まるで別天地にいるようだ、というのであろう。夏「夕涼み」。

【語釈】○双井寺　未詳。○知足子　未詳。芭蕉らと交流のあった下里知足（宝永元年〈一七〇四〉没）とは別人であろう。○都史宮　弥勒菩薩の住む宮殿をいうか。「都史」は「都史天」の略で、欲界六天の第四に当たる兜率天の別名。歓楽に満ちた弥勒の浄土とされる。

四四〇　はる立や文はみよしの男山　（『俳諧三物揃』宝永2）

【句意】春になったことだ、「花はみ吉野」というけれど、文を書くには見た目のよい吉野の紙がよく、見よいといえば男山のりりしい姿が格別だ。春「はる立」。

【語釈】○文はみよしの　諺「花はみ吉野」のもじりか。「み吉野」は花の名所である吉野（現在の奈良県吉野郡）の美称で、見た感じがよいの意も込めていよう。また、吉野産の楮を使った紙を吉野紙といい、薄く柔らかで丈夫なため重宝された。出典の『俳諧三物揃』で「文」に音読みを指示する右傍線があり、ブンと読むと知られる。○男山　険しく男性的な山。また、京都府八幡市の北部にあり、山頂に石清水八幡宮のある山の名。

【備考】貞悟（春澄）の歳旦帖（『俳諧三物揃』所収）にこれを立句とする鞭石・秀可との三物を収載。秀可・貞幸・貞佐の歳旦帖（同）にも収められ、秀可編『乙酉十歌仙』（宝永2）にはこれを立句とする歌仙を収載。蕪村筆「野晒紀行屏風」（個人蔵）の裏面添付資料にこの句と四四一の句を含む歳旦切れがある（『俳文芸』24〈昭和59・12〉）。

四四一　わぎも子が室のさらひや焼豆腐　（同）

【句意】わがいとしの妻が家中の掃除をすることだ、どんな苦労もいとわない焼き豆腐のような心底を示して。「浚」

と「豆腐」の縁をいかした作。冬「句意による」。

【語釈】○わぎも子　吾妹子。男が女を親しんで呼ぶ語で、妻や恋人をさすことが多い。○室　家屋。また、物を入れて外気を防ぐなどし、育成や保存するために特別の構造を施した所。○さらひ　掃除。また、水の底にあるものをすくい取ること。ここは歳末の大掃除をさすのであろう。○焼豆腐　水気を切った豆腐を直火で焼いたもの。焼かれたり水に漬けられたりするため、どんな苦労もかまわないという決意にたとえられる。

【備考】貞悟（春澄）自身の歳旦帖（『俳諧三物揃』所収）に収められた歳暮句。蕪村筆「野晒紀行屛風」（個人蔵）の裏面添付資料にこの句と四四〇の句を含む歳旦切れがある。四四〇の【備考】を参照。

追悼

四四二　酒壺（さかつぼ）にくだけし骨や雲の露　（『逃（にげ）ていにけり』宝永2）

【句意】酒壺には当地の俳諧興隆に砕骨（さいこつ）した人の、砕けた骨が入っていることよ、天も地も雲と露に覆われて。伊丹で活躍した宗旦（そうたん）への十三回忌追善の句。秋「露」。

【語釈】○酒壺　酒を入れておく壺。伊丹は酒の産地として知られる。伊丹を愛した故人ゆえ、死んでもその遺骨は骨壺ならぬ酒壺に入っているとしたのであろう。○くだけし骨　骨を砕いて分けることを「砕骨」といい、転じて大きな苦労をすることもいう。ここはこの漢語を和訓にした表現であろう。○雲の露　空には雲がかかり、地には露が降りているということか。「雲」は憂いを表象し、「露」は涙を含意する。

【備考】出典の百丸（ひゃくまる）編『逃ていにけり』は伊丹俳壇の重鎮であった宗旦の十三回忌追善集。同書の百丸による序に従えば、春澄は維舟（重頼）・宗旦・千之と一緒に延宝二年（一六七四）ころ伊丹を訪れ、宗旦はそのまま伊丹の住人になったのだという。

四四三　いかふ寐て道の後には南部大　（『誹諧箱伝授』宝永3）

【句意】十分に寝て、道中の最後の地には広大な南部が控えている。出典の『誹諧箱伝授』では新春の句が並ぶ中に配されるので、初夢を表した句と推察される。春「句意による」。

【語釈】○いかふ　「一向」の促音を表記しない形。ひたすら。もっぱら。○道の後　「道の尻」に同じく、都から下る道中の地方をいくつかに分けて、最も遠い地方をさす語。「後」の読みは出典の『誹諧箱伝授』にある通り。○南部大　未詳。南部地方の大地を意味するか。「南部」は青森県東半部から岩手県中部にまたがる地域の通称。出典の貞佐編『誹諧箱伝授』で「大」には音読みを示す右傍線が付される。

三月四日貞恕師正忌

四四四　なをゆかし朝打三千春の雨　（同）

【句意】やはり慕わしい、禅で「朝打三千」と言われるほどの、警策ならぬ春の雨を体いっぱいに受けていると。生前の貞恕から修行第一だという教えを禅語とともに受け、そのことを思い出しているということか。春「春の雨」。

【語釈】○貞恕　貞室門の俳諧師で、乾（犬井）氏。越前国敦賀の人で京住。元禄十五年（一七〇二）三月四日に八十三歳で没。明確な師弟関係を示す徴証は認めがたいものの、春澄は晩年の貞恕に親炙していたらしく、その死後に「貞徳嫡伝四世」を名乗り、貞徳―貞室―貞恕の系統を意識した貞悟号を用いる。○正忌　祥月命日。故人が死んだのと同じ月日。○ゆかし　心ひかれる。○朝打三千　禅語「朝打三千暮打八百」（『禅林句集』）から採ったもので、座禅の修行で警策（木製の棒）により徹底的に叩かれること。出典の『誹諧箱伝授』で「朝打」「三千」にはそれぞれ音読みを指示する符号がある。

四四五　花盛(はなざかり)駄荷(だに)は通さぬ御室(おむろ)かな　（同）

【句意】花盛りには人でにぎわい、荷馬は容易に通さない御室であることだ。春「花盛」。

【語釈】○駄荷　馬に負わせている荷物。ここは荷を付けた馬。○通さぬ　花見客が多くて馬が通れないということ。○御室　京都市右京区東部の地名で、とくにそこにある真言宗御室派総本山の仁和寺(にんなじ)をさす。その境内のサクラは御室ザクラと呼ばれて著名。

貞徳(ていとく)師正忌

四四六　しら風や氷れる泪(なみだ)鳥羽(とば)堤(づつみ)　（同）

【句意】白く清らかな風の中、涙も凍るほどの悲しみにくれている、鳥羽の堤において。貞徳の祥月命日に、墓碑に対面するため鳥羽の堤を行くわけである。冬「氷れる」。

【語釈】○貞徳　貞門俳諧の祖である松永貞徳。承応二年（一六五三）十一月十五日に八十三歳で没。○しら風　白風。中国の五行思想で白を秋に配し、秋風を素風と呼ぶのを受けた造語か。ただし、十一月は仲冬であるから季は合わず、ここはただ清らかな風の意で用いたか。○氷れる泪　歌語に「氷の涙・氷柱の涙」があり、とても深く悲しむことの表現に用いる。「泪」は「涙」に同じく、江戸時代はこの用字が多い。○鳥羽堤　京都市南部の地名である鳥羽（鴨川と桂川が合流して淀川に注ぐあたり）の堤。貞徳の墓は上鳥羽（京都市南区上鳥羽）の実相寺にある。

【備考】貞徳の死から五十年以上が過ぎ、俳壇の一部には貞徳回帰の機運があった。春澄が貞徳嫡伝四世を名乗るのもその一つの現れであり、春澄の墓も実相寺に建てられている。

四四七　杜鵑（ほととぎす）竹撃（うつ）石のはつ音哉（ねかな）　（『誹諧箱伝授』宝永3）

【句意】ホトトギスを呼び出そうと、タケに石を投げ当てて音を出し、その初音を待つことだ。かん高いホトトギスの初音を念頭に、タケに石が当たって放つ音に着目し、これも一種の初音だと興じる気分を込めたか。夏「杜鵑」。

【語釈】○杜鵑　ホトトギスの漢名。○竹撃石　川をはさんで石を投げ合う行事を印地（いんじ）打ちといい、端午の節句に行われた。ここはそれにちなみ、タケに石を当てる一種の遊びか。また、『類船集』に「竹」と「ねぐらの鳥」が付合語として登載されており、初音を聞くために石を投げてホトトギスを起こすという発想かもしれない。

四四八　なを病堯（おやめるぎょう）のあせぼや川社（かわやしろ）　（同）

【句意】堯のような聖人でもやはり苦しんだであろう汗疹であることよ、疫神を祓って川社に健康を祈願することにしよう。夏「川社」。

【語釈】○なを病　「病」の読みは出典の『誹諧箱伝授』にある通り。『論語』「憲問篇」の「己を修めて以て百姓を安んずるは、堯舜も其れ猶諸を病めり」を踏まえつつ、民を安心させる難しさに苦心する意の「病めり」を、汗疹に苦しむ意に取りなす。○堯　中国古代の伝説上の帝王。後継の舜とともに理想的帝王として尊崇された。○あせぼ　「あせも」に同じく、多量の汗により皮膚にできる、かゆみを伴った水疱性湿疹。近世中期までの歳時記類には登載がないものの、夏のものであることは明らか。一般に湿疹の類は疫神（悪しき神）の作用とされていた。○川社　六月末に行われる夏越の祓の際、川辺で心身を清め神を祀るための仮小屋で、神棚を作り神楽を奏するなどした。

四四九　むつ言を星の油断や牛の鼻　（同）

【句意】睦言を聞かれたのは二星の油断であるよ、牽牛星だけに、ウシが自らの天性によって鼻に輪を付けられるように苦しみを甘受している。牽牛と織女が結ばれた後、仕事をおろそかにして天帝の怒りに触れたという伝説を踏まえていよう。秋「むつ言…星（星合）」。

【語釈】○むつ言　うち解けた会話。閨房などでの男女の語らいをさすことが多い。○星　ここは七夕に逢瀬をする牽牛星と織女星。○牛の鼻　ウシの鼻に付ける輪を「牛の鼻木」といい、諺「牛は願いから鼻を通す」はウシが鼻輪をされるのはそうしないと従わないウシの天性が招いたものだの意で、望んで苦しみを受けることのたとえ。

赤色の題をさぐりて

四五〇　立田姫かさに灯かげの手ぶさ哉　（『誹諧箱伝授』宝永3）

【句意】竜田姫は笠の下の髻を灯火に照らされていることだ。「赤色」という題に応じたもので、「立田姫」が紅葉のイメージをもつほか、「手ぶさ」に「髻」を掛け、赤い衣服の竈の神を想起させる。句意よりも前書に示された「赤色」のイメージを優先させた作であろう。秋「立田姫」。

【語釈】〇立田姫　「竜田姫」に同じく、奈良県北西部にある竜田山を神格化したもので、秋をつかさどる女神とされ、紅葉と連想関係にある。〇灯かげ　灯火の光。〇手ぶさ　「手房」は手首のことながら、ここは「髻」で毛髪を頭上で集めてたばねたところ。また、竈の神をさす語でもあり、赤い衣を着た美女の姿をしているという。

一夜興談

四五一　竈焼や嵯峨野粽を達首座喰　（『〔馬〕』宝永3）

【句意】竈で火を焚くことよ、火除けに関わる愛宕の粽を達首座が居ながらに食べる。この粽で竈も安全だという内容を、敢えて難しい言葉で表したものか。夏「粽」。

【語釈】〇興談　楽しく話をすることか。〇竈焼　「竈」の読みは出典の『〔馬〕』にある通り。「くど」は竈の後方につけた煙出しの穴で、竈そのものや炉についてもいう。〇嵯峨野粽　「愛宕粽」のこととおぼしく、愛宕神社（京都市右京区嵯峨愛宕山上に鎮座）への参詣者が土産に求める、シキミの枝に付けた粽であろう。包みに比べ中身が小さく、参詣後に近隣へ配り、自家の荒神へも供えて火難除けとした。同社は火伏せの神として尊崇を集める。〇達首座　「達首座」は辞典類に未立項ながら、散見される用例からして、「首座」に近い語とおぼしい。「首座」は首席のことで、仏教語としてはシュソと読み、禅寺で修行僧中の筆頭をいう。「座喰（座食・坐食）」は座して食べることや働かずに食べること。「座」が上下に掛かる可能性も考慮して、〈参詣しない「達首座」が土産にもらった粽を「座喰」する〉の構文ととらえ、仮にタッシュザサンと読んでおく。あるいは、こうした手の込む句作を知友と共有して遊ぶのが、「興談」なのかもしれない。

四五二　日高見や家の雑煮糠でまり　（『俳諧三物揃』宝永4）

【句意】日本国であるよ、亥年の正月ゆえイノシシの雑煮を食べようと、まずは糠で鞠を作っておびき寄せる。架空の内容を扱って観念的ながら、自在な発想でもある。春「雑煮」。

【語釈】〇日高見　ここは日本国の美称である「大倭日高見国」の略称であろう。〇家　「猪子」に同じく、イノシシのこと。読みは出典の『俳諧三物揃』にある通り。宝永四年（一七〇七）は亥の年に当たる。〇糠　玄米を精白する際に生じる殻や皮の粉。これはイノシシの寄せ餌として使われる。〇まり　鞠。球形状の遊具で、ここは糠を丸めたものをさす。

【備考】貞悟（春澄）自身の歳旦帖（『俳諧三物揃』所収）にこれを立句とする座神・秀可との三物を収載。

四五三　誉たりなとしの輪ぬけの袖鼠　（同）

【句意】賞賛することよ、輪抜けの芸をするネズミよろしく、歳末の茅の輪をくぐってネズミ色の袖を翻す姿を。一種の見立の作。冬「としの輪ぬけ」。

【語釈】○な　詠嘆の意を込める終助詞。○としの輪ぬけ　年越しの大祓で茅の輪をくぐり穢れを清めること。これに軽業や小鳥などの芸で輪をくぐる「輪抜け」を掛けていよう。○袖鼠　衣服の袖がネズミ色をしていること。これに実際のネズミを掛ける。

【備考】貞悟（春澄）自身の歳旦帖（『俳諧三物揃』所収）に収められた歳暮句。

四五四　甘過た弥陀にとまらぬ胡蝶哉　（『毫の帰雁』宝永4）

【句意】あまりに甘い露を出す阿弥陀如来には留まらない、コチョウであることだ。花の蜜を好むチョウも甘過ぎる対象には近づかないというのであり、『論語』「先進篇」に基づく諺「過ぎたるは猶及ばざるがごとし」を念頭に置いての作であろう。春「胡蝶」。

【語釈】○甘過た弥陀　阿弥陀如来の異称である甘露王如来のことであろう。その教法や智慧が甘露となって、衆生に恵みを与えるところからいう。○胡蝶　昆虫のチョウ。

【備考】出典の秀可編『毫の帰雁』は宝永四年（一七〇七）に没した其角の追善集で、この句にも弔意があるとすれば、阿弥陀の恩愛からも離れて逝ってしまったということか。

黒色面

四五五　黒尉やつもれば月の太子皺　（『花吸鳥』宝永4）

【句意】能面の黒尉よ、年月が積もれば老人となり、月のように輝く太子の顔にも皺ができるというものだ。在原業平「おほかたは月をもめでじこれぞこのつもれば人の老となるもの」（『古今集』）を踏まえつつ、観月を重ねて老人になるという原歌の意を転じ、歳月を経てその月（の太子）にも皺が寄るとしたのであろう。秋「月」。

【語釈】○黒色面　色が黒い顔のことで、ここは能に用いる黒色の面をさす。○黒尉　能「翁」の三番叟の役に用いる黒色の老人の面。○つもれば　右の業平歌による。○月の太子皺　未詳。「月の太子」は月のように美しい皇子の意か。なお、インド神話の神の中に月を神格化させた月天子がおり、密教では仏法守護の十二天の一つとされる。「太子皺」は太子にも年が寄れば皺が生じるということか。

【備考】出典の令候編『花吸鳥』で「狂言器品」の項に「黒色面」の句として収められる。

台子

四五六　御忌ぼこり台子に指や天性寺　（同）

【句意】御忌でにぎわう中、立派な台子に指をくわえることだ、天性寺で。春「御忌」。

【語釈】○台子　茶の湯に用いられる四本柱の棚で、風炉・茶碗・茶入れ・建水などの諸道具を載せておく。茶道では書院台子の茶が最も格式の高い形式と位置づけられる。○御忌　一月二十五日の法然上人の忌日にちなみ、一月十九日からの七昼夜、浄土宗の寺で行う法会で、献茶も行われる。京都の知恩院の行事が著名で、人々はこれを遊覧の初めとした。〇ぼこり　濁点は出典の『花吸鳥』にある通り。自慢する意の「誇り」で、誇るに足るにぎわいの意か。あるいは「埃」で、埃が舞うほどの群衆ということか。〇指　出典の『花吸鳥』に「ユビ」の振り仮名。「指をくわえる」の略で、うらやましく見ているの意であろう。〇天性寺　京都市中京区天性寺前町にある浄土宗寺院で、知恩院の末寺に当たる。何度か火災に遭っており、ここに著名な台子があったかどうかは不明。

【備考】出典の『花吸鳥』で「茶具」の項に「台子」の句として収められる。

四五七　非力(ひりき)にて柳おもたし筑紫釜(つくしがま)　（『花吸鳥』宝永4）

芦谷釜(あしやがま)

【句意】非力の身にはヤナギまでが重く感じられる、そして、筑紫の産である芦屋釜も実に重々しい。名器を使うのが自分には荷が重い、の意も込められていよう。春「柳」。

【語釈】〇芦谷釜　室町時代から生産され、茶道では幻の名器とも称される茶釜。筑前国遠賀郡芦谷（現在の福岡県遠賀郡芦屋町）で作られたことによる名称で、重厚感のあることで知られる。〇非力　体力・腕力の弱いこと。また、力量が乏しいこと。〇筑紫釜　筑紫国（福岡県）で作られた茶釜の意で、ここは「芦屋釜」と同じ。

四五八　殿やたれ山田小いけのいつきびな　（同）

【句意】殿は誰なのか、小池のフナならぬ、伊勢山田の斎皇女（いつきのみこ）のように独り身の、かわいい雛人形よ。一体だけの雛人形（女雛）に対して、あなたの相手はどうしたのかと尋ねる体裁の句であり、どこか歌謡・童謡の調子を思わせる。春「いつきびな（雛祭）」。

【語釈】○殿　身分の高い人の尊称で、ここは女にとって特別な男への称。○山田小いけ　未詳。「山田小池の」といった詞章などがあったか。「いつき（斎）」との縁で、「山田」に伊勢神宮外宮の鳥居前町である地名を利かせるか。○いつきびな　未詳。「いつき（寵）」には寵愛するの意があり、大切なかわいい雛人形ということか。また、「いつき（斎）」は清浄の身で神に仕えることを表し、とくに「斎皇女」（神に奉仕する未婚の内親王）をさすので、これに「雛」を合わせた造語とも考えられる。「雛」は「池」から導かれる「鮒（ふな）」のもじりとも考えられ、「池→鮒・鯉」「殿→雛」「山田→伊勢」「伊勢→斎宮・山田の原・鯉」（『類船集』）といった連想関係が一句を支えているのであろう。

名兎（めいと）

四五九　ねがはく（わ）の貞徳吹（ふく）よけふ（きょう）の月　（同）

【句意】待望久しい貞徳ゆかりの徳風が吹くことよ、空には今日の名月が浮かんでいる。貞徳風の俳諧を称揚・鼓吹する思いを込める。「吹よ」をフケヨと読めば、どうか徳の風が吹いてくれよ、今日の名月を雲で隠さぬように、の意となる。秋「けふの月」。

【語釈】○名兎　名高い兎の意で、名月を暗示していよう。○ねがはく　「願ふ（う）」の未然形に「く」を付けて名詞化したもの。普通は「願はく（わ）は」の形で用いる。○貞徳　近世俳諧の祖とも言うべき松永貞徳。ここは「徳」に立派な徳による感化を風にたとえた「徳風」の意を込め、「吹」につなげたのであろう。○けふの月　八月十五日の名月。

【備考】助給（雲鼓）編『やどりの松』（宝永4）には中七「貞徳吹や」として所収。春澄は元禄十七年（一七〇四）ころから「貞徳嫡伝四世」を自称して貞悟号を使用する。四四四の【語釈】と四四六の【備考】を参照。

尺五堂昌三先生五十回遠忌

四六〇　隣ある花や尺五の垣小角豆　（『花吸鳥』宝永4）

【句意】隣との関係を心得た花であるなあ、垣に蔓をからませて伸びる尺五ほどのササゲは。尺五堂の主人も他者との関係を大事にした、ということであろう。夏「小角豆」。

【語釈】○尺五堂昌三先生　松永貞徳の子で儒学者の松永昌三。藤原惺窩に師事し、仕官はせずに講習のための尺五堂を開き、市井の学者・教育者として京の儒学を振興した。明暦三年（一六五七）六月二日に六十六歳で没したから、宝永三年（一七〇六）が五十回忌に当たる。○隣ある花　ササゲが籬などを頼りとからんでいることをさし、これに人から慕われた昌三の人柄も投影させたのであろう。○尺五　五尺（約一・五メートル）のことも一尺五寸（約四十五センチメートル）のこともいい、ここはササゲの長さで後者と見ておく。これに昌三の号である「尺五」の意を含ませる。セキゴともシャクゴとも発音する。○小角豆　マメ科の一年草であるササゲで、「大角豆」とも書く。

【備考】出典の『花吸鳥』には、これを立句とする秀可・貞佐・座神・令候・鞭石らとの十二吟世吉を収める。この句により、春澄が貞徳の子の昌三にも好意を抱いていたことが窺知される。

花笑社月次初会（かしょうしゃつきなみ）

四六一　贏得（かち）たり梅を噛（くわ）へて宮狐（みやぎつね）　（同）

【句意】成果を得たことである、ウメの枝をくわえて菅公を思い、宮のキツネに祈願して。「初会」に際しての思いを表した作とおぼしく、「梅」に天神（菅原道真の故事による）、「狐」に稲荷を含意させ、諸神の加護を得てよい成果が上がったというのであろう。春「梅」。

【語釈】○花笑社　宝永期には貞悟（春澄）を中心とする俳諧の小集団ができており、これはその名称なのであろう。「花笑（はなえみ）」は花が咲くことで、そのように華やかな笑顔をもいう。○月次初会　月例で行われる俳席の最初の会。○贏得たり　自分のものとした。ここは句会の成功をさしているのであろう。「贏得」は詩語で、下に続く文言に対して、それだけが得られたこととして残るという意を表す。「贏」の読みは出典の『花吸鳥』にある通り。○噛へ　口にくわえること。○宮狐　神社の神使（しんし）としてのキツネ。稲荷神社では白いキツネが神の使いとされ、宝玉をくわえたキツネの像を置くことが多い。

四六二　甲斐石（かいいし）をよこを（お）るおくや雪の梅　（『やどりの松』宝永4か）

【句意】甲斐の石を横長に置いた奥には、雪の降りかかるウメが見えている。春「梅」。

【語釈】○甲斐石　甲斐国（山梨県）で産出される石、甲斐は古くから玄武岩や水晶などの採石が盛んであった。○よこをる　「横ほる」の仮名違いで、横たわっているの意。ここは横長の石を置くことを表す。○雪の梅　雪が降る中で咲くウメの花。「寒梅」は冬の季語ながら、『俳諧新式』には「雪梅」が正月の季語として挙がる。出典の『やどりの松』で春の句群の中にあることからも、雪が降る早春の庭園と見るのが妥当。

四六三　と植ばや梵字たて石きりがやつ　（『やどりの松』宝永4か）

【句意】そのように植えるとしよう、梵字を刻んだ立石を建て、その近くにサトザクラのキリガヤツを。「植」のさまざまな意をたくみに用いた作。春「きりがやつ」。

【語釈】○と　たとえば「それと」の「それ」を略すなど、この前にあるべき語をわざと明示しない表現方法で、ここはある梵字を選んで石に刻むことや、そのそばを選んでサクラを植えることなどをさしていよう。○植ばや　植えたい。「ばや」は願望の終助詞で、「植」にはまっすぐに立てる意もある。また、活字を選んで版を起こすことを「植字」といい、ここは石に字を刻むことも表していよう。○梵字　古代インドでサンスクリット語を書くのに用いたブラーフミー文字と、その系統の文字の総称。日本でもその一部が使用され、真言など仏教に関する書や碑に多く見られる。出典の『やどりの松』にはこの語に音読符が付される。○たて石　立石。庭園の飾りとしてまっすぐに立てられた石。ここは墓碑・石碑の類をさす。○きりがやつ　桐谷。サトザクラの園芸品種で、神奈川県鎌倉市桐谷が原産地とされる。「桐谷」はキリガヤともキリガヤツとも発音する。

四六四　灌仏　つくづく女や摩耶の跡ふむあるき産　（同）

【句意】つくづくと考えるに女ならではのことよ、摩耶の跡を襲って歩き産をしようとは。灌仏会に来た女性を見て、摩耶の安産にあやかる所存かとしたもの。夏「灌仏（前書による）」。

【語釈】○灌仏　仏像に香水を注ぎかけること。釈迦誕生の四月八日に釈迦像に甘茶（正式には五種の香水）をかけて供養する行事を灌仏会（え）という。○つくづく　深く物思いに沈むさまを表す。○摩耶　釈迦の生母。白象になった菩薩が右脇に入る夢を見て懐妊したとされ、俗説では歩行中に脇から釈迦が誕生したという。読みは出典の『やどりの松』にある通り。○跡ふむ　先人の事蹟を手本として行う。踏襲する。○あるき産　歩きながら出産する意の造語か。「産」の読みは出典の『やどりの松』にある通り。

四六五　宮柱（みやばしら）茶臼（ちやうす）にめぐる御慶（ぎよけい）かな

（『橋立案内志（はしだてあんないし）追加』正徳3）

【句意】神社の柱の間を茶臼を回すようにめぐって新春の祝辞を言うことだ。春「御慶」。

【語釈】○宮柱　皇居・宮殿や神社の柱。○茶臼　茶葉をひいて抹茶を作るための臼。上臼と下臼の接触面に歯があり、その刻まれ方で回す方向が決まる。ここは寺社参詣に一般的な時計回りでもあるか。○御慶　新年を祝うあいさつの言葉。また、それを発すること。

四六六　口惜（くちおし）とあさがほ（お）の種（たね）を残しけり

（『鵲尾冠（しやくびかん）』享保2か）

【句意】花のすぐしぼむことが口惜しいと、アサガオが種を残したことだ。秋「あさがほ」。

【語釈】○口惜　残念だの意で、大切なものを失った際などの落胆を表す形容詞。【備考】に引く前書によれば、ここは花期の短さを嘆くアサガオ自身の情に成り代わっての表現であろう。

【備考】春澄生前の撰集等に見られないものながら、出典の越人(えつじん)編『鵲尾冠』にこれを立句(たてく)とする越人・蓑笠(さりゅう)による脇起こし（古人ら自分たち以外の発句をもとに興行すること）の歌仙が収められ、編者による前書に「草木禽獣(そうもくきんじゅう)皆句也。然れども、其(その)物物の情を知(しる)人は十に一・二か。春澄が此(この)句、蕣(あさがお)を見る情いたれり尽(つく)せり」とある。

四六七　留守(るす)は人に任せて春の花見哉(かな)　（『誹諧三人張(さんにんばり)』宝暦2）

【句意】家の留守番は人に任せて、春の花見を楽しむことだ。春「春・花見」。

【備考】春澄生前の撰集等に見られず、二世春澄作の可能性もあることながら、出典の永我(えいが)編『誹諧三人張』は編者が祖父の残した荷から見つけた『桃青三百韻』（延宝6）の草稿などを収め、古人の発句の所収も多いため、一世作の可能性もあると考えておく。

四六八　奈良法師若菜摘(わかなつむ)にや白小袖(しろこそで)　（『俳諧古選(こせん)』宝暦13）

【句意】平生は勇ましい奈良法師も今日は若菜を摘むのか、白小袖の姿で。春「若菜摘」。

【語釈】○奈良法師　奈良の東大寺や興福寺などにいた僧兵で、長い太刀を所持する。○若菜摘　主として女性が新春の野に萌え出た菜を摘むことで、七草粥などに用いる。光孝天皇「君がため春の野に出でて若菜摘む我が衣手に雪は降りつつ」（『古今集』『百人一首』）など、和歌の用例は多い。○白小袖　白無地で袖口が小さく縫いつまった着物。

【備考】春澄生前の撰集等に見られないものながら、出典の嘯山（しょうざん）編『俳諧古選』は古人の発句集成を意図したものなので、一世作の可能性もあると考えておく。蝶夢（ちょうむ）編『俳諧名所小鏡』（天明2）・玄玄一（げんげんいち）著『俳家奇人談』（文化13）にも所収。

　　　老莱賛（ろうらい）
四六九　長月（ながつき）や父に語らぬ初寝覚（はつねざめ）　（同）

【句意】九月になったことだ、父に正月の初寝覚について語らないまま、ここまできた。また一つ年齢が増えたことを父に知らせないための配慮。秋「長月」。

【語釈】○老莱賛　老莱子を描いた絵画へ添える画賛句の意か。「老莱子」は中国春秋時代の楚の思想家。隠棲して王の招きにも応じない一方、親に孝を尽くし、七十歳で嬰児のしぐさをして親に歳を忘れさせたという。○長月　九月の異名。○初寝覚　元日（ないし二日）の朝に眠りから覚めることで、これ自体の季は春。

【備考】出典の嘯山編『俳諧古選』で「雑之部」に所収（「長月」の語はあっても季感はあまりないという判断か）。春澄生前の撰集等に見られないものながら、一世作の可能性もあると考えておく。

付録

青木春澄年譜

本年譜は、拙稿「青木春澄年譜稿」（『近世文芸研究と評論』37〈平成元・11〉）を基盤に、その後の調査を加えて作成したものである。歳旦や連句興行、春澄への言及や春澄自身の俳書出版に関する情報などはそれぞれ単独に立項し、入集状況に関しては各年次の末尾に一括して記した。俳書名は『俳文学大辞典』（角川書店）に準拠しつつも、私見により改めた箇所がある。この年譜では書名の角書もそのままとした。俳書の年次は刊記・奥書・序・跋などによって判断するほか、書籍目録の汲浅著『渡奉公』によった場合は〈渡〉、同じく阿誰軒編『誹諧書籍目録』によった場合は〈阿〉と記し（その宝永版の付録は〈阿付〉）、以上の判断材料がない場合は私見により「刊か」「成か」などとしたものがある。俳書が部分的にしか残っていない場合は「零本」とし、現存部分の入集句数を「発句○以上」の形で記した。零本でも句引により入集句数が知られる場合は「零本・句引」とし、句引に載る句数を「発句○（現存部分には□句）」の形で記した。散逸書の場合は「逸書」と記し、どの資料によったかを記した。句文の引用に際しては、ヲドリ字はそのままとしつつ、濁点・句読点を私に補った。和歌・狂歌が入集する書に関しては、その歌も掲出し、ヲドリ字はそのままとしつつ、濁点は私に補った。

承応二年（一六五三）癸巳　　一歳

○出生（墓碑銘に見られる没年と『誹諧家譜』『誹家大系図』等に記載される享年よりの逆算）。青木氏。名は久吉か。通称は勝五郎（『誹諧頼政』『寛文比誹諧宗匠并素人名誉人』）、一説に庄五郎（『猿黐』）あるいは庄右衛門（『誹諧家譜』『誹家大系図』）。春隅・貞悟・印雪軒（子）・素心子・之乎翁・甫羅楼などとも号した。住所は、『俳諧行事板』（延宝八年奥）に「新町御池下ル丁」、『誹諧京羽二重』（元禄四年刊）に「高倉二条上ル」とあり、この間に転居したとも考えられる。少なくとも二人の男子がおり、俳号をそれぞれ乙澄・卓々と称し、卓々は享保十二年（一七二七）二月に春澄号を襲ったとされる（『翁草』）。

寛文十一年（一六七一）辛亥　十九歳

○成之編『塵塚』（同年成か、零本）に発句二以上（一句は『詞林金玉集』による）。

寛文十二年（一六七二）壬子　二十歳

○維舟編『時勢粧』（三月上旬奥）に発句一。梅盛編『山下水』（十二月〈渡〉、零本）に発句一以上。

寛文十三・延宝元年（一六七三）癸丑　二十一歳

○維舟の歳旦帖（正月、『〔俳諧三ッ物揃〕』所収）に発句一。

延宝二年（一六七四）甲寅　二十二歳

○同年ころ、維舟・千之・宗旦とともに伊丹を訪問（『追善逃亭いにけり』跋文）。

○安静編『如意宝珠』（五月刊、零本・句引）に発句七（現存部分には五句）。風虎下命・玖也編『桜川』（五月中旬跋）に発句九。維舟編『大井川集』（五月二十八日奥）に発句四十四。蘭舟編『後撰犬筑波集』（五月序）に発句一。谷遊軒編『海士釣舟』（十一月三日〈渡〉、逸書、『詞林金玉集』による）に発句七以上。貞竹編『小川千句集』（十一月奥）に発句四。

延宝三年（一六七五）乙卯　二十三歳

○維舟の歳旦帖（正月、『俳諧三ッ物揃』所収）に重昌・元好との三物一組および発句一が入集。

○益翁編か『犬桜』（同年刊か、十月〈渡〉、逸書、『詞林金玉集』による）に発句三以上。重安編『糸屑』（十一月後序）に発句三十三。

延宝四年（一六七六）丙辰　二十四歳

○維舟編『武蔵野』（三月中旬奥、零本・句引）に発句十五（現存部分には七句）。季吟編『続連珠』（十一月十八日刊）に発句四十五と付句五。編者未詳『下主知恵』（同年以前成、零本）に発句二以上。

延宝五年（一六七七）丁巳　　二十五歳

○前年ないしはこの年の秋、大坂から京へ上る舟の中で元順・宗因との三吟歌仙一巻（『宗因七百韵』所収）を興行。

○風虎主催『六百番誹諧発句合』（閏十二月五日判）に発句二十。書肆編『宗因七百韵』（同年刊か）に元順・宗因との三吟歌仙一巻（前書「京のぼりの舟の中三吟」）。

延宝六年（一六七八）戊午　　二十六歳

○行風編『迎湯有馬名所鑑』（三月刊）に発句四と次の狂歌一首が入集し、春澄母の狂歌一首も入集。

・音せぬはあつき氷のはつたらと鼓（つづみ）の滝のだ（ど）うわすれかや

○夏、江戸に下向し、幽山宅で俳諧興行（『安楽音』所収発句の前書）。この後、奥州におもむいて仙台・松島などを遊歴（同右）。帰路の途次、再び江戸に立ち寄り、秋から冬にかけて、幽山・言水・泰徳との四吟歌仙四巻、言水・恕流との三吟歌仙一巻、言水との両吟歌仙二巻、桃青・似春との三吟歌仙三巻の計十巻（『誹諧江戸十歌仙』所収、そのうち三巻の立句は春澄）を興行。冬、帰洛して自悦との両吟世吉一巻（同右）を興行。

○十一月中旬、書肆寺田重徳より『誹諧江戸十歌仙』を刊行。横本一冊。序・跋等なし。前記の歌仙十巻・世吉一巻を収録。

○冬、高政との両吟百韻一巻（『惣本寺誹諧中庸姿』所収）を興行。

○雪柴著『うろこがた』（七月一日跋）に発句一。橋水編『つくしの海』（同年〈阿〉、零本）に発句十七と付句九以上。梅盛編『道づれ草』（同年ころ刊か、零本）に発句四十四以上。

延宝七年（一六七九）己未　二十七歳

○行風編『銀葉夷歌集』（正月刊）に次の狂歌二十一首が入集。

・ゆつたりと霞の衣けさかけてきたる春日の影法師哉(かな)
・一(ひと)よでもねの日の歌をよみを(お)けばのはらもはらむ姫子松(ひめこまつ)かな
・風になびきふしある糸の空にきれて行衛(ゆくえ)もしらぬいかのぼり哉
・筆つ花生(お)ふ(う)てふ(ちょう)野辺の松陰でつむや硯(すずり)のすみれ成(なる)らん
・集(あつまり)てひつつけ〳〵鳴(なき)ぬるをいはゞかへ(え)るか連歌なりけり
・雪の色を盗(ぬすみ)てさけるとがにやらあなうの花のきられぬる哉
・世の中におひ(い)とまることなくも哉ちよもとねがふ(う)竹の子の為
・いにしへ(え)のならの都のやれ団(うちわ)けふ(きょう)九重にはりなを(お)すかな
・闇の夜はそれともみえず紙燭(しそく)して蚊を尋(たずね)てぞ焼(やく)べかりける
・むりやりにちぎりて自然ほつとくにほぞの落(おつる)を待(まつ)ぞ姫瓜
・御名(おんな)をばえ申(もうす)まいぞ躍子(おどりこ)はしやんとさせられ玉だすきかけ
・秋の夜の千夜を一よとを(お)どるともくどき残(のこし)て鳥や鳴(なく)らん
・こぬか雨ふり返しては穴賢(あなかしこ)ちゝと出(いで)ぬる鼠茸(ねずみだけ)哉
・堅田人(かただびと)までことゝはん紅葉鮒(もみじぶな)いかばかりする浦の相場ぞ
・軒口(のきぐち)に縄よりかけてかず〳〵の玉にもぬける冬の蕪(かぶら)か

・節分の夜はおそしや鶏もとてくはふとの声は鬼かと
・近江なるつくま祭にみつちやづらふのやき鍋をかづき社せめ
・捨られぬ衆道女道をになひなば恋の重荷に棒やおれなん
・よひの年きぬるさいそく春かけてなせ共いまだつきぬ借銭
・網の手を引につけてもかさめく〱斧とはいはじはさみ生たり
・おきもせず涅槃参りのいやがるを下手の物とて長談義しつ

○三千風編『仙台大矢数』（八月刊）所収「第十四／破魂花」の三千風独吟百韻中に、「江戸京に今はやりめとたつ霞／紫藤軒言水青木春澄」の付合がある。

○十二月十三日、季吟・似春・湖春・友静・卜全・順也・如風・夏木・桂葉・正立・安広との十二吟百韻一巻（『拾穂軒都懐帋』所収）の興行に参加。

○十二月二十二日、似春・如風・湖春・如泉・高政・信徳・友静・安広との九吟世吉一巻（同右）の興行に参加。

○随流著『誹諧破邪顕正』（十二月奥）で、信徳・如泉・仙庵・定之・清風・如風らとともに『惣本寺誹諧中庸姿』の連衆の一人として名が挙げられ、「当風ノ外道共」として扱われる。

○維舟著『誹諧熊坂』（冬刊）に、「火ともしの万句に元清・春澄、餓鬼の恐るゝ鬼の強口、かれらに上はよもこさじ」との記述がある。

○言水編『誹諧江戸蛇之鮓』（五月上旬奥）に発句二。宗臣編『詞林金玉集』（八月二十五日序）に発句二十（『塵塚』『時勢粧』『大井川集』『海士釣舟』『糸屑』『犬桜』『続連珠』よりの抜粋）。高政編『惣本寺誹諧中庸姿』（九月刊）に高政との両吟歌仙一巻。

延宝八年（一六八〇）庚申　　二十八歳

○高政の歳旦帖（正月、『〔俳諧三ッ物揃〕』所収）に高政・如鱗との三物一組が入集。

○如泉の歳旦帖（同右）に如泉・青水、雅克・如泉との三物各一組が入集。

○『誹諧頼政』（二月上旬跋）を刊行。半紙本一冊。跋文の署名は「梅翁門弟某」とあるものの、本文中に「当流の勝五郎春澄と名乗て、古流のつぶして我也と名乗もあへず、三百余句軽口をそろへ…」とあり、これが春澄の手になることは明らか。題簽に「破邪顕正　熊坂／両書返答前書」ともあるように、随流著『誹諧破邪顕正』および維舟著『誹諧熊坂』への反論の書であり、「古流」を攻撃し、宗因流・高政流の俳諧を「当流」として賞揚する。

○鶴林著『俳諧行事板』（二月奥）の「行事板次第不同」に登載され、「新町御池下ル丁」と住所が記される。

○春、似春・如風・如泉・信徳・元好・湖春・安広・素行・常矩・高政との十一吟百韻一巻（『拾穂軒都懐帋』所収）の興行に参加。

○自悦編『洛陽集』（九月十五日跋）に発句四十七。秀綱編『点滴集』（九月序）に発句二（句引には一句）。幽山編『誹枕』（同年序）に発句十四。維舟編『名取川』（同年刊か、零本）に発句一以上。

延宝九・天和元年（一六八一）辛酉　　二十九歳

○正月、書肆寺田重徳より信徳らと共編の『誹諧七百五十韻』を刊行。半紙本一冊。信徳・如風・政定・仙庵・常之・正長・如泉と興行した八吟百韻七巻・五十韻一巻を収録。「余春澄」の署名で以下の序文を寄せる。

曰、玉詞不レ飾、至実不レ華、達士賢而少。我友はおほくして、しかもあほうどもなりといふも、さのごとし。　余春澄書

○『誹諧七百五十韵』を継いだ桃青ら編『俳諧次韻』（七月刊）所収の四吟百韻で、其角による立句に「春澄にとへ稲負鳥といへるあり」と詠まれる。

○曙舟著『詠句大概』（十一月二十日奥）の中に、次のような記述がある。

しかれ共、春澄・如泉・益翁・益友・由平、近比下官此道をならひ侍りける一時軒といふ人、末の世のいやしき姿をはなれて、常に寓言をこひねがへり。此人々のおもひ入て、姿すぐれたる句は、たかき世にも及びてんや。

○同年ころ、『一日三百韻』を刊行したか。同書は逸書ながら、阿誰軒編『誹諧書籍目録』に「一冊　素心子春澄」とある。ただし、『故人俳書目録』には「一　自悦」とあるので、両吟ないしこの両者を中心にした連句集であった可能性も考えられる。

○似船編『安楽音』（三月刊）に発句十五。清風編『誹諧おくれ双六』（七月序）に発句一。正村編『堺絹』（同年ころ刊、零本）に発句四以上。

天和二年（一六八二）壬戌　三十歳

○幾音編『誹諧発句家土産』（五月上旬序）に発句一。三千風編『松島眺望集』（五月刊）に発句五。秋風編『うちくもり砥』（七月序）に発句一。

○言水の歳旦帖（正月、『誹諧三物揃』所収）に言水・千春、友吉・言水との三物各一組および発句一が入集。

○秋、高政亭にて、三千風・自悦・順也・信徳・重徳・定之・露白・卜山らと俳諧興行（『日本行脚文集』）。

天和三年（一六八三）癸亥　三十一歳

○其角編『みなしぐり』（六月中旬刊）に発句二。自悦編『空林風葉』（九月奥）に発句六十三。編者未詳『ねぢふくさ』（同年ころ成）に発句一。

天和四・貞享元年（一六八四）甲子　三十二歳

○夏、西上中の其角を迎え、友静・信徳・千春・只丸・虚中・千之との八吟世吉一巻（『蠹集』所収）の興行に参加。

○其角編『蠹集』（七月十五日序）に友静・信徳・千春・只丸・虚中・千之との八吟世吉一巻。西国編『引導集』（八月刊）に付句一。

貞享二年（一六八五）乙丑　三十三歳

○清風編『稲莚』（正月七日序）に発句一。風瀑編『一楼賦』（夏序）に発句二。

貞享三年（一六八六）丙寅　三十四歳

○言水の歳旦帖（正月、『〔誹諧三物揃〕』所収）に言水・千春との三物一組が入集。

貞享四年（一六八七）丁卯　三十五歳

○これ以前に、『追加延五集』を刊行したか。同書は逸書ながら、阿誰軒編『誹諧書籍目録』に「春澄作」とあり、その配列具合よりして、延宝末から天和・貞享ころの成立・刊行と考えられる。

貞享五・元禄元年（一六八八）戊辰　三十六歳

○尚白編『ひとつ松』（三月二十五日刊）に発句一。

○嵐雪編『つちのえ辰のとし歳旦』（正月）所収の酉比発句「元日は大晦日のあした哉」に、「洛の春澄が云けんごとく」の前書が付される。

元禄二年（一六八九）己巳　三十七歳

○言水の歳旦帖（正月、『誹諧大三物』所収）に発句一が入集。
○跡部良隆編・源信之補『近代和歌一人一首』（五月奥）に「瀧水　閉氷」と題する次の和歌一首が入集。
・みだれをつるたきのしらいとふゆくればつかねをとなるあさごほりかな
○言水編『誹諧前後園』（二月序）に発句三。

元禄三年（一六九〇）庚午　三十八歳

○言水編『新撰都曲』（二月奥）に「余春澄」の署名で以下の序文を寄せる。

滑稽滑稽、季鍛、月錬、雲㆓游于四方㆒、吐㆓出於雅風㆒、方朔之弁口、江帥之頓作、圧㆓衆人之舌頭㆒、踞㆓於言句三昧㆒也とは、なにものぞ。たれとかする、洛下池水活溌溌子。請君、試看。　余春澄書

○三千風著『日本行脚文集』（五月下旬跋）の巻一に天和三年（一六八三）の高政亭における俳諧興行の記事があり、以下のように記される。

そのゝち、高政亭会合の折ふし尋侍し。やがて連衆に入し。時の一座。自悦・順也・信徳・重徳・春澄・定之・露白・卜山也。

○正春編『俳諧かつら河』（九月序）で、正春による独吟歌仙の首尾各六句に似船・方山・如泉・和及・只丸・言水・我黒・好春・団水・千春・常牧とともに加点をし、「九点之内長一、去嫌不案内ニ候」とする。
○団水著『俳諧物見車返答特牛』（十月十四日跋）の「追加」で「左につらね出す中には、点者と俳諧好との相違あるをよく見分べし」として多くの俳人名が挙げられる中に、「今や俳隠逸の芭蕉翁あり、秋風あり、友静・春澄・千春・去来・加生・観水あり、素雲・由卜・如雲・高政あり」の一節が含まれる。
○団水著『俳諧秋津島』（十月跋）所収の団水発句「小雨して神鳴がなるぞほとゝぎす」の後書に、以下のような記

述がある。

春澄にかたりければ、むかしをのれが句に、「いかにせんふれば神鳴ほとゝぎす」とせしよりは悪し、と蟬呵せらる。恥よともおもはず。

元禄四年（一六九一）辛未　三十九歳

○江水編『元禄百人一句』（三月序）の百人に選ばれ、発句一が入集。

○林鴻編『誹諧京羽二重』（九月刊）で「誹諧師」に分類され、発句一が入集。

○児水編『常陸帯』（八月刊）に発句一。好春編『新花鳥』（八月二十五日〈阿〉）に発句一。只丸編『誹諧小松原』（九月跋）に信徳・只丸・千春との四吟四句（立句は春澄）および発句四。

元禄五年（一六九二）壬申　四十歳

○其角編『雑談集』（二月〈阿〉）に発句二が入集し、其角による以下の記述がある。

自暴自棄の見におちて、云べき句も放散し、人の句も心にいらで朽廃れにけるは、いかに松のはのちり、正木のかつらなどたとへ置れし、聖作にそむける俳諧の罪人、これら成べし。今はその春澄ともいはず成けり。

○阿誰軒編『誹諧書籍目録』（三月二十七日序）に「余春澄」の署名で以下の跋文を寄せる。

秦柳磨氏、為二其受用一、陰レ医育レ人、陽レ句活レ人。嘗作二歴書滑稽志一、以請レ跋。予、一閲説レ呪曰

梅陀利　乾陀利　摩蹬耆　御大義　御大義　娑婆賀

余春澄書

○季範編『きさらぎ』（二月序）に発句一。雨行子編『時代不同発句合』（五月二十五日序）に発句一。轍士編『誹諧白眼』（六月跋）に発句九、団水編『俳諧くやみ草』（六月序）に発句九、団水・千春との三吟歌仙（立句は春澄

〈久吉号〉)、団水・心桂・芳流・淵瀬・如稲・万玉・芝蘭・破笠・千春との十吟十一句。立志編『誹諧宮古のしをり』(七月十六日序)に発句二、立志・轍士との三吟歌仙(立句は春澄)。助叟編『誹諧釿始』(八月十五日刊)に発句一。常牧編『誹諧冬ごもり』(十二月序)に発句一。

元禄六年(一六九三)癸酉　四十一歳

○八月三日、去留・言水・文流・嘉舸・雨伯・志計・友元・水獺・底元・温知・和海・秀興・為文・春知との十五吟五十韻一巻(『青葉山』所収)の興行に参加。

○九月十三日、芳水・千春らとともに頂妙寺へ月見に出かけ、俳諧興行(『佐郎山』)。

○去留編『青葉山』(八月序)に発句一、去留・言水・文流・嘉舸・雨伯・志計・友元・水獺・底元・温知・和海・秀興・為文・春知との十五吟五十韻、去留・我黒・好春・只丸・幸佐・風子・鞭石・晩山・温知・千春との十一吟世吉。紅雪・芳水編『佐郎山』(十月序)に信徳・芳水・言水・千春との五吟歌仙、言水・芳水・信徳・幸佐・晩山・定之との七吟歌仙、芳水・我黒・鞭石・千春との五吟半歌仙、芳水・水獺・鞭石・我黒・集加・千春・底元との八吟九句。幸佐編『誹諧入船』(前年ないし同年刊)に発句四。梨節編『反故ざらへ』(同年ころ刊、零本)に発句一以上。

元禄七年(一六九四)甲戌　四十二歳

○助叟編『遠帆集』(正月刊)に発句四。順水編『誹諧童子教』(五月刊)に発句九、如泉・順水・言水・助叟・晩山・幸佐・雲鼓・我黒・松霞・其諺との十一吟世吉、順水・言水・立志・千春・団水・定之・助叟・立吟・心桂・信徳との十一吟世吉、貞恕・順水との三物三組(一組の立句は春澄)。其角編『句兄弟』(八月十五日序)に発句一。其角編『枯尾華』(同年〈阿付〉)に発句一。

元禄八年（一六九五）乙亥　四十三歳

○和海編『鳥羽蓮花』（十月序）に発句一。

元禄九年（一六九六）丙子　四十四歳

○鷺水編『手習』（正月序）に発句一、千春・鷺水との三吟半歌仙一巻（立句は春澄）。

元禄十年（一六九七）丁丑　四十五歳

○知足著『たびまくら』（七月上旬奥）の同年六月十九日の条に、以下の記述がある。

真珠庵如泉がり行て、当時都にて世に鳴る俳諧師の事を問。答へて云、滑稽まち〱也といへ共、近きほどは替る風情もなく、只丸・春澄なども音なく、和及は世を早くし、古けれども信徳・言水合点を出し、我黒・観水が輩、向井去来のぬしも円山などの会合には見へざるよしなり。

○寛文三年（一六六三）から元禄十年までの詩歌類を収録する山本通春編『文翰雑編』巻之二三で、『法華経』に関する和歌群の中に、「薬士品第二十三／如渡得船」と題する次の和歌一首が入集。作者名「春澄」の下に「青木氏勝五郎／予弟」とある（「予」は春澄の兄の東庵）。

・くるしみの海をいかでか渡べき法のみふねのたよりならずは

元禄十一年（一六九八）戊寅　四十六歳

○挙堂著『真木柱』（閏二月二十九日刊）に発句三。其角編『末若葉』（同年序）に発句一。

○鷺水著『誹諧大成しんしき』（二月二十五日跋）に発句一。幸佐編『三番船』（六月刊）に発句四。

元禄十三年（一七〇〇）庚辰　四十八歳

○笑種編『続古今誹諧手鑑』（十月上旬序）に発句四。

元禄十五年（一七〇二）壬午　　五十歳

○轍士著『花見車』（三月刊）で「白人」（点者の外）に分類され、発句一が入集し、以下の記述がある。

いよ〳〵めでたき身にて、けつこうなものをならべてあけくれかぞへてゐさんすゆへ、かりにも今は見ゑず。

元禄十六年（一七〇三）癸未　　五十一歳

○郁翁編『誹諧柏崎』（十一月下旬序）に発句一〈春隅号〉。

元禄十七・宝永元年（一七〇四）甲申　　五十二歳

○正月、「貞徳嫡伝四世春隅」を自称して、書肆井筒屋庄兵衛より歳旦帖（『誹諧三物揃』所収）を刊行。春隅・秀可・我黒、団水・貞虎・秀可、鞭石・雨伯・春隅による三物各一組、我黒・秀可・貞虎・雨伯・春正・周寮・梅朧・通見・白木・春隅の発句各一、如栢の漢詩一編を収める。嫡伝受業生秀可の歳旦帖（同右）に発句一〈春隅号〉。貞徳正伝五世己千子貞幸の歳旦帖（同右）に発句一〈春隅号〉。

○秀可・団水編『東西集』（二月中旬刊）に発句二が入集。柳戸による序文中に「秀可生団水生ハ者予ガ老居士之徒弟ニ」とあり、この「老居士」は春澄をさすと判断される〈春隅号〉。

○座神編『風光集』（二月二十五日刊）に発句三〈春隅号〉。

○潮白編『たみの草』（五月序、零本）に発句一以上〈春隅号〉。

宝永二年（一七〇五）乙酉　　五十三歳

○正月、「貞徳嫡伝四世貞悟」を自称して、書肆井筒屋庄兵衛より歳旦帖（『誹諧三物揃』所収）を刊行。貞悟・鞭石・秀可、団水・柳戸・心圭、暮四・貞虎・貞悟による三物各一組、鞭石・秀可・貞佐・雪丸・梅力・座神・李梅・

梅隴・一成・己千・貞悟の発句各一を収める。嫡伝受業生秀可の歳旦帖（同右）に発句一〈貞悟号〉。貞徳正伝五世己千子貞幸の歳旦帖（同右）に発句一〈貞悟号〉。貞徳正伝受嗣貞佐の歳旦帖（同右）に発句一〈貞悟号〉。

○百丸編『追善逃ていにけり』（九月十七日跋）の百丸による跋文中に、春隅（春澄）が維舟・千之・宗旦とともに伊丹を訪問した記事がある。その内容から推察して、延宝二年ころのことと考えられる。

○秀可編『乙酉十歌仙』（十一月跋）に鞭石・梅隴・秀可・貞佐・無他・匊東・暮四・軽舟・支垂・一成・団水・座神・雪丸との十四吟歌仙一巻（立句は貞悟）、貞佐・一成・鞭石・座神・無他・匊東・秀可・梅隴・暮四・軽舟・方中との十二吟歌仙一巻、氷花・団水・梅隴・一成・湖十・暮四・匊東との八吟歌仙一巻、団水・湖十・座神・匊東・一成・無他との七吟歌仙、暮四・匊東・氷花・一成・湖十・梅隴・団水・無他・貞佐との十吟歌仙一巻、秀可・貞佐・暮四・氷花・無他・湖十・方中・匊東・一成・梅隴との十一吟歌仙一巻〈貞悟号〉。

宝永三年（一七〇六）丙戌　　五十四歳

○仙木ら著『〔歌仙点取〕』（九月下旬刊）に、以下のような記述がある。

青木春澄入道こそ、貞徳の四世を相続して貞悟とて、絶（たえ）たる道を起（おこ）すと聞（きき）しが、此（この）春澄は宇治頼政にたとへ（え）て、我若（わが）かりし時、一冊の謡にも出（いで）、誹諧に功ある男にて、貞徳の四世もさもあるべき事也。

○支考編『東山万句』（同年刊か）で、「京都招待」として記される俳人群（京ではほかに言水・鬼貫・轍士）の中に「春澄　異義　有断」とあり、三月十一日から十三日まで洛東双林寺において催された芭蕉十三回忌追善興行に招待されながら、参加しなかったことが知られる。

宝永四年（一七〇七）丁亥　　五十五歳

○貞佐編『誹諧箱伝授』（正月七日序）に発句八〈貞悟号〉。李梅編『〔馬〕』（五月下旬序）に発句一〈貞悟号〉。

○正月、「嫡四世貞悟」を自称して、書肆井筒屋庄兵衛より歳旦帖（『〔俳諧〕三物揃』所収）を刊行。貞悟・座神・秀可、一成・梅隴・貞佐、李梅・雪丸・貞悟による三物各一組、貞悟の発句一を収める。

○秀可編『〔其角追善〕亳の帰雁』（三月序）に発句一、秀可・暮四・無佗・鞭石・貞佐・李梅・一成・令候・匊東・一艸との十一吟歌仙一巻〈貞悟号〉。令候編『花吸鳥』（同年序）に発句六、令候・波子・一成・地山・匊東・無佗・貞佐・秀可・李梅・暮四との十一吟歌仙一巻、秀可・厚敬・一成・暮四・匊東・貞佐・座神・無佗・李梅・令候・鞭石との十二吟歌仙一巻（立句は貞悟、前書「尺五堂昌三先生　五十回遠忌」）〈貞悟号〉。助給編『やどりの松』（同年刊か）に発句四、秀可・雲鼓・貞佐・暮四・令候・無他・一艸・李梅・匊東・一成との十一吟世吉一巻〈貞悟号〉。

正徳三年（一七一三）癸巳　六十一歳

○晩山編『橋立案内志〔追加〕』（三月五日跋）に発句一〈貞悟号〉。

正徳四年（一七一四）甲午　六十二歳

○月尋編『伊丹発句合』（正月七日判）の月尋による序文中に、貞悟の言として以下の記述がある。

我師貞悟がいへる、此道は賢愚同笑なり。しかはあれど、玉樹蒹葭の境なきにしもあらず。されば尋が誹諧を見るに、情を一句に偸んで詞をあたらしく粧り。己よりおろかなるを惑すとも覚へず。かくいへばよきに似たれど、何とて人の宥すべきにはあらじ。自然に師弟の愛におぼれて、其失をしらず。あはれ世の人に、我がおもふ万がひとつよしと沙汰せられなば、老の悦びなるべし。扨も他人の見聞処こそ恥しけれ。広く学び深く慎み、おのれを高ぶる事なかれ。己こそとおもふは、ひとの能事の見へぬ故也、としめされける。

正徳五年（一七一五）乙未　　六十三歳

○七月三十日、死去。墓碑は京都市上鳥羽の実相寺にあり、碑表に「春澄軒貞悟之墓」、裏に「正徳五年乙未七月三十日」と刻される。享年六十三（『誹諧家譜』『誹家大系図』等）。

没後等

○言水編『初心もと柏』（享保二年十一月上旬刊）に言水による春澄追悼の句「どこへゆくどこへ白露の節衣」が収められ、後書に以下の記述がある。

中秋ノ節也。右は青木春澄が身まかりけるをとぶらふ。其身妙経ニ固く傾きて、又、禅道もうとからず。依去かく云つかはす。衣の白キは常ならず其期。

○越人編『鵲尾冠』（享保二年成か）に春澄の「口惜とあさがほの種を残しけり」を立句とする越人・蓑笠両吟の脇起こし歌仙が収められ、前書に以下の記述がある。

艸木禽獣皆句也。然れども、其物の情を知人は十に一・二か。春澄が此句、蕣を見る情いたれり尽せり。

○重雪編『誹諧明星台』（元文二年五月刊）に発句一。蓮谷編『誹諧温故集』（延享五年二月二十五日跋）に発句五。丈石編『誹諧家譜』（宝暦元年十一月刊）に略伝・逸話とともに発句一。永我編『誹諧三人張』（宝暦二年五月十三日序）に発句一。嘯山編『俳諧古選』（宝暦十三年正月刊）に発句三。蝶夢編『類題発句集』（安永三年三月奥）に発句一。蝶夢著『蕉門俳諧語録』（安永六年十月跋）に発句二（『雑談集』と同内容の句評）。蝶夢編『俳諧名所小鏡』（上巻は天明二年八月刊）に発句一。白露著『俳論』（文化五年正月刊）に発句一。曲斎著『貞享式海印録』（安政六年三月序）に付句八。

○貼交屛風「雪月花」に春澄号の発句一（『桜川』『道づれ草』所収の句で延宝ころの染筆と推察される）。蕪村筆「野晒紀行屛風」の裏面貼付資料に貞悟号の発句二（宝永二年の歳旦句で同時期の染筆と推察される）。
○玄々一著『俳家奇人談』（文化十三年八月刊）に略伝・逸話（『誹諧家譜』とほぼ同内容）とともに発句二。春明編『誹家大系図』に略伝。光久編『俳林小伝』（嘉永六年正月刊）に略伝。

初句索引

利用の便宜のため、本書に所載する春澄の発句（全四六九句）の初句索引を掲出する。それぞれの初句（上五）を現代仮名遣いで表記し、五十音順に配列したもので、アラビア数字は発句の番号である。

あ　行

か行

さ　行

た　行

な行

は行

語彙索引

利用の便宜のため、春澄の発句に使われた語彙索引を掲出する。ただし、句中に使われた語句を網羅したものではなく、【語釈】に取り上げた語句を五十音順に配列したものである。アラビア数字は発句の番号。カッコ内は句中の表記で、見出し語と一致する場合はこれを省略した（複数の表記がある場合は省略せずに掲げる）。

あ　行

か行

さ行

た 行

な　行

は行

ま 行

や行

ら行

わ行

春澄発句の変遷 —— あとがきに代えて

今回、青木春澄の全発句を通観して改めて実感されたのは、その作句活動の軌跡が、近世前期（十七世紀）俳諧の大きなうねりにほとんどそのまま重なる、ということである。句の仕立て方に関する俳諧史の常識をなぞれば、貞門・談林の初期俳諧では滑稽化のために何らかの仕掛けを用いるのが一般的であったのに対し、元禄前後からは一転してその使用頻度が減少し、実景なり実感なりに近いものが表出されるようになってくる、といったことになろう。そして、その仕掛けを大きく分類すれば、掛詞（縁語などを含む）・見立（比喩や擬人化などを含む）・頓知（うがちや先行文芸のもじりなどを含む）の三つに極まることになる。一つの試みとして、春澄の全四六九句を、便宜的にⅠ・貞門（〜延宝四年〈一六七六〉）、Ⅱ・談林（延宝五年〈一六七七〉〜延宝八年〈一六八〇〉）、Ⅲ・天和（延宝九年〈一六八一〉〜天和三年〈一六八三〉）、Ⅳ・元禄（貞享元年〈一六八四〉〜元禄十五年〈一七〇二〉）、Ⅴ・晩年（元禄十六年〈一七〇三〉〜）の五期に分け、右の仕掛け（技法）の使用率を調べたところ、左の表のようになった。一句に複数の仕掛けが認められる場合は、それぞれを数に加えたので、比率（四捨五入により小数点第一位までを示す）の合計は100％に一致しない。また、これはあくまでも大きな傾向をとらえるための試行に過ぎず、実際には判断に迷うことも多く、恣意的な部分が排除し切れていないことを断っておく。もう一つ、ここでは和歌・謡曲等の使用率も興味深いことなので、それぞれ「和歌」「謡曲」として「頓知」からは分けて立項し、他の古典文学作品や俚諺・成語・故事などを踏まえたと考えられるものは「諺等」として立項したことを、言い添えておく（さらに付言すると、初期俳諧における和歌等の利用はもじるためのもので、元来は頓知の範疇にあったと考えるものである）。

	掛詞	見立	頓知	和歌	謡曲	諺等
Ⅰ・貞門	49・4%（78／158）	20・0%（30／158）	10・8%（17／158）	17・7%（28／158）	8・2%（13／158）	15・2%（24／158）
Ⅱ・談林	29・9%（41／137）	21・2%（29／137）	10・9%（15／137）	35・0%（48／137）	11・7%（16／137）	11・7%（16／137）
Ⅲ・天和	8・1%（7／86）	12・8%（11／86）	11・6%（10／86）	12・8%（11／86）	10・5%（9／86）	12・8%（11／86）
Ⅳ・元禄	3・9%（2／51）	17・6%（9／51）	3・9%（2／51）	2・0%（1／51）	2・0%（1／51）	3・9%（2／51）
Ⅴ・晩年	18・9%（7／37）	24・3%（9／37）	5・4%（2／37）	5・4%（2／37）	0・0%（0／37）	5・4%（2／37）

くり返し断っておくと、これは私に判断した分析の結果であり、純粋に客観的な数値ということにはならない。また、春澄の発句を必ずいずれかの項目に分類したものでもない。意図したところは、初期俳諧に特徴的な三つの仕掛けが、実際はどの程度に用いられ、それがその後はどうなっていくかを、確認しようということである。よって、数字の細かい部分にさほどの意味はなく、おおまかな傾向がつかめれば、庶幾した目的は果たせたことになる。

ここから読み取れることとして、何よりも注目しなければならないのは、延宝期前半まで（Ⅰ）の発句の約半数に掛詞が使われている事実である。そして、それは、延宝期後半（Ⅱ）になっても約三割という高い数値を保ちながら、天和以降（Ⅲ・Ⅳ）は大きく減少し、晩年（Ⅴ）になってまた上昇傾向を見せることになる。次に注目すべきは、和歌を踏まえて詠んだ句が延宝期後半（Ⅱ）になって倍増し、謡曲や他の何かを踏まえたものを加えると、約半数に達するという事実である。少なくとも春澄に関する限り、貞門時代は掛詞を主体とする句作に励み、談林（宗因流）の洗礼を受けるようになったころからは、和歌などを踏まえてもじる手法が中心になっていった、ということが言えそうである。果たして、これが春澄に特有のことなのか、はたまた、他の俳人にもある程度は共通することなのか。簡単に結論を出せることではなく、さまざまな事例を集めつつ、改めて考究すべき課題としておきたい。もう一つの注目すべき点は、Ⅳの元禄（ここでは貞享を含む）になると総じて仕掛けの使用率が減って、すべてを足しても三割程度にしかならないという事実であり、その一方、Ⅴの元禄末から再びその数値が六割程度にまで再上昇するという事実である。これは、天和期に俳諧史の大きな転回点があるという私なりの持論を裏付けるものと言ってよく、同時に、元禄末にもう一つの転回点があることを予測させるものと言ってよかろう。なお、さらに付け加えるべき注目点として、見立はどの時点でも一定の数字を保っている、ということがある。それは、この中に比喩や擬人法などの句も加えているからなのであり、数にしてしまうとそこが見えづらくなる。以下、それを含め、発句を引きながら、春澄の作句傾向を見ていくことにしたい。

最初期の発句の一つ、1「持だめもあらじの枝や児桜」（『塵塚』）は「あらじ」に「嵐・荒らし」を掛けたもので、掛詞の典型例とも言うべきもの。興味の中心はそこにあるのだとしても、可憐な花が無慙にも荒らされるさまを感得させ、一句としてよくまとまっている。2「さきわけはひよこ連理よ鶏頭花」（同）は「ひよこ」と「鶏」の縁語関係を使い、漢詩に由来する「比翼連理」を「ひよこ連理」ともじったもの。ここではそうした技法自体に興味の大半が費やされ、一句としてのまとまった意味にはさほど注意が向けられていない。3「こまいぬも非番なりけり神無月」（『時勢粧』）は典型的な頓知の例で、「こまいぬ」を擬人的に扱いつつ、神が不在の社では狛犬も非番に甘んじていようとの発想を披瀝する。このように、春澄の発句はその出発点からそれなりの多用性を見せ、仕掛けへの依存度（仕掛けの利用が手段なのか目的なのかというその度合い）も句ごとにまちまちと言ってよいだろう。見立の作としては、48「武蔵野は織どめしらぬ錦哉」（『大井川集』）をその典型として挙げることができる。「武蔵野＝織どめしらぬ錦（織りじまいのわからない錦の織物）」という認定の表出がなされたもので、どうしてその二つが同一なのかという疑問は、紅葉と武蔵野の広漠さを想起することで解消される。和歌の利用では、12「ほのぼのと春こそ空にいかのぼり」（『桜川』）などが初期の代表例と言ってよく、「ほのぼのと春こそ空にきにけらし天のかぐ山霞たなびく」（『新古今集』）の文句を大幅に取り入れつつ、下五に独自の景物を置いて、春の空に凧の揚がるほのぼのとした景観を現出する。その後、和歌・謡曲等の利用を重ねるにつれ、233「秋風や身を分て吹下戸上戸」（『道づれ草』）や236「昔見し芋は垣ねの自然生」（同）などのように、使い方はますます堂に入ってくる。「身を分けて吹く秋風の夜寒にも心そらにや衣うつらむ」（『続後拾遺集』）を踏まえる前者では、「身を分けて」の意味を取りなし、「下戸上戸」という俗の話題に転じていくのが手柄であるし、「昔見し妹が垣根は荒れにけり茅花まじりの菫のみして」（『堀河百首』）を踏まえる後者では、一句だけでも一応は景句として成り立ちながら、和歌と重ねることで爆発的な笑いを生み出す結果となっている。ちなみに、この両歌はともに『和歌題林愚抄』に採られており、春澄はこうした名歌集的なもので知識を得ていたとおぼしい。実際、本書の語釈等で取り上げた和歌を調べれば、そのほとんどは『百人一首』『和漢朗詠集』『歌枕名寄』等に再録されるものなのであった。

　延宝期も終わりころになると、252「井手の蛙花の山吹和にけり」（『洛陽集』）のように、大胆な発想が目立つようになる。和歌で知られる景物を用いつつも、その「井手の蛙」と「山吹」を和え物にするという点が奇抜であり、これも一応は頓知に分類されるものの、間違いなく〝虚（ありえなさ）〟を意識した句作となっている。この時期に和歌の使用が格段に増えるのも、この意識に連動すると考えられ、それは和歌を用いない句作でも顕著な傾向の一つになっていく。260「道明寺尼将軍の御用意歟と」（同）などがその例であり、尼が道明寺糒（ほしいい）を用意するという尋常の内容の中に、「将軍」の語を加えた結果、ほとんど意味をなさない一句となっている。付合（つけあい）における無心所着（むしんしょじゃく）（詞の上では二句が付いていながら、付句自体は意味不通となること）を発句の仕立てに応用したものと言ってよく、時に掛詞・縁語などがこれに加わり、複合的な仕掛けによる謎の句体が追求されていく。見立にしても、286「九折や霧の海辺のばいの尻」（『誹枕』）のように、二物（ここは「九折」と「ばいの尻」）の共通項がすぐには見えにくく、「海」が上下に掛かる効果もあって、一句としての意味はほとんど無化された恰好である。しかも、割合と単純な仕掛けの作も同時期に見られるのであって、一筋縄ではいかないという感慨を懐かされる。結局、貞門と談林には技法上の共通点が多いので切り離しても意味がないと断定するのも、両者には大きな相違点があって画然と二分されると考えるのも、ともに偏った見方と言わざるをえないであろう。一人の俳人が同時にさまざまな句をなしているのだから、それを丹念に追っていくしかないのだという、至極まっとうであたり前のことを、ここに改めて実感させられた次第である。

天和期に入っても、肩こりの達磨が揉み療治の小僧を待つとした頓知（もじり・うがち）の342「遠忌已肩癖九年小僧をまつ」（『空林風葉』）など、それぞれの仕掛けはなお使われることながら、数値は減少傾向にあり、格別の仕掛けが見いだしがたい句も散見されるようになる。322「久三郎が藪入に帰るを送る」（同）の叙事風、330「はる夏の四十こえけりけさの秋」（同）の感情吐露風、346「出茶湯やしぐれけさかる遠の山」（同）の叙景風などがそれであり、これに351「かみをきよ髭をき鼻毛置はせざりし」（同）のような作（率直と言えば率直な感想であり、馬鹿馬鹿しいと言えばそれ以外の何物でもない）までが加わって、多彩とも混沌とも言えるような状態となる。定型を意図的に崩して十・八の構成をとる360「無き力料理人無き骨生海鼠だたみ」（同）のような作も、こうした模索の中から生まれた試みの一つには違いなかろう。興味深いのは、二分法の破調句も、仕掛けを排した句作も、同時期の芭蕉周辺に見られるということであり、信徳・言水・才麿らの句を追っても同様の様相が見られることである。すべては今後の検討にゆだねることゆえ、断定的に影響関係を言うことは保留にして、ここでは一つの事例として書くにとどめる。

元禄期、仕掛けの使用率はいよいよ減少し、388「後戸に飽まで花のさかり哉」（『誹諧京羽二重』）や404「いそがしや師走もしらず暮にけり」（『くやみ草』）のような、実景・実感を詠んだらしい作が多くなっていく。393「歳旦を我も我もといたしけり」（『雑談集』）のような事実に基づく感想をそのまま叙したもの、402「墨染や母にうたせて泣砧」（『くやみ草』）の物語的な場面、411「強力のもみ出したるほたるかな」（『入船』）の壮大な想像、425「つつしめや火燵にて手のさわる事」（『誹諧童子教』）の教訓調、426の「世の中や蠅取蛛を鳥の網」（同）の寓意性と、句の詠み方はいよいよ多様になる一方、句の数自体は減って、元禄十二年から十五年までは皆無となる。轍士著『花見車』（元禄十五年刊）に「今は見えず」（最近は俳諧に関与しない）と記される所以ながら、そのまま「見えず」で終わるわけではない。なお、元禄期の「見立」についても一言すると、390「夏の夜の夢路はとしの三十日哉」（『小松原』）は、「夏の夜の夢路＝としの三十日」の認定を示したもの（「あわただしさ」という共通項を加えて一句の意は完結する）にほかならず、春澄が貞門以来の技法を決して捨ててはいなかったことが知られる。つまり、率直に過ぎる詠み方と旧来の仕掛けの使用が融合することなく、並び立つ形であった（数の上では前者が多い）のが、元禄期の春澄発句と言ってよいだろう。

　ところが、数年の空白を置いて、元禄期後半からはこの割合が逆転する。掛詞を含め、何らかの仕掛けを使った句作が増え、とくに難解な語を使った比喩（ここではそれも「見立」の数に加えた）の句が多くなっていく。一例を挙げれば、439「都史宮の雲にのせけり夕涼み」（『たみの草』）などがあり、これは夕涼みの快適さを弥勒の住む別天地になぞらえたものと考えられる。こうした詠み方が晩年の主流となり、実景・実感らしいものを率直に表す詠み方が消えていくことは、結局のところ、春澄にとっての俳諧は貞門以来のそれ（仕掛けを使いながら一種の謎解きを十七音で行うもの）にほかならなかったことを意味するのであろう。沾洲の「譬喩俳諧」やその源流と目される其角の「洒落風」など、比喩の手法を多用する〝謎〟の句は江戸のものと思われがちながら、そうではなく、元禄末以降の俳壇に一定程度は共通する現象なのであった。それは、一面ではたしかに初期俳諧への回帰であった（春澄が貞徳や貞恕を意識するのもその一つの現れである）ものの、元禄期の〝率直さ〟を経験した上でのことゆえ、初期俳諧とはまた風味を異にするものとなっている。見立・比喩の例で言うと、それは、表現構造が「A＝B」の判断提示型である48「武蔵野は織どめしらぬ錦哉」と、写実風の表現形態を装う439「都史宮の雲にのせけり夕涼み」の違いということになる。その意味で、春澄晩年の作は、享保俳諧を考える際にも一つの示唆を与えるものなのであった。

以上のことを書き終え、改めて思い起こすと、天和期の俳諧（『むさしぶり』『みなしぐり』等）に関心を抱き、その研究を志しながらも、何をしてよいかわからずにいたころ、「それなら春澄や千春を調べたらどうか」と助言をくださったのが、恩師の雲英末雄先生であった。そして、それからはこの前後の俳書にできるだけ目を通すことを心がけ、ようやく彼らの輪郭がつかめたかのように思い（今から考えると多分に錯覚であった）、どうにかそれを活字として発表しえた第一弾が、拙稿「青木春澄研究」（『近世文芸研究と評論』34〈昭和63・6〉）であった。それから三十年以上の時を経て、ようやく全発句に略注を施すことができた。とはいえ、すべてに十分な理解ができたわけではなく、忸怩たる思いがないではない。それでも、右の拙稿を書いたころよりはいくらか前に進めたと信じ、さらにその前を見つめていきたいと念じている。というのも、春澄（あるいはそのほかの誰か）について考えることは、俳壇や俳諧史の全般を考えることに通じるというのが、この作業を通じて得られた紛れもない実感だからである。最後に、資料の閲覧その他でお世話になった方々や諸機関、所蔵される短冊の使用（前表紙）に快く応じられた伊藤善隆氏、春澄墓碑の写真掲載（後表紙）をご許可いただいた實相寺の四方行紀師、本書の出版をお引き受けくださった新典社の岡元学実社長と、いつも丁寧な作業と助言で後押ししてくれた編集部の田代幸子氏に、深甚なる謝意を申し述べたい。

令和四年四月四日

佐藤　勝明

《著者紹介》

佐藤 勝明（さとう　かつあき）

1958年3月　東京都大田区に生まれる

1980年3月　早稲田大学教育学部国語国文学科卒業

1993年3月　早稲田大学大学院文学研究科博士後期課程単位修得満期退学

専攻・学位　日本近世文学（俳諧史を中心とする）・博士（文学）

現　職　和洋女子大学人文学部教授

編著書　『芭蕉と京都俳壇』（2006年，八木書店）

『芭蕉全句集』（共訳注，2010年，角川ソフィア文庫）

『蕪村句集講義』全3巻（校注，2010～11年，平凡社東洋文庫）

『21世紀日本文学ガイドブック　松尾芭蕉』（編著，2011年，ひつじ書房）

『元禄時代俳人大観』全3巻（共編，2011～12年，八木書店）

『松尾芭蕉と奥の細道』（2014年，吉川弘文館）

『諸注評釈　新芭蕉俳句大成』（共編，2014年，明治書院）

『続猿蓑五歌仙評釈』（共著，2017年，ひつじ書房）

『元禄名家句集略注　小西来山篇』（2017年，新典社）

『全文を読み切る　『奥の細道』の豊かな世界』（2018年，大垣市）

『花見車・元禄百人一句』（共校注，2020年，岩波文庫）

『東風流―宝暦俳書の翻刻と研究―』（編著，2021年，世音社）

『元禄名家句集略注　椎本才麿篇』（共著，2021年，新典社）

元禄名家句集略注　青木春澄篇

2022年6月20日　初刷発行

著　者　佐藤勝明
発行者　岡元学実

発行所　株式会社　新典社

〒111－0041　東京都台東区元浅草2-10-11吉延ビル4F
ＴＥＬ　03－5246－4244　ＦＡＸ　03－5246－4245

印刷所　惠友印刷㈱　製本所　牧製本印刷㈱

ISBN978-4-7879-0651-9 C1095

https://shintensha.co.jp/
E-Mail:info@shintensha.co.jp